シャーロック・ホームズたちの冒険

田中啓文

JN161830

シャーロック・ホームズとアルセーヌ・ルパン――ミステリ史に名を刻む両巨頭の知られざる冒険譚「「スマトラの大ネズミ」事件」と「m と d」。大石内蔵助が率いる赤穂浪士の討ちいりのさなか，雪の降り積もる吉良邸で起きた密室殺人「忠臣蔵の密室」。実はシャーロキアンだったアドルフ・ヒトラーがナチス・ドイツの戦局を左右しかねない事件に挑む「名探偵ヒトラー」。日本を訪れたラフカディオ・ハーン（小泉八雲）が“怪談”の数々を解き明かす「八雲が来た理由《わけ》」――在非在の著名人たちが名探偵となって競演する全五編。異才が虚実を織り交ぜ纏めあげた，奇想天外な本格ミステリ短編集。

シャーロック・ホームズたちの冒険

田　中　啓　文

創元推理文庫

THE ADVENTURES OF SHERLOCK HOLMESES

by

Hirofumi Tanaka

2013

目次

シャーロック・ホームズたちの冒険

「スマトラの大ネズミ」事件

本稿は、一九二九年七月に亡くなったジョン・H・ワトスン医師の遺品のなかから発見された、シャーロック・ホームズ氏の探偵譚に関する未発表原稿である。遺稿を一読したワトスン未亡人（ワトスン医師は三度目の結婚生活を送っていた）は、あまりに衝撃的なその内容に驚《きょう》愕《がく》卒倒し、社会に及ぼす計り知れぬ影響や、当時まだ存命中であったホームズ氏の業績に泥を塗る結果につながりかねぬこと、引退してサセックスで悠々自適の生活を営むホームズ氏個人に奇異の視線が多数寄せられるであろうことなどを考慮して、自分の財産管理人に、ホームズ氏の生前には決して発表してはならないと強く言い渡した。その後、本稿はながらく行方不明となっていたが、今年になって、大英博物館の元館長だったS・J・ロメス氏が、ロンドンの古書店で発見した。なぜ、本稿がワトスン家からその古書店に移ったかの経緯は不明だが、その真贋《しんがん》については、ホームズ研究に関する当代最高の権威、ジョン・B・ベイリー博士が、ワトスン医師の真筆にまちがいなしとの折り紙をつけている。

原稿末尾の走り書きから判断して、本稿が書かれたのは、ワトスン医師の死の直前らしいが、お読みいただければわかるとおり、本稿で扱われている事件が起きたのは、スイスのライヘンバッハの滝で死去したと思われていたホームズ氏が奇跡の生還を遂げ、ワトスン医師とともにベイカー街での生活を再開して、「いまわしい赤蛭《あかひる》と銀行家クロスビーの悲惨な最期」や「イギリス古代の塚にまつわる奇怪な事件」といった数々の難事件に取り組んでいた頃と思われる。
本稿の発見によって、これまで「正典」と考えられていたホームズに関する数々の記録に、ワトスン医師による恣意的《しいてき》な歪曲《わいきょく》の手が加えられていたことが明らかになった。本稿に記載されている事件を隠蔽《いんぺい》するためだったことは容易に理解できる。これは、憂慮《ゆうりょ》すべき事態のようにも思われがちだが、実際には、きわめて歓迎すべきことではなかろうか。なぜなら、これによって、偉大なシャーロック・ホームズ氏の真実の姿が明らかになり、ホームズ研究を正しい状態に立ち返らせることができたわけだから。

ジェイムズ・D・D・スタビンス

二〇〇四年八月

1

この物語は、わが友シャーロック・ホームズの輝かしい経歴に傷をつけるような結果になるかもしれない。しかし、私の余命はもう幾ばくもない。医師である私はそのことを知っており、つとめて冷静に考えたうえで、あの事件について私が味わった驚愕の真相を一片の虚偽《きょぎ》もまじえずにつづることにした。

◇

あれは、一八九四年のことだ。わが終生の友人シャーロック・ホームズとふたたび巡りあってから一カ月ほどが経過したある初夏の朝のこと。ベイカー街の下宿部屋で、私は椅子に座って、ホームズが化学実験を行う様子を見るともなく見守っていた。

鋼《はがね》のような肉体で知られるわが友にとっても、悪魔のような好敵手との最後の死闘とそれに続く隠遁《いんとん》生活は想像以上に過酷《かこく》だったようで、げっそりとやつれた頬《ほお》や目の下の隈《くま》、肉の落ちた胸板などが彼の健康状態を物語っていた。

「そろそろ休んだらどうだ。もう、二時間も立ちづめだぞ」

声をかけると、彼は振り向きもせず、

「静かにしてくれたまえ、ワトスン。今、微妙な箇所にさしかかっているんだ」

ホームズの化学好きは広く知られたところだが、再会後、彼の化学実験熱は以前よりもはるかに高まったと断言できる。ほとんど毎日のように、ビーカーやピペット、ブンゼン灯などをがちゃがちゃいわせながら、化学物質を混ぜあわせている。私も医者のはしくれだが、彼が何を目的として、何を作りだそうとしているのかは、さっぱりわからなかった。

「きみはいったい何を作ってるんだね」

とたずねると、ホームズはにこりともせず、

「〈魔女の薬〉のようなものだ。およそ四十種類の有機化合物を調合することによって、最高の効果を発揮する薬品を作りだすのだ」

「最高の効果だって？　それじゃあ、医者いらずじゃないか。さしずめ、私なんぞは商売替えをしたほうがよさそうだな」

冗談まじりにそう言うと、

「そうでもないよ、ワトスン。人間は、一人ひとり、身体の出来具合がちがうのだ。Aに効く薬がBに効くとはかぎらない。この薬は、ぼくには最高の効果を発揮するが、きみが服《の》んでも毒にこそなれ、効き目なんぞはあろうはずもない。ぼくは、自分の身体のことを熟知しているが、世間の連中はそうでもない。きみのような医者はまだしばらくは必要さ」

私は鼻白むと、新聞に目を落とした。その日はやけに蒸し暑く、開けはなった窓からロンド

ン名物の黄色い霧が熱気をともなって入り込んでくるのが目に見えるようだった。

「こう暑いと、テムズ川にでも行って、船遊びをしたくなるね、ワトスン」

「そうかね。私はこの部屋でもじゅうぶん涼しいよ」

ホームズは、ピペットでビーカーから透明の液体を吸いあげると、それを自分の目に点眼した。

「まだ、目が痛むのかね」

「ほんの少しね。たいしたことはない」

ホームズはうなずいた。彼はここしばらく、目の痛みを訴え、自分で調合した目薬をさしていた。私は、新聞などの細かい活字を読んではいけない、と戒《いまし》めていたのだ。

「もうすっかりよくなったようだ。そろそろ新聞を読んでもよかろう。切り抜いて、きちんと分類しておかないと、いざというときにまにあわないんだ」

「まだ、いけない。医者として、私はきみに強く自制を求めたいね」

ホームズはため息をつき、

「なにか、おもしろい事件はあるかね、ワトスン」

「何もないよ。きみが乗りだしたくなるようなものは何もない。——つまらない記事ならいくらでもあるよ。たとえばこれはどうだ？　広告欄にこんなものが載っている。

死にたいと思っている皆さまへ

あなたの存在をこの世から消してさしあげます。
報酬《ほうしゅう》は一万ポンド。
ただし、あなたがそれだけのお金をご用意できなくてもさしつかえありません。
連絡はケント州メードストン〇〇ー〇〇
セント・グレシャム教会内
『自殺幇助《ほうじょ》協会』まで。

代表スティーヴ・スワンプ

最近の新聞には道徳というものが欠如しているらしいね。自殺の幇助をするなんて、とんでもないことだ。金さえくれれば、どんな広告でも載せてよいというわけでもあるまいに」

「新聞は、社会を映す鏡だ。どんなものにも中立を保ち、よいものも悪いものも掲載するようでなくては、公器とは呼べないだろう。読者は、そのなかから、自らの道徳観に照らして適当なものを選択すればいいのさ」

「そりゃそうだが……。だいたい、死にたいならば自分で勝手に死ねばいいじゃないか。大金を支払って、他人に頼むまでもなかろうに」

「普通の人間は、死後の世界のことを知らないから、死ぬというのは怖ろしいことだと考えている。だから、自ら命をたつ勇気がないのだ。自殺幇助協会か、うまいことを考えたものだな」

「まるで、きみは死後の世界のことを詳しく知っているような口ぶりじゃないか。だいたい、きみは……」

言いかけたとき、ノックの音がして、

「ワトスン先生、ちょっと……」

われらが下宿の女主人であるハドソン夫人だ。私が部屋の外に出ると、彼女はそっと目配せして、今来たばかりと思われる一通の手紙を私に手渡した。

「ああ、わかりました、ミス・ハドリー。あまり気にする必要はないでしょう。ただの虫刺されですから、軟膏《なんこう》を塗っておけば四、五日でなおりますよ」

私がわざとホームズに聞こえるような声を出すと、夫人は階下へ降りていった。私はその手紙に目を走らせ、顔をしかめて、上着の内ポケットに入れた。

何食わぬ顔で、部屋に戻ると、ホームズは棚にあった奇妙な形をした木片をもてあそんでいた。稚拙《ちせつ》な目鼻が描かれており、胴体の部分に何らかの東洋の文字が記されている。

「な、なんだ、それは」

「なんだと思うね」

「さしずめ、中国の高僧が使う魔術の道具か何かだろう」

彼はかぶりを振ると、

「これは日本のオンミョージという術師が使う一種の人形だ。シキガミとかいう名前でね、術をかけると、思いどおりの働きをしてくれる便利な携帯用の手下さ。こいつに、新聞の分類を手伝わせようと思ってね」

私は思わず噴きだしてしまった。

「それはいい。ぜひ、やってみせてくれたまえ」

ホームズは、木の人形をテーブルに置くと、芝居がかりに両手を振りあげ、

「むにゃむにゃむにゃ……ポン！」

もちろん、木片はぴくりとも動かない。ホームズはそれを放りだすと、

「やっぱりだめだな。ぼくには才能がないようだ」

ホームズがこれほどあからさまなユーモアを示すのも珍しいことなら、たとえジョークとはいえ、いわゆる魔術妖術の類《たぐい》に親しみを示すのも異例のことだった。以前の彼なら、探偵というものはきちんと地に足をつけていなければならない、妖精や魔法使いなんぞにかまっちゃいられないよ、とでも言っただろう。

「東洋の神秘などえてしてそんなものさ。しかし、きみはいつからそんなに日本通になったんだね」

「知らなかったのか、ワトスン。ぼくは、日本の格闘技バリツの達人だよ。ライヘンバッハの滝でモリアーティを打ち負かせたのも、このバリツのおかげだ」

「うむ、それは知っているが……」

「ぼくに、バリツを教えてくれたのが、かつてテムズ川沿いの集合住宅に住んでいたヒャクタケ氏というサムライだ。オンミョージのことも彼から聞いたのさ」

そのあと、ふたりとも話の接ぎ穂がなく、押し黙ったまま、じっとしていた。私は、新聞をホームズに渡すまいとして、広告欄までも読まねばならなかった。そのうちにホームズは、注射器を取りあげて、針を消毒しはじめた。彼の忌《い》むべき悪癖《あくへき》がまたはじまったかと思った私が忠告の口を開きかけると、

「そうじゃないさ、ワトスン。きみの心配はもっともだが、これはコカインじゃない。習慣性もなく、きわめて安全なしろものだ」

「安全といったって、麻薬にちがいはないんだろう」

「ところが、さにあらずさ。健康維持のための新薬にすぎない。きみが常用している薬草入りのミルクと同じようなものだ」

そう言って、ホームズは注射針を静脈にぷすりと刺した。彼は麻薬中毒者ではなく、コカインなどを用いるのは、退屈しのぎをしたいときに限られている。興味をひくような事件があるときは、けっして麻薬に手を出さないのだ。

「健康維持か。きみがそれに気づくとは、たいした進歩だ。きみの肉体はきみ自身が思っているよりもずっと疲労しているんだよ。スイスから戻ってきて以来、それが顕著だ。顔色はすぐれないし、ときおり呼気が臭うこともある。内臓の疾患《しっかん》を示しているように思う。医者として、ロンドンを離れて長期の保養を勧告しようと思っていたところだ」

「ぼくの健康は、犯罪捜査で維持されているんだ。魅力的な謎こそがぼくの栄養なんだ。ねえ、ワトスン。ぼくの退屈をまぎらわせるに足るすてきに不可解な犯罪でも起きていないかね」

私はびくり、と震えたかもしれない。見透かされまいとして、新聞を両手に持ったまま、座る向きを変える。

「ホームズ、犯罪を退屈しのぎというのは不道徳じゃないかね」

「たしかに不道徳だ。だが、彼が死んで以来、ぼくの想像力を刺激するような犯罪はロンドンはおろかイギリス中からすっかり姿を消してしまった」

「彼」というのは、もちろん、犯罪界のナポレオンを自称していたホームズの好敵手モリアーティ教授のことだ。

「やつは悪辣《あくらつ》で非道、残虐《ざんぎゃく》で凶悪だったが、何よりもすばらしく知的だった。ぼくに勝るとも劣らぬぐらいね。ああ……彼に匹敵するような高等犯罪者が現れないものかな。あまりにぼくを退屈のなかに長く漬けていると、そのうちぼく自身が犯罪に手を染めないともかぎらない」

「何ということを。今の発言を、レストレイド警部あたりが聞いたら、ぞっとするだろうね」

「まえにも言ったがね、ぼくは、もし道をあやまって犯罪者になっていたとしても、きっと成功していたにちがいないと確信しているよ。しかし、ここできみと、ぼくの道徳心について議論していてもしかたがない。めぼしい記事は見あたらないか」

「さあてね……世界一の探偵のお眼鏡にかなうような事件はとくにはなさそうだが」

ホームズは、例の、あらゆるものを貫通するような冷徹な視線を私に容赦なく投げかけると、

「きみは嘘をついているね、ワトスン」

「何の話かな」

「ほかのものはだませても、親友のぼくの目はごまかせないさ。それとも、まだへたな芝居を続けるつもりかね」

「何を言っているのかわからんね」

「ハドリーという婦人にかかわりのある事件がテムズ川で起こったのかね」

私は深いため息をついた。

「なぜ、わかったんだ」

「ここ二、三日、きみの態度はじつにおかしかった。ハドソンさんのことを二度も『ミス・ハドリー』と呼んだり、テムズ川についての話題をぼくが口にのぼらせると、犯罪を隠している罪人のような表情になる。それにきみはぼくの目が少し痛んだのをよいことに、細かい活字を読むなとうるさく言ううえに、新聞をいつも独占して、ぼくに見せようとしなかったじゃないか。結論は火を見るより明らかだろう」

私は、「初歩だよ、ワトスン」と小声でつぶやき、ホームズの軍門にくだった。

「だますつもりではなかったんだ。それは信じてもらいたい。さっきも指摘したが、私の見るかぎり、きみの肉体は限界に近づいている。一旦、捜査を開始したら、寝る間も惜しみ、食事すら満足に取らず、身体を酷使するきみのやりかたは、私が一番よく知っているつもりだ。だから、私はきみが元通りに回復するまで、難事件から遠ざけておきたいと思ったのだ」

「きみの心遣いには感謝しているよ、ワトスン……」

ホームズは小声でそう言ったあと、少し声をはりあげ、

「つまりは、ぼくの興味をひくような事件が、起こっているわけだね」

「そうとも。きみの不道徳心にぴったりのやつがね」

私は、あきらめの気持ちから、投げやりな口調で言った。

「皮肉を言うなよ、ワトスン。もう目の痛みはおさまったから、自分で新聞を読んでもいいのだが、親友のぼくに嘘をついた罰《ばつ》として、きみが説明したまえ」

2

最初にそれが起きたのは、四日まえの深夜だった。ロンドン塔の西に延びるロウワー・テムズ・ストリートの南側にある集合住宅の一室で、ハドリーという娼婦と彼女の客のスカンピーという男が殺された。そのあたりは、簡易宿泊所に泊まる金もない路上生活者たちが、毛布にくるまってごろごろしている、いわゆる貧民窟《ひんみんくつ》に接する地域だった。集合住宅はテムズ川に面しており、三階にあるハドリーの部屋のすぐ下には、大河の蕩々《とうとう》たる流れがあった。

「人殺しっ」

という悲鳴を耳にした集合住宅の住人たちは少なからずいたが、誰もハドリーの部屋に駆けつけようとはしなかった。互いに干渉しないのがそこで生活するものの流儀だったし、夜中に安物のドライジンで酔っぱらった誰かが「人殺し」だの「さあ殺せ」だのとわめくことは日常茶飯事だったのだ。

翌朝、大家のキール夫人がたまっている家賃を取りたてようとハドリーの部屋を訪れた。ハドリーは、週四シリングの家賃を二カ月も滞納していたのだ。ドアの下から赤い液体がしみ出しているのを疑問に思ったキール夫人が、合い鍵を使って、なかに入ったところ、部屋は一面、血の海だった。大量の血液の発する生ぐさい臭いが立ちこめるなか、両手を真横に広げた男がうつぶせになって倒れており、その横にあったものは、最初、食べ残しのリンゴのように見えたが、三十秒ほどかけて、キール夫人はそれが何であるか気づいた。

それは、ハドリーの生首だった。生首は、ドアに向けて床にすえられ、キール夫人は正面からそれと向きあうかたちになった。キール夫人は絶叫しながら部屋から飛びだした。その声に驚いて、数人の下宿人がおそるおそるのぞき込み、そのうちひとりが卒倒した。

十五分ほどのちに、警官たちが駆けつけた。

◇

「ドアに内側から鍵がかかっていたというのは事実なのかね」

「新聞によると、そうだ」

「男の死因は何だ」

「五、六カ所に刺し傷があったが、喉《のど》を掻《か》ききられたのが致命傷らしい。凶器は、ジャックナイフのような大振りの刃物によるものと考えられるそうだ」

「とすると、その男がハドリーの首を切り落とし、自分を数カ所刺したあげく、喉を切って自殺した、という可能性はなきにしもあらずだな。凶器は発見されたのかい」

「部屋中捜したが、見あたらなかったらしいね」

「ふむ、スコットランド・ヤードの連中がおなじみの見落としをしていないならば、ハドリーがスカンピーをナイフで殺したうえで、自分の首を切り落とした、ということもありえないから、この事件には別に犯人がいるということになるね。おそらく、窓はあいていたんだろう」

「そのとおりだ。それに、夜中に悲鳴があがったあと、どぼん、という水音が聞こえたという証言もある。犯人は、ふたりを殺したあと、集合住宅の三階からテムズ川に飛びこんだのだろう」

「まだ、そうと決めつけるのは早すぎる。――ハドリーの胴体はどうなったんだ」

「それも、おそらく犯人が川に投げ込んだんだろうが、今日までのところ、見つかっていない」

「あのあたりでは、病死した売春婦の死骸を川に放り込むのはよくあることだからね。死んだスカンピーというのは何ものかね」

「スカンピーはあだ名で、本名はわからない。スマトラ人で、もう年寄りといってもいい年齢だ。マティルダ・ブリッグス号という船に乗って、事件の起きる前日にスマトラからロンドンに来たらしいよ」

「スカンピーの持ち物についてわかっていることは？」

「たいしたものは持っていなかったようだが、葦《あし》で編んだタオルのようなものが出てきてね、そこにはスマトラの現地語で『キーゾブルの呪いは世界中どこまでも追いかけていく』と書かれていたそうだ」

「キーゾブル……聞いたことのない言葉だが、呪術師の名前か何かだろう。棚から、備忘録のKの部をとってくれたまえ」

ホームズは、しばらくそれをめくっていたが、「載っていないね。現地では有名な呪術師だとしても、イギリスまではなかなかその名声は伝わってこないものだ。これは、調べてみる必要があるね」

「それにしても、残虐な犯人じゃないか。新聞によると、キール夫人は『首の切り口は、バターをバターナイフですくったみたいにつるつるしていた』と証言している」

ホームズの目が一瞬輝いた。

「それは興味深いね。キールという大家は、女性ながら、観察力に優れているようだ」

「ところが、この女大家、偽証している、もしくは、動転のあまり、見もしなかったものを見た、と言っているかもしれないんだ」

「というと？」

「警察が到着したときには、ハドリーの生首なんぞどこにもなかったらしい」

「きみはさっき、キール夫人の悲鳴を聞きつけて、複数の下宿人がのぞきこんだと言ったね。

彼らが目撃しているんだろう」

「そうなんだ。夫人ひとりの証言なら、偽証もしくは誤認の線もありうるが、下宿人たちは異口同音に、『ハドリーの生首が床のうえにあった』と言っている。といって、切り落とされた首が勝手に歩いて、窓からテムズ川に飛び込んだとも思えないしね」

ホームズは、私の冗談ににこりともせず、

「事件はそれだけじゃないんだろう。はやく続きを聞かせてもらいたいな」

◇

第二の事件が起きたのは、きのうの夜である。ロンドン塔とロンドン・ドックの中間にある、テムズ川沿いの安ホテルの一室で、外国人が殺されているのが発見された。宿帳に記されている名前は、イエロー・シン。雲衝くような大男で、濃いひげをたくわえ、野太い声で、たどたどしい英語をしゃべった。逗留《とうりゅう》は五日前から、金は一週間分を前払いでまとめて払ったので、ホテル側も安心していた。

午後七時頃、一階の食堂でカレー料理の夕食をすませたあと、二階にある部屋にあがっていく後ろ姿をボーイが目撃したのが、生前に確認された最後だった。七時半に来客があった。初老の、背の高い男性だが、この暑さにもかかわらず黒いコートを着込み、襟《えり》を立てて顔を隠していた。フロント係に、

「ミスター・シンは部屋におられるか」

とたずね、在室しておられますとのこたえに軽くうなずくと、階段をあがっていこうとした。

「お待ちください。お客さまに確認してまいりますので」

とあとを追って押しとどめようとすると、にわかに振り向き、フロント係の胸を両腕で強く押した。フロント係は、「あっ！」と叫んで階段を転げ落ち、後頭部を強く打って、気を失った。ボーイに介抱《かいほう》されて、意識を取り戻したフロント係が、ボーイとふたりでイエロー・シンの部屋まで行くと、ドアが細くあいており、隙間から異臭がした。あけてみると……。

◇

「なかはまたしても血の海だったのかい」

「そうだ」

「イエロー・シンという男も、首を切りとられていたわけだな」

「ただし、今回は、首も胴体も部屋のなかにあり、消失などしていなかった。胴体は、窓際の書き物机の椅子に腰掛けており、首は、ベッドのうえに置かれていた」

「窓の下には、やはり、テムズ川の流れがあったのか」

私が首をたてに振ると、

「窓から首を川に捨てるのはたやすいはずだが、どうして今度は放置したんだろうな」

ホームズにわからぬものが、私にわかろうはずもない。

「犯人の遺留品はないのかね」

「遺留品ではないが、床に、白い粉が落ちていたそうだ。阿片《あへん》や麻薬の類ではないようだが、警察でも正体はつかみかねているらしい。それともうひとつ、被害者が書いたらしいメモが見つかった。『スマトラの大ネズミ（giant mouse of sumatra）』という走り書きがたった一行書かれていただけだがね」

「その紙は、ベッドの下から見つかったのだろうね」

「どうしてわかるんだ」

「そのメモが、被害者が死の直前に書いたものだとしたら、犯人特定の有力な手がかりとなる。犯人がそれを処分しなかったのは、書いたあとに床に落ちて、ベッドの下へでも入り込んでしまったために、気づかなかったからだろうと思ったまでさ」

最初に聞いたときはびっくりして、魔法を使ったのではないかとさえ思うが、種明かしをされると、どうして気づかなかったのかと思うほど簡単なことなのだ。ホームズの推理はいつもこんな具合だった。

「それじゃ、ホームズ、きみには『スマトラの大ネズミ』の意味がわかるのか」

ホームズはかぶりを振り、

「ぼくの記憶によると、スマトラには Rhizomys Sumatrensis という大ネズミがいるはずだから、そのことだとは思うが、まだ、なんともいえないな。ところで、われらがイエロー・シン氏の身もとは判明したのかな」

「まだ、わからない。所持品というものをほとんど持っていなかったらしい。ただ、ズボンのポケットから、小型拳銃が出てきたそうだ。――どうして、それを使わなかったのかな」

「使うひまもなく、殺されてしまったのだろう。相手は、かなりのナイフの使い手だな。危険きわまりない人物だ」

「しかし、被害者のほうも、拳銃を所持しているなんて、ごろつきかそれに近い、いかがわしい稼業の人間だろうね」

「ははははは。ワトスン、きみだって、拳銃を持っているじゃないか。ほら、そこの引きだしの奥に隠してあるはずだ。きみは、ごろつきかね」

「私は、拳銃を始終持ち歩いたりしないよ」

私は憤然《ふんぜん》としてそう言ったが、ホームズはとりあわず、

「彼をたずねてきた男のほうはどうだ」

「さっきも言ったが、コートの襟を立てていたために判然とはしないのだが、フロント係は、イギリス人だと思う、と言っている。まあ、あてにはならないがね。いずれにしても、ハドリー、スカンピー殺しと、イエロー・シン殺しの犯人は同一人物にちがいあるまい」

「同一犯かい。ワトスン先生、根拠はあるんだろうね」

皮肉めいた言い方に私は一瞬たじろいだが、気を取りなおして、

「もちろんだとも。被害者の首が切り落とされている、という以外にも、ふたつの事件には共

通点がある。たとえば、どちらもテムズ川に面したところで起きているし、両所は歩いて十数分の距離だ。それに……それに……」

私が必死になって、ほかの共通点を探そうとしていると、

「どちらの事件も『スマトラ』に関係がある。スカンピーは、スマトラから来たばかりだし、イエロー・シンは『スマトラの大ネズミ』と書き残している」

「今、そう言おうとしていたんだ。とにかく、続けざまに三人の首を切るなんて、とうてい人間の神経とは思えないね」

「そうかね、ワトスン。人間の首を切り落とすというのは、言うのは簡単だが、実際やってみると、かなりの体力と技術を要するんだ。女性の力ではまず不可能に近いし、大の男がやっても、うまくいかずに切り口はぼろ雑巾《ぞうきん》のようにぐちゃぐちゃになってしまう。ぼくは、その犯人に一種の芸術性を感じるね」

ホームズの口調は、まるで、人の首を切り落とした経験があるかのようだった。いや、彼のことだ、本当にそういう経験があるのかもしれない。

「芸術性だって? 不謹慎《ふきんしん》なことを言うなよ。それじゃあ、きみは、あの『切り裂きジャック』の事件も、芸術だというのか」

私が、六年まえにロンドンはおろかイギリス中を震撼《しんかん》させた凶悪かつ残虐な事件について口にすると、ホームズはあからさまに侮蔑《ぶべつ》の表情を浮かべて肩をすくめ、

「あれはただの目立ちたがりの狂人のしわざだ。芸術なんてとんでもない。推理の余地のない

つまらない事件だし、ぼくが乗りだしたことをセンセーショナルに騒ぎたてられるのはいやだから、表だっては何もしなかったが、随分《ずいぶん》まえに、レストレイドくんに犯人の目星を耳打ちしておいたよ」

「なんだって？　それじゃ、どうしてスコットランド・ヤードは犯人を捕まえないんだ」

「そのときには、ジャックは死んでたのさ。酔っぱらって、馬車にはねられてね。警察には、その男がジャックだということを裏付ける証拠を挙げる能力がないから、そのままになっているだけだ。今回の事件の犯人は、ジャックなんぞとは雲泥《うんでい》の差だ。その芸術性、独創性などは、強いていえば……」

ホームズは一旦言葉を切り、ふたたび顔をあげると、

「モリアーティ教授に匹敵するような、すばらしいものだ」

私がとがめる言葉を発するまえに、ホームズは私をさえぎり、

「ほかに有益な情報は？」

「新聞からは、この程度だ。見たまえ」

私は、新聞の見出しをホームズに示した。ホームズは目をしょぼつかせながら、

「ふむ……『恐怖の首狩りジャックに三人目の犠牲者』か。ロンドンのタブロイド紙は、正体のわからない犯罪者にすぐにジャックという名前をつけたがるね。なるほど、『バネ足ジャックもしくは切り裂きジャックの再来』か。うまいことをいうものだ。おや、こっちにはもっとおもしろいことが書いてあるぞ。『首切りは、アン・ブーリンの幽霊のしわざか。三百五十年

続く恐るべき呪い』だとさ」

アン・ブーリンは、ヘンリー八世の二番目の妻で、エリザベス一世の母親である。メアリー王女の暗殺を企てて失敗、男児を流産したことから王の怒りを買い、事実無根の五人の男との姦通罪、大逆罪に問われ、ロンドン塔に幽閉されたあげく、斬首された。その亡霊が、豪奢《ごうしゃ》な服を着込み、自分の頭を右腕に抱えて、塔の内外を歩きまわっているという噂がある。このことは、ロンドンっ子なら知らぬものはない。記事は、二件の事件の現場がロンドン塔の近くであることから、斬首されたアンの亡霊が、その恨みゆえに人々を襲って、頭部を切り落としているのではないか、という内容だった。

「はははは。くだらないことを書くもんじゃないか、ホームズ。最近は、またぞろ霊界通信だの降霊術だのが流行《はや》りだしていて、身分のある人や知的な職業の人間までもひっかかっているようだが、馬鹿な話だねえ」

私は、ホームズが当然、同意してくれるものと思っていたが、返ってきたのは意外な言葉だった。

「そうともいえないだろう。死後の世界がない、と証明したものはいないのだから、存在する可能性は否定できない」

私はあきれた。何年かまえに彼は、霊魂なるものが残存するとしたら、有史以来の死者の霊魂でこの世は満ちあふれているはずだ、と死後の世界の存在を一笑に付していたのだ。

「妙なことを言うね。きみは、生来の合理主義者だと思っていたが……」

「合理主義であることと、霊魂を否定しないことは矛盾しないよ」

私は、ホームズがふざけているのかまじめなのか判別できなかった。

「ともあれ、これほど魅力ある大事件が起きていたのを知らなかったとは、犯罪研究者として情けないことだ。それにしても、スコットランド・ヤードは、どうしてぼくのところに助力を求めにこないのだろう。自分たちだけで解決できるとでも思っているのなら、それは思いあがりというべきだ。新聞に出ている以外に、よほど有力な手がかりをつかんでいるのか……」

「それがね、ホームズ……」

私は、とうとう告白せざるをえなくなった。

「最初の事件が起きた直後から、レストレイド警部から、何度もきみの出馬を求める電報が来ていたんだが、きみの体調のことを考えて、私が握りつぶしていたんだ。すまん。それに、実は……」

私は、さっきハドソン夫人が私にひそかに手渡した手紙を、内ポケットから取りだした。

「これは今来たばかりのものだ。きみに来た手紙はしばらくのあいだ私に渡すよう、ハドソンさんにきつく言いつけてあったんだ」

「わかっていたよ。郵便配達夫から手紙を受けとるハドソンさんの声が聞こえていたし、彼女は虫刺されごときでわざわざきみに相談しにくるような人じゃないからね」

言いながら、ホームズは手紙を開封して目を通したあと、それを私に示した。

マティルダ・ブリッグス号に関する件

拝啓

当商会の取引先であるマティルダ・ブリッグス号を管理する上海の船会社オリエンタル・トレイディング・カンパニーより、同船舶の乗組員と乗客にかかわる殺人事件について、警察とはべつに独自の捜査を行ってくれる探偵を紹介してほしいとの依頼がありました。実は、エヴァン・ベイリーなる同船の乗組員が行方不明になっており、ベイリーは、殺害されたスカンピーという乗客と船内でなにやらトラブルがあった模様です。熟考のすえ、あなたを推薦させていただくことといたしました。イギリスの住人で、あなたの輝かしい名声の数々を知らぬものはおりません。もし、同船の事件に取り組むお気持ちがあるならば、ご一報くださいませんか。

敬具

モリスン・モリスン・アンド・ドッド商会

代表　E・J・C

オールド・ジュリー街四六番地

五月十八日

「ふむ……」

信頼していた友に裏切られて、さぞホームズは怒りだすだろうと覚悟していたのだが、彼は灰色の目をちらと私に向けただけだった。

「ワトスン、それほどぼくは調子が悪そうに見えるかね。正直に言ってくれたまえ」

「見えるね。以前にくらべると、顔色はまるで死人のようだ。目も痛むんだろう？　歩きかたもぎこちない。医者として、私はきみを今、働かせるわけにいかんのだ」

「身体はおいおいもとの調子を取り戻すよ。薬も服んでいるし、犯罪捜査はぼくの栄養だと言っただろう。それを取りあげられたら、ぼくは三日ともたない」

「というと、この手紙の依頼を引きうけるつもりかね」

「むろんだ。ぼくの探偵としての名声を頼ってきた依頼者の期待を裏切るわけにはいかないだろう」

私は、うなずくしかなかった。そのとき、表で馬車がとまる音が聞こえた。

3

窓から見おろすと、警官らしい男がこちらに向かって歩いてくるのが見えた。私はため息をつき、

「私の努力は徒労に終わったらしい。返事がないのに業《ごう》を煮やしたレストレイド警部のおでましのようだよ」

ホームズは笑いながらかぶりを振り、外を見ようともせずに言った。

「ちがうよ、ワトスン。馬車の車輪の幅、御者の走らせかたの癖……あれはロンドン警視庁の専用馬車じゃあない。それに、足音から歩幅を推定するに、こちらに向かってくる男は、愛すべきレストレイドくんではないようだ。おそらく、どこかの地方警察の警官だろう」

しばらくして、ハドソン夫人に案内されて入ってきたのは、赤ら顔の、太った人物で、ケント州警察のピットマン警部となのると、性急に用件に入った。

「ホームズさん、すぐに支度をお願いします。ケント州のロチェスターまでご同行いただきたいんです。もちろん、ワトスン先生もご一緒ください。今からなら、チャリング・クロス駅からの九時の汽車にまにあうはずですから」

「警部、ちょっと待ってください」

私は、警部の一方的な言葉をせきとめた。

「ホームズは今、体調がすぐれないんです。ロンドンを離れるわけにはいきません」

「本当ですか、ホームズさん」

ホームズはほほえみながらかぶりを振り、

「ワトスン、おおげさな言い方をしてはいけないよ。少し目が痛いだけだ。――ですが、警部、ぼくは今、大きな事件を抱えておりまして、残念ながらあなたをお手伝いする時間はなさそうです」

「例の首切り殺人ですか」

「そのとおりです。さきほど手紙で依頼を受けましてね。では、せっかくのお越しですが、今から詳しい事情をききに先方へ参らねばなりませんので、これにて失礼させていただきますよ」

ホームズはその言葉で会見を終えようとしたが、体格のよい警部は引きさがらなかった。

「お待ちください。でしたら、私が今から話すことにきっと興味をもたれると思いますよ。新聞に載るのは明日になるかと思いますが、こちらも首切り事件なんです。しかも、とうてい我々の手に負えそうにない難事件でして……」

警察官が、事件が自分たちの手に負えないと素直に告白するのはきわめて異例のことだ。よほど困難な事件だろうと察せられた。

「ほほう……」

興味を覚えたらしいホームズは、座り直すと、

「なるほど、またしても首切りとはたしかに興味深いですね。しかし、まえの二件はロンドン警視庁の管轄《かんかつ》です。警視庁に助力を求めるのが普通ではありませんか」

「我々地方警察の立場は微妙です。警視庁と共同で捜査にあたった場合、うまくいけば手柄を横取りされますし、しくじったら我々の責任にされる。それに、私は……正直申しあげて、警視庁なんぞに助力を求めるより、ホームズさんにお願いしたほうが、はるかに成果があがると信じております」

ホームズは頬をかすかに赤く染め、照れ隠しのためか咳払いをすると、

「では、とりあえずお話をうかがいましょう」

「私の話をお聞きくださいましたならば、必ずや重い腰をあげていただけると思います。それほどの怪事件なのです」

そう前置きして、ピットマン警部が話しはじめたのは、本人が保証するとおり、たしかに奇怪な内容であった。

◇

今朝、ようやく夜があけかけたころのことだった。ケント州ロチェスターの郊外に住む実業家で、五十二歳になるレイモンド・レンデル氏の部屋のあたりから、

「助けてくれ、助けてくれ、殺さないでくれえっ」

という金切り声に近い声が聞こえてきた。すでに起床していた女中のキャサリンが駆けつけたが、部屋には鍵が掛かっている。就寝時に寝室に施錠するのは、レンデル氏の長年の習慣なのだ。キャサリンが、合い鍵を持っているレンデル夫人のサリーを呼びにいこうとしたとき、同邸に宿泊していたレイモンド氏の三歳下の弟ジョナサンが、声を聞きつけて、二階にある寝室から降りてきた。

「兄貴の悲鳴が聞こえたように思ったが、キャサリン、おまえはなんと聞いたね」

「殺さないでくれ、と聞こえました。なにごともなければいいのですが」

レンデル氏は、酒を一滴もたしなまず、寝ぼけて大声を出すようなこともふだんは一度もなかった。

「ぼくは、義姉《ねえ》さんを起こして、合い鍵をもらってくる。おまえは、ここで見張っていてくれ」

言われたとおりに、キャサリンがドアのまえに陣取っていると、二分もしないうちに、ジョナサンはサリーを連れて戻ってきた。

「旦那さまのおそろしい声が聞こえたというけれど、本当ですか」

キャサリンがうなずくと、夫人は真っ青になり、焦り気味にドアをあけた。部屋はめちゃめちゃに荒らされ、戸棚はひっくり返され、箪笥《たんす》の引きだしが引き抜かれて放りだされていた。金庫もこじあけられ、宝石箱も蓋《ふた》があいていた。

火のついていない暖炉のそばに、ボール状の物体が転がっていた。それを一目見た瞬間、夫人は後ろ向けに卒倒し、ジョナサンが彼女を支えた。

◇

「それは、レイモンド・レンデル氏の生首だったのでしょうね」

ホームズが言った。

「さようです。目を閉じてはいたが、それは怖ろしい形相だった、と女中のキャサリンが証言しております」

「首の切り口はどうでしたか？」

「切り口ですか。それは……報告にはありませんね。今となっては、調べようがありません」

「どういうことです」

「実は……レンデル氏の首はすでにないのです。理由はあとであらためて申しあげます」

「胴体はどこにあったのです」

「見つかっておらんのです。部屋のなかはもとより、屋敷中をくまなく探しましたが、レンデル氏の胴体はどこにもありませんでした」

「それは不思議ですね。その部屋の窓はどうなっていたのです」

「窓は二カ所にありましたが、かたほうのガラスが割られていました。足跡などの痕跡《こんせき》はありませんが、賊は、おそらく窓から侵入したものと思われます」

「まだ、賊のしわざだと断定するのは危険でしょうが……ということは、部屋の主の悲鳴が聞こえ、女中がすぐに駆けつけたにもかかわらず、首はすでに切り落とされており、胴体は見つからなかった……。そういうことですね。賊は、金や貴金属類と一緒に、レンデル氏の胴体を持ち去ったというのでしょうか」

「そのことも不思議といえば不思議ですが、もっと不思議なことが起こるのです」

ピットマン警部は話を続けた。

◇

敷地内にある小屋に寝起きしている老僕のハンスが呼び寄せられ、警察へ電報を打ちにいくよう命ぜられた。しばらくして、警察の一団が到着した。率いていたのは、ほかならぬピットマン警部だった。彼は、地域警察に奉職するものの心がけとして、この屋敷の住人ともまえに何度か顔をあわせていた。警部は、旧知のキャサリンへのおおまかな事情聴取を行った。

「かなりの額の金品が盗まれているというんだね」

「私が奥さまから聞いていたかぎりでは、そのようです。金庫も、宝石箱も、空になっていますから」

警部は、ふと暖炉に目をやり、

「この暖炉は最初から火をおこしてあったのかね」

「いいえ、失神からお目覚めになった奥さまが、寒い寒いと言ってがたがたお震えになるので、ジョナサンさまが私に火をつけるようにお命じになられたのです」

「それならわかるよ。もう初夏なのに、一晩中暖炉がついていたとしたらおかしいと思ったのでね」

警部は、部下のひとりをつかまえて、

「暖炉を消してくれ。死体が腐ってしまう」

「わかりました。今、ウォーカー先生が到着されましたが」

「じゃあさっそく、首を検分してもらってくれ」

警部がそう言ったとき、サリーが突然、シーツをかけられた生首を指さすと、狂ったように叫びはじめた。

「やめてっ、その顔を私に見せないでちょうだい！」

「どうしたんだ、義姉さん」

「怖いの、怖いのよ。あの世から、あの人が呼んでいるわ。自分を殺した盗賊をどうして捕まえないんだって、私に向かって言いたてているのよ」

「落ちついてくれ。あれはただの生首だ。何もしないよ。――キャサリン、ブランデーを持ってきてくれ」

女中が飲ませようとしたブランデーの瓶をはねのけ、夫人は首につかみかかった。

「呪いだわ。アン・ブーリンの呪いだわ」

そう叫んだ夫人は、首を両手でしっかと摑み、高々と持ちあげると、いきなり暖炉に放り込んだ。首は、たちまち炎の舌になめつくされ、ぶすぶす音をたてて焦《こ》げはじめた。生臭い、黒い煙がたちのぼり、髪の毛が燃えあがった。

信じがたい、怖ろしいことが起きたのは、次の瞬間だった。

レンデル氏の顔が、みるみる歪んだかと思うと、閉じていたはずの両目をあけ、

「ひぎゃあああおお……っ！」

そう絶叫したのだ。いあわせたものは皆、あまりの恐怖にその場に凍りついた。次の瞬間、レンデル氏の顔は燃えさかる炎に包まれ、真っ赤な覆《おお》いのなかに埋没した。目や鼻がどろどろに溶けていくのがはっきりと見えた。

「火を……火を消せ！」

我に返ったピットマン警部の声に、部下のひとりがバケツの水を暖炉にぶちこんだときはすでに遅く、舞いあがる灰神楽《はいかぐら》をかいくぐって、なんとか取りだしたものは、真っ黒になったただの炭の塊にすぎなかった。

◇

「ありえない！」

私は、思わず口を出した。

「何かのまちがいでしょう。勘違いでなければ、作り話だ。あなたはケント州からわざわざ、そんなできの悪い怪談をなさるためにロンドンまでいらっしゃったのですか」

ピットマン警部はむっつりした顔つきで、

「私も長年、警察に奉職する身です。断じて見間違いや聞き間違いではありません」

「し、しかし……」

「それに、私は生来、冗談が苦手なたちでしてね」

私は、肩をすくめて、ホームズを見やった。当然、彼も、田舎警察が持ち込んできた俗悪な怪談話にさぞやうんざりしていることだろう……。

「ピットマン警部、あなたは本当にその生首が両目をあけて、悲鳴を発するのを見たのですか」

ホームズの問いに、大柄な警部はうなずき、

「お疑いはもっともですが、あの場には、私のほかに、ジョナサン氏、キャサリン、レンデル夫人、ウォーカー医師、それに私の部下が数人おりました。誰にきいていただいてもけっこうです」

「ふむ……」

ホームズは、長い指を顎《あご》にあてがいながら、しばらくなにごとかを考えていたが、

「ワトスン、モリスン・モリスン・アンド・ドッド商会に電報を打ってくれるよう、ハドソンさんに頼んでくれたまえ。文面は、『依頼の件、先に片づけねばならぬ急用ができたので、二日待て。必ずうかがう』……」

「きみはピットマン警部の依頼を引き受けるつもりなのか。生首が悲鳴をあげた事件だぞ。どうせ、ロンドンの怪事件の噂を聞いて、誰かがでっちあげてるにちがいないさ」

「誰かとは誰のことだね」

「そ、そりゃわからんが……ロチェスターの事件にアン・ブーリンの幽霊が出張するというのがそもそもおかしいだろう」

「ワトスン、きみは知らないのか」

「何をだ」

私がいらいらしてききかえすと、ホームズは言った。

「ロンドン塔で首を切られたヘンリー八世妃アン・ブーリンの生家であるフェーダー城は、ケント州にあるんだ。アン・ブーリンの幽霊が、自分の地元に出現したとしてもなんの不思議もないさ」

4

チャリング・クロス駅から汽車に乗ると、二時間ほどでロチェスターに到着する。駅から、田舎道を馬車に揺られて二マイル半。ようやく、目指すレイモンド・レンデル氏の館が見えてきた。葡萄《ぶどう》畑のあいだから突如あらわれた壮麗《そうれい》な門が我々を迎えてくれた。

「たいそうなお屋敷だね」

と私が言うと、ピットマン警部が、

「ここらあたりでは一番の大富豪でした」

「でした、というのは？」

ホームズが言葉尻をつかんだ。

「株の取引に失敗して、今では一文なしに近い状態だそうです。屋敷も家財も何もかも抵当に入っていて、近々、レンデル夫妻はここを追いだされることになっていたらしいですな。言い方は悪いが、夫人にとっては、まさに今回の事件さまさまといったところでしょうか」

「それはどういう意味です」

「生命保険ですよ。レンデル氏は、ロイズ社をはじめとする複数の会社の生命保険に入っていたんです。氏が逝去《せいきょ》したことで、相当多額の現金が支払われるはずですから、屋敷や家財はもとどおり、夫人のものということになりますな」

「多額というと?」

「おおよそですが、二万六千ポンドほどになりましょうか」

私は目を剝《む》いて、

「それは大金だ。保険会社も、支払いを躊躇《ちゅうちょ》するのではないですか。なにしろ、本人死亡の証拠となるべき死体がないのですから」

「その心配はありますまい。レンデル氏の頭部は、警官である私が確認しておるのです。これ以上の証拠はないでしょう」

中庭を通過するとき、花壇に水を撒《ま》いている老人に目をとめて、ホームズが言った。

「あれが、電報を打ちにいったという、老僕のハンスですか」

「そうです。最近、新規に雇いいれたそうですが、仕事ぶりはすこぶる熱心らしいです」

屋敷に入ると、出迎えたのは口ひげをきれいに整えた紳士だった。寝不足のせいか目は赤かったが、スポーツ選手のような立派な体軀に精力がみなぎっている。

「警部、どこへ行っておられたんです。はやく盗賊をつかまえていただかないと、我々は枕を高くして……おや、こちらのかたがたは？」

「ロンドンからご足労願った高名な探偵のシャーロック・ホームズさんとワトスン先生です。あまりに奇怪な事件で、我々の手に負えないと思われたので、ホームズさんにご助力願うことにしたのです。ロンドンでも同様の首切り事件が起こっており、ホームズさんはそれらも手がけることになっておられるのです」

「そうでしたか」

紳士はホームズと私に握手を求め、

「私は、被害者の弟で、ジョナサン・レンデルと申します。ホームズさんのような有名なかたにご出馬いただいて心強いかぎりです。一刻も早く解決していただきたく思います」

「あなたが、死体の第一発見者ですね」

とホームズがきくと、ジョナサンはうなずき、

「私と、義姉《あね》のサリーと、女中のキャサリンの三人で発見しました」

「レンデル氏の首は、お義姉さんが暖炉で焼いてしまったそうですが、まちがいなくレンデル氏のものでしたか」

「どうしてそんなことをおききになるのです」

ホームズはちょっとためらったすえ、

「暖炉に放り込んだときに、首が目をあけて、悲鳴をあげたと聞いたものですから、もしかしたら作り物かもしれないと思ったのです」

ジョナサンは、当時の様子を思いだしたのか、怖ろしそうに顔をゆがめ、

「まちがいありません。他人のものでも、張り子の人形でもない。私は、レイモンドの実の弟ですよ。見誤ろうはずがありません」

「なるほど。では、あなたはなぜ、首が悲鳴をあげたとお考えですか」

「さあ……」

「レイモンド氏の霊魂が、首に宿っていたとは思われませんか」

私には、ホームズがそんな質問を発した真意がわからなかった。

「私は心霊主義者ではありません。私が見た現象は、何かもっと……科学的に解明できるものだと思います」

「霊魂の存在も、科学的に解明できる事柄かもしれませんよ」

「それは見解の相違ですな。とにかく私は、エクトプラズムだのポルターガイストだの、信じる気になれません。ですが、義姉は、今度のことがアン・ブーリンの呪いだとか言って、ひとりで騒いでいます。何百年もまえに首を斬られた女性の呪いなぞ、ありうることとは思えません。私は、この事件はあきらかに盗賊のしわざだと確信しています」

「お義姉さんはどこにいらっしゃいますか」

「ショックが大きいので、寝室で横になっています」

「お会いできますか」

「少しぐらいなら……」

「あなたは、お兄さんの胴体はどこにいったと思われますか。あなたのおっしゃるように、盗賊のしわざだとして、盗賊はどうしてお兄さんの首を切ったうえ、胴体を盗んでいったのでしょう」

ジョナサン氏は露骨に顔をしかめると、

「わかりませんよ、そんなこと。それを調べるのが、警察や探偵の役目でしょう。胴体があろうとなかろうと、兄が殺されたことにかわりはないんだ。ああ、かわいそうな兄貴……」

涙ぐみながらジョナサン氏は、我々をレンデル夫人の寝室へと案内した。

夫人はやつれ果てていた。むりもない。ほんの数時間まえに未亡人になったばかりなのだから。しかも、愛する夫の殺されかたたるや……。

「気分がすぐれませんので、ベッドに横になったままで失礼いたします」

「お気になさらないでください。二、三、質問をしたらすぐに引きあげますので」

「いくらでもご質問くださいまし。主人を殺した犯人を捕まえるためですから」

夫人は気丈さを示したが、名探偵をまえにした緊張からか、その声はかすかに震えていた。

「では、単刀直入におたずねいたします。あなたが見たものは、本当にご主人の首でしたか」

たちまち夫人の顔は真っ青になった。見かねたジョナサン氏が割って入り、

「ホームズさん、義姉はたいへんな衝撃を受けて間もないのです。いくらなんでも、そんな質

「いえ、いいんですの。ジョナサン、あなたは黙っててちょうだい。ホームズさん、長年苦楽をともにした主人の顔をまちがえるはずがございません」

「けっこうです。では、あなたが今回の事件をアン・ブーリンの呪いだとおっしゃった真意は何でしょうか」

「わたくし、あのときは気が動転していて、何を口にしたかよく覚えておりませんの」

「しかし、あなたはご主人の首を暖炉に放り込んだのですよ」

「そのことも、あとで女中のキャサリンに聞きまして、驚いております。主人の亡骸《なきがら》にとんでもないことをしてしまいました。何を思ってそんなことをしてしまったのやら……」

夫人は涙をためた目で我々を見つめ、私は思わず視線をそらした。

「暖炉に投げ入れたとき、ご主人の首が悲鳴を発した、とうかがいましたが、あなたもそれを聴きましたか？」

夫人はかぶりを振り、

「わかりません。わたくしは、わたくし自身が発した悲鳴だとばかり思っていましたから。そのあとすぐに気を失ってしまいましたし、あのとき見聞きしたことのうちどれが本当でどれが妄想《もうそう》なのかもわからないのです」

「最後にもうひとつだけおききします。ご主人は、株取引の失敗で負債をかかえておられたとのことですが」

問は……」

「わたくしはもともと、主人が投機に手を出すことには反対でした。よいときはよいのですが、しくじるとこの屋敷も土地も農園も……何もかも失いかねませんから」

「ご主人は多額の生命保険に入っていたそうですが」

「ホームズさん……わたくし、頭痛がしてまいりました。少し休みたいのですが」

夫人への尋問《じんもん》はそれで打ち切りになった。

◇

次にホームズは、ピットマン警部の許可を得て、レイモンド・レンデル氏の寝室を検分した。首が置かれていたという床、それが焼かれた暖炉、床や壁についた血の跡、窓枠などをていねいに調べていく。

「何かわかったのかい」

床に身体を伏せたまま身じろぎもしなくなってしまったホームズに業を煮やした私がたずねると、彼はにやりと笑い、

「まだ、しかとはわからないが、アン・ブーリンの呪いでも盗賊のしわざでもないことだけはわかったよ」

「盗賊のしわざではない？　本当かね」

「そこの机のうえを見たまえ」

銀の食器セットが無造作に置いてある。

「本職の盗賊なら、これを見逃すはずはないだろう」

「うっかり忘れていったのかもしれないぜ」

ホームズは応えず、床にこびりついていた血痕の一部を器具ですくいとると、ガラスの容器に入れ、私に示した。

「きみは、これを何と見るかね」

彼のいつもの癖で、何か罠があるのでは、と私はいくぶん警戒しながら、

「血、だね」

「ちがう。先入観を捨てて、よく見るんだ」

私は、医師としての理性を取り戻し、ガラス容器のなかの赤い液体をじっくりと見つめた。どう見ても血だ。いや……これは……。

「血ではないな。詳しいことはベイカー街に戻って、調べてみないとわからないが、血によく似た粘液《ねんえき》だ。おそらく、動物性のものだろうが……」

「そのとおり。この部屋のあちこちに付着している血痕まがいのものは、どれもまがいものだ。それに、足跡の問題もある」

「足跡？　足跡なんかどこにもないじゃないか」

「それがおかしいんだ。部屋の主《あるじ》の足跡がないのはうなずけるが、賊が外から侵入したのなら、泥足の跡が少しは残っていてもよかろう」

「と、いうことは、つまり……」

「まだ結論に飛びつくには早すぎる。キャサリンという女中を調べてみよう。きっと何か出てくるはずだ」

ホームズは、確信めいた口調で言った。

◇

キャサリンという女中は、そばかすだらけの顔をした二十歳。事件の直後で興奮もしているのだろうが、よくしゃべった。

「何もかも包み隠さずにしゃべらなくてはいけないよ」

とピットマン警部が口を添えたのが悪かったのかもしれない。両親が離婚したので、三年まえからこの家で女中奉公をしていること、三度の食事が質素すぎることから、ジョナサン氏があぁ見えてカード賭博《とばく》にのめりこんだり、いかがわしい仲間と遊び歩いたりして身持ちが悪いこと、葡萄につく虫が今年は多くて困ることまで、速射砲のようにしゃべりまくる。私は辟易《へきえき》しながら聞いていたが、ホームズはいちいち相槌《あいづち》を打ちながら、熱心にメモをとっていた。そのうち、おしゃべりが一段落したときをみはからって、

「レンデル氏と夫人の仲は、きみの目から見てどうだったかい」

「そりゃあもう、お似合いの、とても仲の良いご夫婦でした。ですから、ご主人があんなこと

になって、奥さまがおかわいそうで……」

「ジョナサン氏は、いつからこの屋敷に滞在しているんだね」

「半月ほどまえからです。いつも、柄の悪い仲間を連れておいでになって、夜通し大騒ぎなさるので、また今度もかと正直いって嫌でしかたなかったんですが、今回は珍しくひとりでおこしでした」

「レンデル氏が投機に失敗して、抵当に入っているこの家屋敷も土地も残らず失ってしまうところだったことは知っているかね」

「はい。奥さまがいつもそのことでこぼしておいでdでしたので。ご主人も奥さまも、先祖伝来のこの屋敷や土地をこよなく愛しておられましたから、最近、ずっと憂鬱《ゆううつ》そうにしておられました。でも、ジョナサンさんがおこしになってからは、おふたりとも明るくなられて……」

「きみもレンデル氏の首を見たんだろうね」

「ええ、怖ろしい……ほんとに怖ろしいことでした。あんな残酷なことをする盗賊は絶対許せません」

キャサリンはそう言って身震いした。

「首が作り物だったとは思わないかな。たとえば、よくできた蠟《ろう》人形だったとか」

「いくら私でも、本物か作り物かぐらいはわかります。まえにロンドンの蠟人形館に行ったことがありますが、あの首が蠟人形だったとはとても思えません。だいいち、どうして作り物の首が目をあけたり、悲鳴をあげたりするんですか」

「それじゃあきくが、本物の首だったら、目をあけたり、悲鳴をあげたりしてもおかしくはないのかな」

「それは……」

女中はしばらく考え込んでいたが、顔をあげると、

「呪いです。奥さまもおっしゃっておいででした。アン・ブーリンの呪いなんだ、と」

「どうして、何百年もまえに死んだ女が、きみのご主人に呪いをかけるんだね」

「――わかりません」

女中が、問いつめられて半泣きになってしまったので、ホームズは腰をあげ、

「ありがとう。いろいろ役にたったよ。――あと、この屋敷の人間で、会っていないのは……」

「ハンス爺《じい》さんだけですわ。この屋敷の裏にある小屋で寝起きしてるんです」

「その爺さんは、最近雇われたそうだね」

「はい、まだ雇って二週間ほどです。私のほうがずっと先輩なんですよ。口数は少ないけど、気のいい人で、ジョナサンさまが連れておいでになられたんです」

「最近、どこかへ出かけたようなことは?」

「さあ……そういえば、きのうの夕方から姿が見えなかったような……。たぶん、町のパブへでもお酒を飲みにいってたんじゃないですか」

「そうかね。少し彼にも質問してみよう」

「ホームズさん、我々も尋問しましたが、怪しいところもとくにないかわりに、有益な情報も持ちあわせていませんでした。会うだけむだですよ」

警部がそう言ったが、ホームズは笑って、

「少し考えがあるのです。あなたがたの取り調べが不十分だといっているわけではありません。キャサリン、小屋まで案内してくれるかい」

ホームズは屋敷を出て、裏手にある粗末な小屋に向かった。私とピットマン警部、それにキャサリンがあとに続いた。

「こちらですよ。ハンス爺さん、ロンドンからえらい探偵の先生がおみえだよ。出てきておくれ」

キャサリンが呼びかけたが、返事がない。

「おかしいわね」

扉をあけようとしたが、鍵がかかっている。ホームズがピットマン警部に目配せすると、警部は部下も呼ばずに自ら扉に体当たりをした。一撃で鍵は吹っ飛んだ。一同は小屋に入ったが、なかはあまりに暗くて、私にはどこに何があるのかまるでわからなかったが、ホームズは興味深いものを見つけたらしく、ハンカチを広げて床から何かを拾い集めはじめた。

「何か見つけたのかね」

「そのとおりだよ、ワトスン。きわめて重要な手がかりを得た。やはり、ロンドンの事件より先にこちらに来たのは正解だったようだ」

彼は、そのあとも小屋の内外を調べてまわったが、最初に発見した「何か」以上のものは見つからなかったようだ。

「ピットマン警部。ぼくたちはこれで失礼いたします」

警部は驚きの表情を隠さなかった。

「もう、解決したとおっしゃるのですか」

「解決はしておりませんが、ここで得られる手がかりはすべてそろえることができました。次は、ロンドンに戻って、二件の首狩り事件を調べたいと思います。その過程で、こちらの事件の犯人もとらえることができると考えております」

「それでは、もう犯人がわかったと」

「おそらくは」

「いったい、誰です」

「まだ、それをあかす段階ではありません。確証を得てからお話ししましょう。それがぼくのいつものやりかたですから」

「せめてヒントだけでもちょうだいできませんか。ホームズさんがロンドンに戻っているあいだに、犯人を逃がしてしまうようなことがあったら取り返しがつきません」

「では、これだけは申しておきましょう。この屋敷に、誰か警官を一名残して、寝泊まりさせるようにしてください」

「レンデル夫人やジョナサン氏に危険が迫っているというのですか」

「そうではありませんが……よろしいですね」

ホームズは、狐につままれたような顔をしているピットマン警部に念を押したうえで、屋敷をあとにした。

5

「ハンス老人の小屋で、いったい何を見つけたんだ」

ロンドンに帰る汽車の車内で、私はホームズにきいた。ホームズは、ポケットからガラスの容器をふたつ取りだして、私に示した。ひとつには、どろっとした赤い粘液が入っていた。

「レンデル氏の寝室で見つけた、血とみまがうような物質と同じだ。あの小屋には、レンデル氏の部屋にあった何かと同じものが、ついさっきまで存在していたのだ」

もうひとつの容器には、白い粉が入っていた。

「——麻薬かね」

「そうではない。ロンドン警視庁に確認してみなければわからないが、ぼくはこれが、イエロー・シン氏の殺害現場に落ちていたという白い粉と同一のものだと考えている」

「きみにはその粉の正体がわかっているのか」

「だいたいはね。これは、ある種の呪術に関係したものだ」

「呪術……？　そういえば、きみはさっき、ジョナサン氏に、レイモンド氏の首が悲鳴をあげたのは、霊魂が首に宿っていたからだとか言っていたな。霊魂の存在が科学的に解明できるとも言っていた。あのことに何か関係があるのか」

「何もないよ、ワトスン。ぼくはただ、霊魂というものを非科学的なものとみなすことに疑義を呈しただけだ」

以前のホームズなら、決してこんなセリフははかなかっただろう。彼は変わった。ライヘンバッハの滝から生還して以来、どこがどうとはいえないが、たしかに変わった。

「今、確実に言えることは、ハンスという老人がある種の呪術に通じていること、そして、彼が、イエロー・シン氏殺害とレイモンド・レンデル氏の事件の双方にかかわりあいがあること、このふたつだけだ。――さて、ワトスン、今日は一日よく働いたので腹がすいたね。今からなら、ハドソンさんの温かい夕食にまにあうことだろう」

彼の頬に血色が戻っているのを見て、私は、ホームズを仕事から遠ざけようとしていた愚《ぐ》をさとった。

「ホームズ、すまん」

私は頭をさげた。

「きみを犯罪捜査から引き離そうとしていたぼくが馬鹿だった。やっぱり、きみには探偵活動そのものが栄養になるようだね」

「やっとわかってくれたか」

ホームズはほっとした表情で私の手を握り、

「だが、きみのやったことが、ぼくの身体を思っての行為だとはわかっている。この事件が解決したら、しばらく休暇をとると約束するよ。ただし、きみも同行すること」

そう言うと、ホームズはにっこり笑った。

◇

翌日から、ホームズは朝から深夜まで精力的に動きまわった。朝、私が目を覚ましたときにはすでにベッドに姿はなく、ベイカー街に戻ってくるのはたいてい、ビッグ・ベンが日付の変更を告げる鐘を鳴らしたあとだった。部屋に入ると、ただいまも言わず、靴も脱がず、そのままベッドに倒れ込むこともしばしばだった。

「捜査はどのあたりまで進んでいるのかね」

とたずねても、

「まだ、ぼくの伝記作家たるきみにしゃべれる段階じゃない。いや……今度の事件は、解決しても、書いてもらえないかもしれないな」

「文章にできるできないは別として、私も連れていってくれないか。ひとりでこの部屋にいるのは退屈でしかたがない。きのうなんか、きみのヴァイオリンでも弾いてみようかと思ったぐらいだ」

そう言うと、ホームズは顔をひきしめて、

「ワトスン……今取りかかっているこの事件は思っていたよりも危険だということがわかった。相手は、知恵があるうえに、凶悪な連中だ。親友のきみを危険にさらすわけにはいかない」

「親友なら、きみが危険とわかっているところに飛び込んでいくのを知らぬ顔はできない。足手まといにならないよう気をつける。少しでも手伝いたいんだ」

ホームズは、一瞬、感動した様子で言葉に詰まっていたが、すぐに目を閉じ、首を横に振ると、

「毎日、敵地に潜入していると、さすがに心細くなって、そばにきみがいてくれたらと思ったことも一度ならずある。だが、今度ばかりは危険すぎるんだ」

私は、彼がたいへんなときに手助けをしてやれぬもどかしさに、隔靴《かっか》掻痒《そうよう》の思いだった。

◇

そんなある日の夕方、ホームズが珍しく早めに下宿へ戻ってきた。自作の目薬を点眼し、いつもの栄養薬を服んだあと、

「ようやく事件の全貌がつかめかけてきた」

「それはおめでとう。私にも話してくれるのかね」

「もちろんだとも。この一週間ほど、ぼくがどこでどんな危ない橋を渡ってきたか、きみには

想像もつかないだろうね」

「はやく話してくれ」

「まず、マティルダ・ブリッグス号のことから説明しよう。スマトラから戻ってきた同船には、エヴァン・ベイリーなる船員が乗船していた。彼は小悪党で、スマトラでも現地人をおどして金をまきあげたりしていたらしいが、ギャングの仕切っているバカラ賭博に手を出して、かなりの借金を背負い、その返済を迫られていたようだ。その結果、ベイリーは、現地人の呪術師からあるものを奪って、金に換え、借金を支払った。――その呪術師こそが、殺されたスカンピーという老人だったのだ」

「なるほど」

「もちろん、ベイリーにはそんなことを思いつく頭はない。そそのかしたやつがいるのだ」

「それはいったい誰なんだ」

「そのことは少し措いておこう。――ベイリーが盗んだのは、呪術師にとっては命にもかえがたい大事なものだった。スカンピーはそれを取り戻すためにベイリーを追って、マティルダ・ブリッグス号に乗ったのだ。船のなかで、返せ返さぬの押し問答があったことは容易に想像がつくが、結局、船内ではベイリーはスカンピーにそれを返さず、ロンドンに着いたら返す、ぐらいのことを言って先のばしにしていたのだろう。そうこうしているうちに、船はロンドンに到着し、ベイリーはさっさと姿をくらましてしまった。あわてて、スカンピーは彼を探したが、慣れぬロンドンでは思うに任せない」

「それがどうして、売春婦の集合住宅で殺されることになったんだ」

「ハドリーという女は、その『そそのかしたやつ』の一味だったのだ。たぶん、最初から殺すつもりでスカンピーに近づき、自分の集合住宅に連れ込んだのだろう。船のなかで殺したら大騒ぎになるが、ロンドンのイーストサイドならさほどのことはないからね」

「だが、なぜハドリーという女まで首を切られてしまったんだろう」

「そこが一連の事件の眼目のようだ」

「スカンピーの持ち物に書かれていた『キーゾブルの呪い』というのは何なんだ」

「まだ、わからない。ぼくは、それが呪術師の名前か、呪術そのものの名前かと思っていたのだが、どうやらちがうようだ。あるいは、ベイリーが呪術師から奪ったものの名前かもしれない」

「イエロー・シンについてはどうなんだ」

「彼もまた、マティルダ・ブリッグス号の乗客だったのだ。変名を使っていたから、調べるのに手間取ったがね」

「たしか、拳銃を持っていたな。そうか、彼もギャングの一味だな」

「ちがうよ、ワトスン。イエロー・シン氏は、スマトラの現地警察の警部なんだ」

「まさか……」

「彼は、エヴァン・ベイリーやその背後にいる悪党どもを追って、単身、ロンドンに渡ろうとしたのだ。そして、それに感づいた一味に殺されてしまった」

「『スマトラの大ネズミ』というのは……?」

「まえにも話したが、スマトラにはRhizomys Sumatrensisという大ネズミがいる。もしかしたら、エヴァン・ベイリーのあだ名だったのかもしれないし、呪術にそのネズミを使用するのかもしれない。『キーゾブルの呪い』と関係がある可能性もある。ただし、イエロー・シン氏は、あまり英語が堪能《たんのう》ではなかったようだから、何かを言いまちがえていた可能性も考慮しなくてはならない」

ホームズは下を向いたまま、

「ワトスン、三件の事件の共通点は何かわかるかね」

「それはもちろん……首を切られている点だろう」

「それだけじゃ満点はあげられないね。いいかね、ワトスン、これら三件の事件の共通点は、死体が完全なかたちである被害者、つまり、呪術師スカンピーとイエロー・シン警部は、首がそのまま残されているが、胴体がその場になかった被害者、売春婦ハドリーと実業家レンデル氏については、首が事件のあと、消失しているという点なのだ」

ホームズは興奮した口調で言った。

「ハドリーの生首は、集合住宅の大家のほか数人が目撃しているにもかかわらず、その後、部屋から消えた。レンデル氏の生首は、その妻の手で暖炉で焼かれた。しかも、そのときに目をあけ、悲鳴をあげている。——これがどういうことかわかるかね」

「いや……」

「ぼくはこう思うのだ。ハドリーとレンデル氏の首は、実は、生きていたのではなかろうか、と」

「そんな馬鹿な……」

ことを言うなよと言おうとしたが、ホームズが真剣な面持ちであることに気づき、私は言葉を途中で呑み込んだ。

「ロチェスターの一件にぼくが乗りだしたので、やつらは警戒してなりをひそめているが、なあに、うまくあぶりだしてみせる。あと一息なんだ」

ホームズの両眼がただならぬ輝きを帯びているのがわかり、私は心臓がどきどきしてきた。

「あぶりだす？　どうやってあぶりだすんだ」

そのとき、ハドソンさんが郵便を持って入ってきた。ホームズはそれを受けとり、一瞥《いちべつ》してポケットにねじ込んだあと、破顔して、

「待っていたものが届いたよ。スマトラからの手紙だ。重要な手がかりが発見されたらしい。――じゃあ、ちょっと行ってくる」

「え？　まさかスマトラへかね？」

ホームズは笑って、答えなかった。

「ホームズ、お願いだから、私も連れていってくれ。きみのことが心配で心配でならないんだ」

ホームズは私の肩にそっと手を置き、

「我慢してほしい。きみを……ぼくのような目にあわせたくないんだ」

「ぼくのような目……？　それはいったい……」

「まあ、とにかくここで吉報を待っていてくれたまえ」

「それじゃあせめて、これを持っていってくれ」

私は護身用の拳銃を手渡した。ホームズはしばらくそれをひねくりまわしていたが、

「やめておこう」

そう言って、拳銃をそばの机に置くと、

「ぼくにはバリツの腕があるからね。飛び道具を持っていると、それに頼る気持ちが働いて、かえって危険だ。気持ちだけありがたくいただいておくよ」

そして、例の栄養薬や点眼液を大量にかばんに詰めると、笑いながら部屋を出ていった。

6

そして。

ホームズは失踪した。

何日たっても戻ってこなかったばかりか、連絡ひとつ寄こさない。私は、ロンドン警視庁にレストレイド警部をたずねた。首狩り事件で多忙をきわめているらしい警部は、最初、

「ホームズさんのことだ。そんなに心配なさらなくても、そのうちひょっこり帰ってきますよ」

と言ってとりあってくれなかったが、ホームズの最近の調査結果を説明すると、次第に真顔になっていき、

「それは、偽手紙かもしれませんな」

そう言って、嘆息した。

「犯行を重ねるのに邪魔なホームズさんを呼びだして、どうにかするつもりでしょう。このままではホームズさんの命が危ない」

私は、渡そうとして拒絶された拳銃のことを苦々しく思いだした。

「元気をだしてください。我々、スコットランド・ヤードはホームズさん発見に全力を尽くします」

レストレイド警部は私の肩に手を置いてなぐさめの言葉をかけてくれたが、私は自分のあまりの無力さに気も遠くなる思いだった。

◇

その後も、ホームズの行方は杳《よう》として知れなかった。レストレイド警部は、ロンドンとケント州にホームズの足取りを追うべく手配をしてくれたが、結果はかんばしくなかった。辻馬車

を拾って、チャリング・クロス駅に向かったところまでは調べがついたのだが、その後の消息がわからない。汽車に乗ったかどうかも不明なのだ。スマトラに向かった可能性も検討されたが、それもはっきりとはしない。

ひとり取り残された思いの私に、追い打ちをかけるようなできごとが起こった。どこから漏れたのか、ホームズの失踪が新聞に出てしまったのだ。「名探偵ホームズ氏、謎の失踪。スマトラへ渡航か」という記事が第一面にでかでかと載っていた。その数日後に、ここしばらく鳴りをひそめていた例の「自殺幇助協会」の広告が再び掲載されはじめたのも私の不快さをあおった。

ある昼過ぎ、私がぼんやりと椅子に腰掛けていると、ノックの音がして、ハドソンさんが電報を持って入ってきた。それは、次のような文面だった。

ジョン・H・ワトスンさま

今夜九時、ケント州メードストンのセント・グレシャム教会にひとりでいらっしゃるならば、当方、生首事件解決につながる有力な手がかりを提示する用意があります。来る来ないは貴兄の自由です。

アン・ブーリンの亡霊こと首狩りジャック

最初、いたずらかもしれない、と思った。しかし、ホームズ宛ならともかく、私宛ではいたずらにならない。次に考えたのは、何かの罠ではないかということだ。可能性はじゅうぶんにある。本当に生首事件の手がかりをつかんでおり、その解決を望んでいるならば、私などにではなく、スコットランド・ヤードにそれを提出するべきだろう……。

私はしばらくのあいだ煩悶《はんもん》した。ホームズがいない今、生首事件など何の興味もない。だが、考えてみれば、ホームズを連れ去ったとおぼしき連中と、生首事件の犯人は同一である可能性が高い。生首事件を解決すれば、ホームズの行方にも迫れるかもしれないではないか。親友を救うためなら、どんなことでもしよう。私は、あれ以来、机のうえに出しっぱなしになっていた拳銃を内ポケットに入れ、コートと帽子を手に取ると、その足でロンドン警視庁にレストレイド警部を訪ねた。電報の主は、教会にひとりで来いとは書いているものの、警察に知らせるなとは一言も言っていない。しかし、レストレイド警部は不在で、いつ戻るかもわからないとのことだった。私は、彼以外の警官に、本物と確証のない電報について知らせる気になれず、そのまま警視庁の建物を出た。

◇

駅前の「マッカレン荘」という安宿にチェックインしたころには、星がまたたいていた。宿できいたところでは、セント・グレシャム教会は、駅から馬車で三十分ほど行ったところにある古い教会だが、いまでは閉鎖されているはずだという。私は、八時まえに馬車に乗り、教会へと向かった。夜の田舎道は暗くて凹凸がわかりにくく、御者の努力にもかかわらず、馬車は何度も脱輪しかけた。ようやく、目指す教会に到着したのは、約束の時間の二十分まえぐらいだったろうか。

何の手入れもされていないらしく、朽ち果てかけてはいるが、なかの一室に灯りがついているのが中庭からも確認できた。誰かがいるのはまちがいない。私は、懐中の拳銃をそっとおさえると、石造りの建物のなかに入った。

真の暗闇というのはこういうことをいうのだろう。前後左右がまるでわからない。長い廊下を、灯りもなしに歩くのは骨だったが、壁に蜘蛛のように張りつき、手探りでゆるゆると進んだ。突きあたりの部屋から灯りが漏れていた。ドアをあけようかと思ったが、考え直した。ホームズならこんなときどうするだろう……。私は、拳銃を取りだすと、ドアの間際まで進み、漏れてくる声に耳を傾けた。

「そ、それじゃあ、私を殺してくれるというのは嘘なんですね！」

中年の男性とおぼしき声だ。

「嘘と言われると困ります。我々、自殺幇助協会は、あなたの存在をこの世から消してさしあげます、と申しあげたのです。殺してあげるわけではありません」

今度は、若い女の声だった。

「私はあの新聞広告を見て、やっと救われたと思ったのです。長い間の闘病で、私は疲れ果て、生きることに絶望してしまいました。何度も自ら死のうとしたのですが、臆病でなかなか果たせません。ですから、自殺幇助協会の皆さんに殺してもらえればと思い……」

「申しわけありませんが、お力にはなれません。今夜は、もうおひとかたお客さまがいらっしゃるのです。これ以上、あなたに時間を割くわけにはまいりません。お帰りください」

「おおお願いです。殺してください。お願いします。私を殺してくれ。お願いだあっ」

「もう、うるさいな。だめだと言っただろ。ここは、あんたみたいな病人の来るところじゃないんだ。重病人じゃ、生命保険がかけられないんだよ。とっとと出ていきな」

突然、ドアがあいて、誰かが私の潜んでいる場所の真んまえに飛びだしてきた。思わず身体をすくめたが、私には気づかなかったようだ。その誰か（おそらく、今、しゃべっていた中年男だろう）は、

「ちっ、殺してくれるんじゃないのか。嘘つきめ！」

悪態をつきながら、廊下を戻っていった。

「失礼いたしました。では、次のかた、どうぞ」

乱れた言葉をととのえた女が、そう言うのが聞こえた。

「サイモン・ブロックです。先日はどうもありがとうございました」

しっかりした男性の声だ。部屋のなかには、もうひとりの客がいたらしい。

「いえいえ、お見苦しいところをお目にかけました。わが自殺幇助協会の趣旨を勘違いしてくるかたが多くて困ります。その点、ブロックさんは、よくご理解くださっているようで」

「私は、長年、ある敵に追われているのです。いくら住処《すみか》を変えても、名前を変えても、すぐ

に見つけられますし、その敵の差しむける追っ手を倒しても、またぞろ新しい追っ手が現れるのです。私という存在を消してしまうことができるならば、どんな代償も支払う覚悟です」

「ご立派です。あなたこそ、我々の条件にぴったり合致する依頼者です」

「あのときお願いしてあったものは、できあがりましたか」

「はい、ようやく。見事なできあがりで、あなたも感心なさると思いますよ」

「それは、すぐにでも見たいものですな」

「まあ、そう焦らないで。まずは、確認です。生命保険には加入していただけましたね」

「ご指示のとおり、ロイズ社に八千ポンド、アミカブル社に八千ポンド、エクイタブル社に五千ポンド……合計二万一千ポンドの保険に入りました。受取人は、私の遠縁にあたるもので……」

「わかっております。こちらのほうでも、調べさせていただきました。あなたはたしかに三社の生命保険に加入なさいました。受取人は、ヴァーナーという医師ですね」

「さようです」

「あなたが死んだことで得られる保険料のうち、一万ポンドを手数料その他必要経費としてちょうだいします。よろしいですね」

「もちろん」

しゃべっている男性の声に聞き覚えがあった。聞き覚え、というより、これまで私が親しく接してきた人々のうち、もっとも身近に親しんだ声というべきか。忘れようとしても絶対に忘れられない声である。よかった……彼は無事だったのだ。

「さあ、ご覧ください。これです」

「おお……すばらしい。本当にすばらしい。まさしく……芸術だ。自然の生みだした芸術だ。神のいたずらというべきか……」

部屋に飛び込もうとして身構えた私は、後ろから腕をぐいとつかまれた。声をあげそうになったのを、別のところから伸びてきた大きな手に口をふさがれた。

「私ですよ」

レストレイド警部の声だった。

「ホームズさんの呼びだしでここに来たんです。ケント州警察のピットマン警部も一緒です」

「それでは、あの電報を出したのはホームズ本人……」

「しっ」

警部は、口に人差し指を当てると、なかの会話に注意をうながした。

「見破られる心配はありません。ケント州警察の警官ですら疑いを挟まなかったのです。ただ、気をつけなければならないのは、ちょっと見ただけや触ったぐらいでは絶対にわからないことを保証しますが、専門家の検死や解剖を受けると、ばれてしまう可能性があります。保険がおりるには、警官、弁護士……といったしかるべき身分の第三者に目撃させたあと、早いうちに適宜《てきぎ》処分してください」

女は自信ありげな口調で言った。

「それと、もうひとつ。処分する際に、いきなり火のなかに放り込んだりすると、もがいたり、奇声を発したりすることがあります。くれぐれもご注意を」

「了解しました。——ところで、自殺幇助協会の代表者でいらっしゃる、スティーヴ・スワンプ氏にはお目にかかれないんでしょうか」

「なにかと多忙でしてね」

「白い粉が……ゾンビイ・パウダーがなくては生きていけない身のうえでしょうからね」

「あ、あんたは誰……？」

「ははははは。スティーヴ・スワンプ氏が、最新の依頼者である私が誰であるか知ったら、きみを叱りつけるだろうね」

「あんたは、まさか……」

「ワトスン、両警部、そこにいるんだろう？　どうぞ入ってくれたまえ」

私たちは、ドアをあけ、部屋に入った。そこには、友の久しぶりの笑顔が……。

「うわあああっ」

私は、悲鳴をあげ、うしろに飛びさがった。

机のうえにあったのは、シャーロック・ホームズの生首だったのだ。

7

「どこを見ているんだ、ぼくはここだよ、ワトスン」

部屋の反対方向から投げかけられた声にそちらを向くと、そこに立っていたのは、快活に笑うわが友ホームズだった。

「ど、どういうことなんだ。この首は……」

私は、生首に視線を戻した。瓜二つ……という言葉すら無意味に思えるほど、机のうえの首と実物のホームズの顔は、まさに「同一」だった。あらゆる箇所がそっくりで、そのうえ、どちらにも「血が通った生々しさ」があった。

部屋から漏れ聞こえてくる会話を耳にして、私は、生首をかたどった蠟人形や張り子といった作り物を頭に描いていた。しかし、そこにあったのは、ホームズ自身の首としか思えないものだった。

「これは、いったい……」

私だけではない。レストレイド警部もピットマン警部も、信じられないという面持ちで、その首を見つめている。そして……ホームズの生首は、我々を見つめかえしている。

「これこそが、おぞましいスマトラの『キーゾブルの呪い』だ。見ていたまえ……」

ホームズは、手近にあったマッチ箱を、首に向かって放った。マッチ箱が当たった瞬間、ホームズの生首は目をぱちくりさせると、ずるずるっ……ずるずるっと動いた。

「わあっ」

我々は大声をあげた。ホームズの首は、机の端から床に落ちると、今度はがさごそがさごそとすばやい動きで窓のほうへ移動した。逃げようとしているのだ。ホームズは、懐中から果物ナイフを取りだすと、その首に……自分そっくりの顔にずぶりと突き刺した。頭頂から顎まで見事に串刺しになったその顔は、両眼を見開き、口を大きくあけると、

「ひぎゃあああああっ」

断末魔の叫びをあげ、大量の血を吐いた。そして、ぶるぶるっと二、三度震えると、動かなくなった。血が、床を真っ赤に染めあげていく。

「血に見えるが、そうじゃない。体液が赤いんだ。これまでの首切り事件で、流されていた血の多くは、実は血ではなくて、この体液だったんだ」

「体液……？」

私の疑問に答えるまえに、ホームズは、自分に酷似したその首をむんずとつかみ、裏返した。首のつけ根の部分は、キール夫人が証言していたように、バターをバターナイフですくったように、つるつるだったが、その奥に、黒く、けばだった六本の脚が折りたたまれているのが見えた。

「こいつは、スマトラの山深くに棲《す》む、『キーゾブル』という寄生昆虫の一種だ。幼虫のうち

に哺乳動物に寄生して、その動物の体液を吸って成長する。孵化《ふか》したあと五日ほどで成虫になってからは、背中にゼラチン状の物質を分泌させ、そこに寄生した動物の顔面そっくりの模様を表出することで、一部の生物学者には知られている」

「そんな昆虫がいたのか……」

「ぼくも、東洋の稀少《きしょう》生物に詳しいチャレンジャー教授という専門家に手紙でたずねて、はじめて知ったんだ。おもしろいのは、幼虫のうちに特定の人間に寄生させたこの虫を、成虫になった段階で別の人間の身体に移植しても、虫の背中には最初に寄生した人間の顔が現れる。成虫になったあとも、ここまでの大きさにまで育てあげるためには、宿主ともいうべき人間に寄生させておく必要があるのだが……」

ホームズは言葉を切り、ピットマン警部に押さえ込まれている若い女に近づくと、

「自殺幇助協会の助手、マリア・レゾンス、またの名をハドリーさんですね」

「ちくしょう、私は一番気をつけなければいけない相手を……くそっ！」

女は歯がみをし、床に唾を吐き捨てた。

「すると、ハドリーは死んではいなかったんですね」

レストレイド警部の問いにホームズはうなずいた。

「こいつはもともと一味のボスの情婦で、自分が死んだことになっていたほうがあとあと活動がしやすいと、自分の顔虫を作った。スマトラの呪術師を殺したとき、自らはテムズ川に飛び込み、自分の顔虫を家主たちに見せつけたあと、ひもか何かで窓の外から回収したんだ。警察

は胴体を捜すために川浚《さら》いをしたそうだが、むだな努力だったね。もともと胴体は存在しなかったのだから」

「ちくしょう、そうだったのか」

レストレイド警部はくやしがって地団駄を踏んだ。

「イエロー・シン氏の殺害を行ったのは、一味のボスだ。彼は、レイモンド・レンデル氏の屋敷の下僕として住み込んでいたが、ロンドンへ一時舞い戻り、仕事の邪魔になるイエロー・シン氏を殺害した。首を切ったのには、深い意味はないだろう。連続首切り事件として話題になれば、そのあとケント州で行うべき彼らの本業がやりやすくなるとでも思ったのだろう。アン・ブーリンの亡霊を持ちだしたのも、同じ理由からだ。そして、事実、新聞が書きたてることによって、事態は彼らの思いどおりになっていった」

「本業というと?」

私の問いに、ホームズはそんなこともまだわからないのかという顔をして、

「彼らがたくらんでいたのは、保険金詐欺《さぎ》だ。没落貴族や投資に失敗した富豪などに知恵をつけ、多額の生命保険をかけさせたうえで、顔虫を使って偽の首を作り、首狩りにあって殺されたことにする。首は、衆目にさらしたところで処分してしまう。保険会社からおりた保険金のうちの一部を手数料としてちょうだいする。おおかたそんなところだろう」

「じゃあ、レンデル氏は……」

「生きている。あの屋敷のどこかで保険金がおりるのをじっと待っているはずだ。ピットマン

警部、あの屋敷には見張りをたてておいてくれてますね」

「指示どおりにしてあります」

「それじゃあ、そろそろ息が詰まりかけているころだろう。一度家捜《やさが》しをしてみることです。どこかに地下室があるかもしれませんよ」

「わかりました。夫人も共犯なんですね」

「でしょうね。ハンスという下僕を引きいれたのは弟のジョナサン氏だから、彼がこいつらとの接触係になっていたのでしょう。『キーゾブル』の成虫は、宿主から引き離すと二日ほどで死んでしまいますから、おそらくハンス老人は、あの小屋でひそかに『キーゾブル』とその宿主を飼っていたのでしょう。ぼくが乗りだしたのを知って、あわてて引き払ったのだと思います」

ホームズはそこまで言うと、ハドリーことマリア・レゾンスに顔を向け、

「レストレイド警部、こいつをただちにロンドンに連行して、厳重に取り調べてください。この女が売春婦ハドリーであることは、イーストサイドを担当する警官に面通しをさせればすぐにわかると思いますよ。それと、ピットマン警部は、部下を連れてレンデル氏の屋敷に行き、家捜しをしてください。よろしくお願いします」

「わかりました。――ホームズさんはどうなさるんです」

レストレイド警部の問いに、ホームズは莞爾《かんじ》として笑い、

「最後の仕事が残っています。その結果は、またお知らせします。では……」

私の肩を叩くと、部屋から出るよううながした。

◇

ふたりきりで教会の廊下を歩いているとき、私はホームズに言った。

「ひどいじゃないか、失踪だなんてだますとは……せめて、私には教えておいてくれてもよかったんじゃないのか」

「敵をあざむくにはまず味方からだよ、ワトスン。――きみは、ぼくにとって最大の味方だからね」

そう言われると、何もそれ以上せめられなくなってしまった。

「相手は、ぼくが乗りだしたとわかると、次の事件を起こさなくなってしまった。やつらをあぶりだすには、どうしてもぼくが失踪したことにする必要があったんだ。案の定、一度は自粛《じしゅく》していた新聞の勧誘広告を復活させた。ぼくはあれを見て、応募したのさ」

「じゃあ、新聞に記事を出したのも、きみなのか」

「知り合いの記者に頼んで、書いてもらった」

「私がどれだけ心配したと思ってるんだ」

「すまん、ワトスン。だが、おかげでとんでもない魚が釣れたようだ」

「魚……？　一味のボスか」

「そうだ。やつの隠れ家もつきとめてある。ここから馬車で三十分ほど行ったところにある森のなかの掘っ立て小屋だ。そこで、やつは『キーゾブル』の育成などを行っているようだ。やつのことだから、マリア・レゾンスの正体がばれたことに気づいたかもしれない。また逃げられたら次はないかもしれないし、証拠を破棄されてしまう。急ごう、ワトスン」

「私が行ってもいいのかい」

「たしかに危険極まりないやつだが、やつとの戦いは、レストレイドくんやピットマンくんには見せたくないのだ。こういうときに、頼りになるのはきみひとりだ」

私は、その言葉に感激し、拳銃を手に握ると、

「ようやくきみの役に立てるよ」

「それを使わずにすむことを祈っているが……」

ホームズの顔は、これまでに見たこともないほどひきしまっていた。

◇

暗い森のなかに分け入り、灌木《かんぼく》をかきわけて進む。すぐにズボンはひっかき傷だらけになった。

「あそこだ、ワトスン」

突然たちどまったホームズが前方を指さした。そこには、木々に埋もれるようにして、一軒

の小屋が建っていた。

「どうする、裏側にまわるか」

私がきくと、ホームズはかぶりを振り、

「そんな必要はない。正々堂々と正面から入ればいいのさ。また、そうすべき相手なんだ」

「ボスの正体は何なんだ」

「すぐにわかるさ」

ホームズは玄関まえの木製の階段を軽快な足取りで駆けあがり、ドアを叩いた。

「あけろ、シャーロック・ホームズだ」

なかから返事はなく、がちゃん、と何かが割れる音がしただけだった。ホームズはドアに体当たりを食らわせ、途中からは私も参加して、鍵を吹っ飛ばした。

小屋に入ると、そこにはホームズの下宿にもまして、化学の実験道具がところせましと並んでいた。犯罪者の隠れ家というより、科学者の実験室に迷い込んだようだ。その実験道具の後ろ側に、初老の男が椅子に座っていた。顔は憎々しげに歪み、悪鬼のような形相でホームズをにらみつけている。

「マリア・レゾンスはロンドン警視庁に逮捕された。ピットマン警部が、家宅捜索のためにレンデル家に向かっている。貴様の悪事はすべて露見したぞ」

男は応えない。

「ホームズ……こいつは何者なんだ」

「下僕のハンスさ」

「何だって？　こいつが一味の黒幕なのか」

「もちろんただの老人ではない。ある人物の仮の姿だ」

「もったいぶらずに早く教えてくれ」

「わからないかね、ワトスン。あれだけの大胆不敵な犯罪を易々とやってのける人物。変装の名人。殺害の方法はきわめて芸術的だし、スマトラに棲む稀少昆虫への知識もある。それを犯罪に応用する頭脳も独創的だ。また、殺人に対してなんの躊躇もない。犯罪界のナポレオンともいうべき怖ろしい男……」

「ま、まさか……」

「そう、ぼくの宿命のライバル、モリアーティ教授だ」

「彼は、ライヘンバッハの滝で死んだのでは……」

「たしかに死んだ。一旦はね。しかし、蘇ったのだ。——そうだね、教授」

モリアーティは、煮えたぎるような憎悪の視線をホームズに向けたまま、あいかわらず応えようとしない。

「これを見たまえ、ワトスン」

ホームズは、手近なビーカーのなかにあった白い粉を指さすと、

「これは、西アフリカで信仰されているヴードゥー教の信徒が使用するゾンビイ・パウダーという粉だ。ぼくは例のウィステリア荘事件のときに、エッカーマンの著書『ヴードゥー教とア

フリカ原住民の宗教』でこれについて知った。神聖な石の粉と聖水を中心に、ひき蛙、フグという魚、特殊な豆のエキス……さまざまな生物、非生物から抽出した成分を混合して、秘密の製法で作りあげる、まさに魔女の薬というべきものだ。驚くべきことに、この粉を使用すると、死者を蘇らせることができるんだ。モリアーティ教授は、自分に万が一のことがあったときに、この粉を使って自分を黄泉《よみ》の淵から呼び戻すよう、部下に指示していたのだろう。ライヘンバッハの滝で彼が死んだとき、部下の誰か……おそらくモラン大佐かパーカーあたりが、教授の死骸にこのパウダーを使って復活させたのだ」

「そんな馬鹿げたことが……」

「ある。現に、目のまえにいる男を見たまえ」

それは、死後の世界や霊魂の存在を認めることだ。イギリスで一番合理的な思考の持ち主と思っていたホームズがそんなことを言うなんて、私にはとても信じられなかった。

「ゾンビイとして蘇ったものは、常にこのパウダーを携行して、定期的に服用しないと生命を維持することができない。教授の立ちまわる先々にこの粉が落ちていたのはそのせいだ。依頼者との応対や顔虫の育成をマリアに任せっきりだったのがきみの敗因だ。ぼくの顔をした『キーゾブル』を見たら、依頼人が誰か気づいただろうに」

瞬間、モリアーティは立ちあがると、ジャックナイフを振りかざして、ネズミのようにすばやい動きでホームズめがけて飛びかかった。イエロー・シン氏ののど笛を切り裂いたであろうそのナイフが、ホームズの顔面に吸い込まれていく。私は、あわてて拳銃を取りだしたが、狙いが定まらない。ホームズは、半歩だけ、すっと身をかわすと、教授のナイフを持った右腕をつかみ、ぐいとひねった。バリツの技なのだろう。ナイフがぽろりと落ち、私は、

（やった……！）

と思ったが、教授はそれを空中で左手で受けとめ、ホームズの脇腹に向かって突きだした。ナイフの先端が、ホームズの腹部にずぶずぶめり込んでいった。

「ホームズ！」

私は大声で叫びながら、モリアーティ教授に身体ごとぶつかった。教授は仰向けに倒れ、私は馬乗りになって、教授の両腕を押さえようとしたが、人間離れした力で逆にはねとばされた。教授は、私の首をぐいぐい締めつけてきた。視界が真っ赤になり、頭の血管が全部破裂しそうになった。

「死ね……死ね死ね……生きとし生けるものよ、皆、死ねえっ」

教授の叫び声がずいぶん遠くに聞こえる。意識が薄れかかったそのとき……。

べきっ。

骨がへし折れる音が耳のすぐそばで聞こえて、首の周囲からすうっと力が抜けた。

「だいじょうぶか、ワトスン」

ホームズに支えられ、何度も咳き込みながら、私はようよう立ちあがった。

「私より……きみはどうなんだ。脇腹の傷は……」

「なあに、かすり傷さ。心配いらないよ。それより、見たまえ。教授の頸骨《けいこつ》をバリツで叩き折

ってやった。頭部と首を切り離せば、ゾンビイは死ぬんだ」

ホームズが指さした方向を見た私は、思わず声をあげた。

モリアーティ教授の姿は、ほんの数十秒のあいだにおそろしく変貌していた。全身の皮膚から水分が失せて、羊皮紙《ようひし》のようにぱりぱりになり、頭髪や眉毛などが抜け落ちて、まるでミイラのようだ。洞穴《どうけつ》のようになった口をもぐもぐと動かし、

「俺は死んでも……この礼は……かならずするからな……」

続いて肌が陥没《かんぼつ》し、乾燥した肉、骨、そして、内臓などが剝きだしになった。腹部からは大量の白い粉が床にあふれでた。ほとんど骸骨に近くなった教授は、しばらく両手の指をかすかに動かしていたが、やがて、その動きもとまった。

「人間の生死は、神だけが司《つかさど》ることのできるものだ。人間が、おのれの生死を自由にしようというのは神への冒瀆《ぼうとく》だ」

吐き気をこらえながら私がそう言うと、ホームズは悲しげな表情で首を何度か横に振り、

「これだけの才能の持ち主だ。死によって、偉業の達成をさえぎられることが耐えられなかったのだろう。その気持ちはわかる」

「何を言ってるんだ。それじゃあ、きみは、無能な人間は死ぬべきだが、天才なら二度目の生を生きる権利があるというのか」

ホームズは何も応えず、隣室の小部屋に通じるドアをあけた。

◇

異臭がした。

鼻がもげそうなほどの、生臭い臭いだ。

一歩足を踏みいれて、さすがのホームズも立ちどまった。

「おお……神よ」

そう彼がつぶやくのが聞こえた。

「ワトスン……きみは見なくてもいい」

「どうしてだね」

「これは……悪夢に等しい光景だからだ。よほど強靭《きょうじん》な神経の持ち主しか、耐えられないにちがいない」

私にためらいはなかった。

「見るよ。ここまで来たんだ。どうしても見る」

「そうか」

ホームズは少し脇にのいて、私に場所をあけた。

部屋の隅に、不潔なベッドがあった。そのうえにあった物体を見て、私は女性のような悲鳴をあげた。

骨と皮ばかりにやせ衰えた、全裸の若い男。その背中や、胸部、腹部などから、球状の何かが生えていた。それは……人間の顔だった。ひげを生やした中年男の顔、眼光鋭い老人の顔、まだ十代と思われる女性の顔……およそ二十ほどの顔が、その男の全身を覆い尽くして、もぞもぞと蠢《うごめ》いていた。それらは、これから起こるはずの保険金詐欺事件で「死ぬ」はずだった人々の顔なのだろう。そして、ついさっきまで、ここにホームズの顔もぶらさがっていたのだろう。

私は、吐いた。胃のなかのものを全部吐ききっても、吐き気はとまらなかった。

「この男こそ、マティルダ・ブリッグス号の船員、エヴァン・ベイリーだ。借金のかたに、呪術師スカンピーのところから顔虫を盗みだしたあとは、自らの身体を宿主として、虫たちを養わされていたのだ」

ホームズは、不快そうに顔をしかめた。

「た……」

身体中に顔虫を生やした若者が、ひびわれた唇をゆっくり動かして、何かを言った。

「た……すけて……く……れ……」

私は、かぶりを振った。

「もう遅い。きみを救うことはできないだろう」

「できる……殺して……くれ……。この……地獄から……救いだして……くれ……」

ベイリーは、力を振り絞ってそう言った。私がホームズを見ると、彼は黙ってうなずいた。

私は、拳銃を取りだし、数発を、若者の心臓に撃ち込んだ。若者がほほえみながら息たえた直後、彼の身体を覆った顔が口を大きくあけて一斉に笑いだした。

「あはははは」

「うへっ、うへっ、うへっ」

「きーひっひひひ」

「ふはっはっはっ」

二十ほどの顔の笑い声が、狭い部屋にこだました。こちらを向いた大きな口、口、口……。

「ワトスン、わかったかね。これこそ『スマトラの大きな口（giant mouth of sumatra)』だ。英語をよく知らないイエロー・シン氏は、『ネズミ（mouse)』と誤記していたがね」

「ひひっ、ひひひひっ、ひっ」

「へっへっへっへ」

「おほほほほ」

昆虫の出す摩擦音だとわかってはいても、とても我慢できない。

「笑うなっ。笑うなというんだっ！」

私は、それらの顔のひとつずつに向けて、次々と引き金を引いていった。

◇

翌朝早く、私たちはベイカー街の下宿に戻った。笑顔で出迎えてくれたハドソンさんの心づくしの朝食をしたためたあと、私はホームズにたずねた。彼は、また目の痛みが再発したらしく、しきりにまぶたをマッサージしている。

「この事件は公《おおやけ》にできないね」

私が言うと、

「そうしてくれたまえ。モリアーティが死から蘇ったなどという話は、世間に対してあまりに衝撃的すぎるし、ぼくの今後の仕事にもさしつかえるからね」

「私にはまだ信じられないよ。人間が、そんな粉の力であの世から引き返してくることができるなんて……」

「そうかね……」

ホームズは、薄笑いを浮かべながら、自ら調合した栄養薬を大量に飲みほした。そして、そのコップを机に置こうとして身をよじったとき、カタンと音がした。私とホームズは同時に、音がしたところ——ホームズの脇腹に目をやった。ホームズが隠そうとするより早く、私はそれを見た。

ジャックナイフだった。まだ、脇腹に深々と突き刺さっていた。

「ホ、ホームズ……これは……」

どういうことだ、と言おうとして口をつぐんだ。触れてはならない問題のような気がしたからだ。ホームズは、ナイフを自ら引き抜くと、ハンカチで血糊《ちのり》をぬぐい、机のうえに置いた。

「ぼくは、もう死なないのだ」

「死なない……？」

「ちょ、ちょっと待ってくれ。目が痛いんだ」

彼は、目に、ナイフの血をぬぐったばかりのハンカチを押し当てた。

「診ようか、ホームズ」

「いや……」

そう言って、ホームズはハンカチで両目を覆ったまま、落ちついた声で言った。

「ぼくはね、本当はあのとき死んだんだ。ライヘンバッハの滝壺に落下したとき、モリアーティ教授とともにね」

「嘘だ……」

「残念ながら、本当のことだ。教授は手下に命じてあったゾンビイ・パウダーの力で蘇ったが、ぼくも同じようなことを考えていた。まえに、オンミョージのことを話しただろう。日本にいる魔法使いのような連中だ。ぼくは、バリツを習得するときに、ひそかにオンミョージの秘儀も伝授されたんだ。『生活続命法《しょうかつぞくみょうのほう》』といってね、死者をこの世に呼び戻す秘法だ。スイスに出発するまえ、ぼくは前もって、いつ死んでも、一定期間がすぎれば復活できるように準備をしておいた。――そして、今日《こんにち》のぼくがある」

ホームズは、身体を乗りだして、

「ワトスン、死後の世界というのはたしかにあるのだ。ぼくはそれをこの目でつぶさに見てきた。これからは、そういった体験もふまえて、犯罪捜査にあたるつもりだ」

そして、栄養薬や点眼液を指さすと、

「これらは、教授のゾンビイ・パウダーと同じで、ぼくが生命を維持していくために必要な薬品だ。三日に一度、これらを服用しなかったら、ぼくの身体はあちこち腐ってしまう。現に、ぼくの目は、手当てが遅れたためにね……」

ホームズは、顔からハンカチを離した。ハンカチのうえには、ぬるりとした眼球がふたつ載っていた。

「ホームズ……」

一瞬、死臭が漂い、窓から入ってきた朝風に霧散した。私は、ぽっかりとあいた彼の暗い眼《がん》窩《か》を、呆然《ぼうぜん》と見つめるしかなかった。

◇

こうしてイギリスを恐怖のどん底にたたき込んだ首狩り事件は解決した。ハドリーことマリア・レゾンスは殺人罪で逮捕され、モリアーティが犯した罪もすべて押しつけられた形で処刑された。レンデル家関連では、ピットマン警部の徹底した捜査により、ハンス老人が寝起きしていた小屋の地下に秘密裏に造られていた地下室に隠れていたレイモンド・レンデル氏が発見され、共犯のサリー、弟ジョナサン氏とともに、保険金詐欺の疑いで逮捕された。

あれから三十年以上が過ぎ、私も老いた。いつ、あの世に召されるかもしれない。いまだホームズの許可はおりないが、記憶が薄れるまえに、どうしてもこの話だけは書き残しておかなければならない。

ここまで読んできた読者にはすでにおわかりだろうが、首狩り事件以降、私が発表してきたホームズの冒険譚は、すべて事実を少しずつ改変して述べている。たとえば、首狩り事件のことはほとんど触れていないし、私も、首狩り事件のことを知らないように書いてある。また、それまでホームズがオカルトについて否定的な見解を述べてきたことは事実だが、蘇生以降は百八十度考えが変わった。自ら彼岸《ひがん》を見てきたのだからむりもないが、そのことを書くことによって、読者のホームズ観が変わってしまうことをおそれ、あくまで「オカルトに否定的な」ホームズとして徹底させた（ホームズもそのことを了承した）。

いずれにしてもこの事件が、ホームズがその才能を十二分に発揮したものであることは疑いをもたない。この原稿は、私の死後、ホームズの許諾を得て、発表するなり、焼却するなり、処分を決定してもらいたい。

〈ジェイムズ・D・D・スタビンスによる追記〉

原稿はここで終わっている。我々は、内容を熟読し、三つの可能性について検討した。ひとつは、すべてがワトスン医師の妄想である、という可能性。なぜならスコットランド・ヤードに保管されているかつての資料を繙《ひもと》いても、ロンドンにおける連続首狩り事件についてのデータが見あたらないからである。もっとも、ロンドン警視庁は移転や火災で、往時の資料の多くが散逸していると考えられるため、そのことが決定的証拠とはいえないが。もうひとつは、ホームズ氏の死亡・再生云々という部分が、ホームズ氏のコカイン中毒による妄想である、という可能性。麻薬中毒者の多くが、自分をキリストになぞらえることはよく知られた事実である。最後は、すべてが事実であるという可能性。ホームズやモリアーティは、ライヘンバッハの滝で死亡し、その後、復活したのだ、スマトラには、人間の顔を再現する昆虫が棲息《せいそく》しているのだ、それを用いた奸悪《かんあく》な保険金犯罪が行われたのだ……。とうてい信じられないが、ありえないことではない。ワトスン医師が生前に発表を拒んだのは、この事件がワトスン医師の創作だからだ、事実なら何らかの形で発表したはずだ、という意見もまちがっている。ワトスン医師は、あの名高い切り裂きジャックの事件についても、生前、何も言及しなかったではないか。

この原稿内容が真実だとすると、ワトスン医師がこれまでに発表してきた多くの冒険譚の内容に齟齬《そご》が生じるが、それは同医師も告白しているとおり、ホームズという確立されたキャラクターを壊すことが大勢の人間に多くの不利益を生じさせると考えたためであろう。

しかし、ワトスン医師は、この事件そのものの存在を読者に開示しておきたいという欲求を抑えることができなかったようだ。「サセックスの吸血鬼事件」の冒頭部分に記載の「スマトラの大ネズミ」事件がそれである。もっとも、ワトスンの原本をリライトしたドイルの勘違いか、「giant mouse」ではなく、「giant rat」と誤記されてはいるが。

この稿の発見により、ホームズ研究が今後、新たな段階に入ることはまちがいない。それは、世界中のシャーロッキアンが望むと望まざるとにかかわらず、あらがえぬ潮流なのだ。

忠臣蔵の密室

「この九寸五分は汝へ形見。この短刀を以て我が存念を」

「仮名手本忠臣蔵」より
塩冶《えんや》判官《はんがん》高貞《たかさだ》の台詞

プロローグ

あれほど降りつづいた雪もやみ、空には星がくっきりと輝いていた。月明かりに黒々と浮かびあがる吉良《きら》屋敷の表門には、すでにいくつものはしごが掛けられていた。隣接する長屋の屋根にもはしごが立てかけてあった。

「ご家老、下知《げち》を」

原惣右衛門《はらそうえもん》の言葉に、大石内蔵助良雄《おおいしくらのすけよしたか》は軽くうなずくと、采配《さいはい》をざっとうち振った。

「目指すは上野介《こうずけのすけ》の首のみ。ものども、参れ」

その言葉を聞くや、火事装束を身につけた大勢の浪士たちがわれ先にとはしごに突進していった。表門の一番乗りを果たしたのは大高源吾《おおたかげんご》であった。

ほとんどの浪士たちが邸内に消えたあと、内蔵助が言った。

「さ、惣右衛門どのも参られよ」

「ならば、ひと働きしてまいりますかなあ。さきほど食うたうどんが、まだこなれておらぬゆえ……」

でっぷりと肥えふとった惣右衛門は、相撲とりのように見えるし、ゆでたまごのようにつるりとした顔だちも滑稽な感をあたえるが、これでどうしてなかなかの豪傑である。勅使饗応役《ちょくしきょうおうやく》だった主君内匠頭《たくみのかみ》が江戸城松の廊下で刃傷《にんじょう》事件を引きおこしたとき、彼は江戸詰めで、ちょうど勅使の宿所にいた。刃傷によって饗応役がほかの大名に交代になったので、惣右衛門はただちに饗応に使うべく赤穂《あこう》から取りよせた家具・道具類をかたづけ、宿所に船を横づけさせて、それに運びこませた。予想もしなかった事態に取りみだし、うろたえ騒ぐものの多かったなかで、水際《みずぎわ》だった処理であったという。その直後、国もとに事件を知らせるための第二報として(第一報は、早水藤左衛門《はやみとうざえもん》と萱野三平《かやのさんぺい》)、早駕籠《はやかご》を走らせた。ふだんなら十七、八日ほどかかる江戸・赤穂間をたったの四日半で駆けぬけたのである。もちろん不眠不休で、当年五十四歳、肥満体の惣右衛門には相当つらかっただろうが、彼はおくびにも出さず、見事に使者の役目を果たした。また、家老大野九郎兵衛《おおのくろべえ》が城属金《しろつききん》分配に際して義弟の岡島八十右衛門《おかじまやそえもん》に対して吐いた暴言を耳にして憤激し、弟とともに九郎兵衛の屋敷にまで押しかけていって斬りころそうとしたという、権威に屈しない傲岸《ごうがん》さも持ちあわせている。

「おおい、わしも行くぞ」

大声で叫びながら、はしごをよちよちよじのぼる。いったん、長屋の屋根のうえに立ち、飛びおりようと身がまえたとき、足もとで猫がニャアと鳴いた。

「ぬわあっ」

惣右衛門は足を滑らせ、そのまま尻から地面へ落下した。地響きがして、聞きつけた若い浪士がなにごとならんと駆けつけてきた。

「これは原どの、しっかりなされよ」

「ば、馬鹿もの、わしにかまわず、持ち場に向かえっ」

そう怒鳴りつけたあと、腰を痛そうにさすりながら立ちあがる。

二千五百五十坪もある広い吉良邸の諸処《しょしょ》かたがたで、鉄と鉄を叩きつけあうガチッという音、斬ったもの、斬られたものの双方の雄叫び、なにかを蹴たおす音、めりめりという木の裂ける音、弓鳴りの音……などがわきあがって、ひとつのうわあ……んという騒音になっている。

「いたか」

「おらぬ」

「探せ。屋敷からは出ておらぬはずだ」

「心えた」

そういった会話が何度となく聞こえてくる。

そして、半刻あまりが過ぎた。寝所はいうまでもなく、屋敷内のあらゆる場所を探しに探したが、目指す吉良上野介の姿はなかった。戦闘と捜索に疲れはてた浪士たちの顔に、焦りの色が濃くなっていった。

「やはり、吉良は在宅しておらなんだのでは」

「茶会があったのだから、そんなはずはない」

「我らの気づかぬうちに、外に逃げのびたのではないか」

しかし、内蔵助は動ずることはなかった。

「押しいれや床下、天井裏……いま一度丹念に隅から隅まで探してみよ。厠《かわや》や台所、炭小屋なぞは調べたのか」

「炭小屋……」

誰かが声をあげた。

「そういえば、上野介の寝所と長屋のあいだに、炭小屋がござる。あそこはいまだ探しておらぬはず」

「ならば、間《はざま》、堀部《ほりべ》、武林《たけばやし》の三名にてその小屋を探れ」

名指しされた三名が炭小屋に向かった。

「誰ぞおるのか」

堀部安兵衛《やすべえ》が、小屋の入り口のまえで叫んだ。なんの応答もない。間十次郎《じゅうじろう》が引き戸に手をかけると、どうやら釘づけになっているらしく、ぴくりとも動かぬ。気短な十次郎は、ただちに戸を蹴やぶった。

「いざ出あえ」

誰も出てこぬ。小屋のなかの空気は凍りついており、埃ひとつたたぬ様子である。

「ひとの気配がせぬようです。ここもまた……」

間が、気落ちした声で言った。

「あきらめるな。まだ、奥がある」

堀部安兵衛が、年若の間を励ますように言うと、十次郎も槍を小脇に抱えて、小屋の奥へと踏みこんだ。そのとき……。

なにかが、積みあげてあった炭俵の陰から倒れかかってきた。十次郎が飛びしさると、その「なにか」は小屋の床に長々と寝そべってしまった。

「なにやつ！」

十次郎が槍を向け、武林唯七《ただしち》が刀を突きつけたが、相手はぐったりしたまま微動だにしない。安兵衛が龕灯《がんとう》を向けた。それは……白衣を着た、白髪の老人であった。顔には血の気がない。

「上野介どのでござるか」

安兵衛が声をかけたが、返事はない。彼はかがみこんで、その老人の脈をとった。

ややあって、蒼白な顔で小屋から出てきた三人を、大勢の浪士たちが取り囲んだ。中央から進みでた内蔵助が、

「いかがいたした」

安兵衛が苦々しげな口調で言った。

「すでに……ことされております る」

「おぬしらが斬りつけたゆえか」

「いえ……我らが踏んごんだときにはもう……」

「病死か」

「これをご覧じろ」

十次郎が、老人の脇腹を指さした。そこには、短刀が深々と突きたっているではないか。

皆、岩のように押しだまった。沈黙をやぶったのは内蔵助だった。

「各々がた、これは……」

そこで一旦絶句したが、言葉をふりしぼるようにして、

「これはじつに困ったことにあいなり申した。我ら一統が艱難辛苦《かんなんしんく》のすえに討ちいったときすでに、目指す仇の吉良は殺されておった……では世間のよい笑いものじゃ。このことはここにおる四十七人のあいだのみの大秘事にて、けっしてよそに漏らしてはならぬ。——よいな」

一同はうなずいた。

「しかし、なにものがかようなことを……」

安兵衛の言葉に、足首をねんざした原惣右衛門が顔をしかめながら、

「なにもののしわざかはわからぬが、これは摩訶不思議なることじゃ」

「なんのことでござる」

「見られよ。炭小屋には窓はなく、出入り口はここひとつだけ。しかも、雪上の足跡はおぬしたち三人のものしかついておらぬではないか。——上野介どのを弑《しい》したくせ者は、どうやってこの小屋に入り、そして、出たのか……」

言われてみればそのとおりであった。惣右衛門の指示で、十次郎と唯七がふたたび炭小屋の内部を調べたが、ほかに隠れているものはなく、隠し扉や抜け穴なども見あたらぬ。天井も頑丈なつくりで、入りこめそうな隙間はない。入り口は一カ所のみ、そして、足跡は安兵衛、十次郎、唯七のものしかない……。

「これは、『閉じたる場』にござる」

惣右衛門は重い声でそう言った。

1

遠近《おちこち》に雪の残る山里の、禅画のように白と黒だけの風景が、冷えびえとして眼前に広がっている。その冷気は、りくの今の心情をあらわしているかのようだった。胸にぽっかりと黒い空洞が口をあけていた。

夫である大石内蔵助良雄に離別され、実家のあるこの豊岡《とよおか》の地に戻ってはや九カ月が過ぎた。夫内蔵助と長男主税《ちから》を含む赤穂の浪人四十七人が、昨年の十二月十四日の深夜、本所吉良邸に討ちいった。彼らは亡君浅野《あさの》内匠頭の仇である吉良上野介の首をとり、隊列を組んで高輪泉岳《たかなわせんがく》寺《じ》まで堂々行進のすえ、大目付の指図《さしず》によって細川《ほそかわ》、松平《まつだいら》、毛利《もうり》、水野《みずの》の四家にお預けとなった。りくがそのことを知ったのはちょうどひと月ほどまえの年末のことで、江戸にいる遠戚のものが手紙で教えてくれたのだ。それによると、彼ら四十七士は「赤穂義士」と呼ばれ、江戸ではたいそうな人気であるそうだ。江戸市民にすれば、生類憐《しょうるい》れみの令をはじめとする暴政や高騰《こうとう》する物価に苦しむ自分たちの鬱憤《うっぷん》を、義士たちがかわって晴らしてくれた、という思いなのであろう。幕府裁定に真っ向からたてついて、将軍家のお膝元であっぱれ主君の仇討ちをした義士たちに、庶民は喝采を送っているという。りくは、そのことをうれしく思う反面、当惑を覚えざるをえなかった。

内匠頭刃傷の際は、その日のうちに切腹の沙汰《さた》があった。しかし、今回は討ちいりからひと月以上もたつというに幕府の評定はいまだないらしい。幕府内でもこの行為の評価がまっぷたつに割れているからである。老中や諸大名のなかには、赤穂浪人たちの討ちいりは武士道にかなった義挙であり、とかく柔弱に流れがちの太平の世に文武忠孝《ぶんぶちゆうこう》の心を示した、と賞賛するものがあり、一方では、天下の法を犯した不届きな謀反人《むほんにん》であり、磔刑《たつけい》・さらし首などの厳罰に処すべしという意見もあった。そういった相反する意見を耳にするたびに、りくは身をよじりたくなるほどの焦燥《しようそう》におそわれるのだった。考えてはならぬ、と自らを戒《いまし》めてはいるが、ひょっとすると、

(罪を許されるやも……)

そういう期待感が胸のうちにふくらむのをおさえることができぬ。

犯罪者の家族(男児)は連座《れんざ》して責任を負わねばならぬことが当たりまえの時代であったから、内蔵助はそういう事態に備えて、次男吉千代《よしちよ》を出家させていた。今、りくの手もとにいる男児は、離縁されたときすでに身ごもっていた、生まれたばかりの大三郎《だいざぶろう》ひとりである。夫と長男主税を義挙に奪われ、次男は仏門に奪われ、長女くう、次女るり、赤ん坊の大三郎を抱えて、りくは日々、呆然《ぼうぜん》として過ごしていた。生まれそだった地とはいえ、豊岡の厳しい寒さが暗澹《あんたん》たる気持ちに追いうちをかけていた。

「奥さま……」

ふと我に返った。いつのまにそこにいたのか、小間づかいの春《はる》がすぐ後ろに控えていた。

「あ……お春か。なにごとです」

春は、内蔵助とともに山科《やましな》に暮らしていたときに雇いいれた、まだ十九歳の娘で、京都の二文字屋という古道具屋の娘ということであったが、言葉に京訛《なま》りはなかった。りくを慕って、こちらに戻ることになったときも自ら志願してついてきたのである。気だてもよく、気もきくので、りくもなにかと目をかけていた。

「奥さま、これを……」

いつになく硬い表情の春をいぶかしみながら、彼女の差しだした一通の書状を受けとった。

宛名もなく、裏を返しても差出人の名すらない、白紙の手紙である。

「これは……?」

「若さまからのお手紙にございます」

りくの顔色が変わった。

◇

いまもって幕府の評定定まらぬとはいえ、赤穂浪人たちは法を犯した謀反人として各大名預けになっている謹慎者である。屋敷外に一歩たりとも出ることがかなわぬのは当然として、食事や嗜好品、日用品にいたるまで厳重な管理がなされている。刃物を持たせてはならぬとの配慮から、髪、月代《さかやき》、爪を切ることもできず、親類縁者からの書状を渡すことも禁じられているという。私《わたくし》の手紙を家族に出すなどもってのほかのはずである（実際には、数通の書状が現存しているが、それは幕命に反することを承知で、預かった大名家の世話役が私的な好意からひそかに届けたものであって、それも封をあけて、内容を確認した状態でのことであった）。

「これは……誰から預かりました」

春は下を向いたまま答えぬ。

「なぜなにも言わぬ」

「子細《しさい》は申せませぬ。ですが、まちがいなく若さまからのお手紙でございます。どうぞお読みくださいますよう……」

りくはきっとした顔で小間づかいをにらみつけ、

「武士の妻として、素性のあやしきものは開封できませぬ。捨てておしまいなさい」

「奥さま……お願いでございます。どうか……どうかお読みくださいませ。今は奥さまとわたくしのふたりだけ。ほかのものの目はございません」

すがるような面持ちで言う春を見おろし、りくは今にも手紙を破りすてようとした。内心は、すぐにでも開封して、息子からだというこの手紙を読みくだしたかったが、公儀をはばかって暮らす今、誤解を生むような行為は厳に慎まねばならなかった。家族の軽はずみな言動が、内蔵助や主税の身のうえにどのような影を投げかけるかわからぬからだ。途中まで破られた手紙を見て、春は額を板の間にすりつけ、

「――わかりました。申しあげます。その手紙は、わが党のつなぎ役より預かりました」

「わが党……?」

りくははっとした。赤穂にはかつて「塩の党」と称する忍びのものの伝統があった、という話をりくは夫内蔵助より耳にしていた。伊賀の忍びの流れをくむとかで、内蔵助の祖父で家老職だった大石良欽《よしたか》の代には、彼らが腕をみせる機会もあったようだ。しかし、それは戦国のすさんだ空気がまだ残っていた時代のことで、大坂の陣からすでに八十余年が過ぎた元禄の世には無縁の存在であり、一種のおとぎ話のように思っていたのだが……。

「お春、そなたはなにものじゃ」

りくは、山科で雇いいれた田舎娘とばかり思っていた女の顔を見つめた。

「わたくしは……奥さまのご身辺をお守りするよう、あるかたから申しつけられた『塩』のものにございます」

そうだったのか……りくは愕然とした。将軍家をはじめ諸大名も旗本も弛緩《しかん》しきった、かかる泰平の天下においても、忍びのものの働き場所があったのだ。

「それは、旦那さまの言いつけですか」

「いえ……」

春はかぶりを振った。誰かが離縁されたのちのりくたちの安全に気をつかってくれたようだが、春はその「あるかた」の名前を頑として口にしなかった。

「まずはこれをご覧くださいませ。この手紙が若さまのものである証左にございますれば」

春は、ふところから幾重にもたたんだ薄紙を取りだし、りくに手わたした。そこには、

しゅせいとののしょ
りくとのへわたすへし
このき
ないくらとののめいにあらす
　　　　はけさる

という文章が糸のように細い筆で書かれていた。

「これは……？」

「忍びの隠し言葉にございます。しゅせいは主税、ないくらは内蔵助のこと。若さまの書を奥さまに渡せ、という、禿猿《はげざる》なるつなぎ役からの指図にございます」

りくは、ときどき来る、頭の禿げた、猿に似た顔の野菜売りのことを思いだしたが、なにも言わなかった。

「このことは、ご家老さまのご命令ではない、ともございます。おそらくは、わが党を司《つかさど》るおかたが、若さまにじかに申しでられたことではないかと……」

内蔵助と主税は別々の屋敷に預けられており、連絡をとりあうことはかなわぬはずである。

「では……これはまことに松之丞《まつのじょう》のものなのですね」

松之丞は、主税の幼名である。

「はい、どうかわたくしをご信用いただいて、そのお手紙を……」

「おお……おお、さようなこととはつゆ知らなんだ。よう届けてくれました。礼を申します」

りくは、手紙を捧げて、春を拝むようにした。

「そ、そんなもったいない。それよりも早《はよ》うお手紙を……」

りくは、震える手で手紙を開封した。


一筆啓上いたし候。母御人《ごじん》さまご気分、寒気厳しき折から、お心もとなく存じたてまつり候。ご息災にてお暮らし申し候や。くう、吉千代、るり、大さぶろうも息災にて候や。私儀、松平さまお屋敷にて、一段無事にて候まま、心安かるべく候。

さて、母御人さまには、今月十四日の夜、我々同志四十七名あい催し、本所吉良上野介どの邸に討ちいり、本意のごとく上野介どのの御首級《みしるし》挙げ、仇討ちの本懐を遂げたる旨、すでに風説その他にてお聞きおよびのことと推量せしめ候。

なれど、討ちいりの次第は、流布している顚末とはまるで違いおり候。このことは、我ら四十七名のあいだだけの秘事にて、父上さまからも、けっしてよそに漏らしてはならじと厳命されておりましたるなれども、母御人さまにだけはどうしても我らの仇討ちのあらましの儀お伝えいたしたく、赤穂におりし頃より存じよりの「塩のもの」にこの手紙を託したるものに候。くれぐれもご不審あるまじくお願い申し候。

もし、この手紙無事そちらに届きましたるならば、なるたけ早々のご披見後、かならず火中くださるべく候。他のものの目に触れぬようご処分お願いいたしたく候。

十二月十三日は朝から大雪にて……。

久しぶりに接する息子の言の葉である。かなりの長文ではあったが、りくはとり憑かれたように読みすすんだ。主税自身の見聞だけでなく、ほかの浪士から聞いたことも多く含まれているようだ。

以下はその手紙の内容である。

2

十二月十三日は朝から大雪だった。

吉良邸で十二月五日に茶会が催される、との報告が、大高源吾よりもたらされ、浪士一同は勇みたっていた。四十七士の一、大高源吾は、子葉《しよう》という俳名を持つ本格の俳人でもある。江戸では脇屋《わきや》新兵衛《しんべえ》となのり、得意の風流の知識をいかして、吉良邸出入りの茶人に入門し、たびたび情報を得ていたのだ。

思えば、昨年の三月十四日、勅使饗応役だった浅野内匠頭長矩《ながのり》が、江戸城松の廊下で高家筆頭吉良上野介義央《よしひさ》に斬りつけ、即日切腹の沙汰がくだって以来、お家断絶、城明けわたし、大学《だいがく》（内匠頭の弟）浅野本家に永預け……と浪士たちをめぐる状況はめまぐるしく変化した。改易になった浪人の江戸での生活はきわめて苦しく、ほとんどのものは家財を売り、その金で細々と暮らしていたが、なかには親類縁者から返すあてのない借金をしたおすもの、貧苦のあまりに自殺するもの、盗みをはたらくものまでもいた。矢頭右衛門七《やとうえもしち》などは餓死寸前というありさまで、討ちいりの時節が延びれば延びるほど、困窮《こんきゅう》の度合いは強くなっていく。また、堀部弥兵衛《やへえ》、吉田忠左衛門《よしだちゅうざえもん》、間瀬久太夫《ませきゅうだゆう》、小野寺十内《おのでらじゅうない》、間喜兵衛《まきへえ》、村松喜兵衛《むらまつ》といった齢《よわい》六十を超えるものたちは、

「老い先短い我ら、このまま朽ちはてるのも残念」

と、自分たちの命のあるうちの決着を強く希望していた。仇の上野介も老齢であり、いつみまかるかわからないうえ、上杉家《うえすぎ》（上野介の長男は上杉家の養子となり、今は上杉家当主となっていた）に引きとられでもしたら、討ちはたすことは今以上に困難になる。しかし、万事において慎重な内蔵助は、

「下手大工衆急ぐべからず。隠居が不都合ならば若旦那にてもよろし」

と、挙行を急ぐものたちを手際の悪い大工になぞらえていさめた。隠居というのは上野介、若旦那というのは吉良の当主であり上野介の孫の左兵衛義周《さへえよしちか》のこと、つまり、上野介を討ちとることができねば、当主義周を討てばよいではないか、という意である。しかし、主君である浅野内匠頭が恨みを抱いていたのは上野介である。それを討てないからといって別のものを、

というのはおさまりがつかない。だから、浪士たちは一刻も早い討ちいりをのぞんで、内蔵助をせっついたが、「昼行灯《あんどん》」と呼ばれた元家老はなかなか動こうとしなかった。

それが、ついに十二月五日が決行と決まったのである。皆は喜んだが、その喜びもつかのま、茶《ちゃ》の湯《ゆ》会は延期になってしまった。長いあいだ待ちに待ってのことだったため、一同の落胆ぶりは激しかった。だが、内蔵助は動ずることなく、ならばつぎの決行日はいつに、とわめきたてる同志に、

「急いてはことをし損じるのたとえあり。ゆるりと決め申そう」

と、泰然自若《たいぜんじじやく》ぶりを崩さなかった。浪士たちの不満は煮えたぎり、

「もう待っておれぬ。我らだけで吉良の首をあげようではないか」

と言いだすものも一人ふたりではなかった。

みなが苛だちながら、年の瀬の到来を肌で感じていた、そんな十二月十三日の夕刻。

「これはこれはおめずらしや。ご家老ではございませぬか」

前原伊助《まえばらいすけ》は、店のまえに積もった雪をとりのぞこうとしていた手をとめ、小声で言った。伊助は、吉良邸のすぐ裏にあたる本所二ツ目相生町で米屋五兵衛と名のって、神崎与五郎《かんざきよごろう》や岡野《おかの》金右衛門《きんえもん》らとともに米穀商を営んでいた。もちろん、吉良家の様子を探るためである。

「お……伊助か」

傘を持った浪人もの——大石内蔵助はたちどまると、伊助に顔を向けた。

「お屋敷の様子を見にこられたのですか」

内蔵助は、東下りをしてからこちら、主税らとともに日本橋石町の裏店に長屋住まいをし、めったに外に出ることはなかった。

「うむ、そうじゃ。この雪ゆえ、まず見とがめられることもないと思うてな。——なんぞ変わった様子はないか」

「とくにこれといった動きはございませぬ」

「それにしてもえらい雪じゃな。寒うてたまらぬ」

「ご家老は寒がりにございますゆえ。熱い茶でもおいれしましょうか」

「そうしたいが、ひと目も気になる。あきらめよう」

「さようで……。ところで、ご家老」

「なんじゃ」

「日はいつになりましょう」

伊助としては、五日の決行が土壇場で流れてから、つぎの決行日がいっこう決まらぬ苛々をぶつけただけで、回答は期待していなかった。いつものように、

「まあ待て。ことを急いでし損じては我ら四十七人、天下の笑いものじゃ。待てば海路の日和ありと申すぞ」

という悠長な応《いら》えがあるものとたかをくくっていたが、内蔵助は目を細め、低い声をいちだんと低くして、

「案ずるな、まもなくじゃ……もうまもなくじゃ」

まるで自分に言いきかせているような語調だった。

「まもなく、と申されますと」

「明日の夜、年忘れの茶会がある。上野介はかならず屋敷におる」

「え？　で、では、明日の夜……」

それは、誰からの情報かをたずねようとしたとき、内蔵助は泳ぐような足どりで、す……と伊助から離れていった。まるで、自分に言いきかせているような語調だった。伊助はあわてて、奥に入ると、神崎与五郎たちを呼びあつめた。

◇

そして、そのとおりになった。その日の夕刻、降りつづいていた大雪がようやくやんだころ、大高源吾が、茶の師匠である山田某より、明日十四日に茶会がある、という報をもたらしたのである。

「父上、これは願ってもない好機到来……！」

すわこそとはやる主税たちを内蔵助はおっとりとした口調でたしなめた。

「万一、討ちいって、上野介どののおわさぬときは大恥をかく。念には念を入れねばならぬ」

とそれだけでは満足せず、吉良邸出入りの国学者羽倉斎《はぐらいつき》（のちの荷田春満《かだのあずままろ》）に確認したうえ、大高源吾に命じて、もう一度山田某を訪ねさせたのである。

一転して天上まで透きとおるような快晴となった十四日朝、大高源吾は自在竹（炉の自在鉤《かぎ》に用いる竹）を手みやげに、茶の師匠を訪問し、今日、まちがいなく吉良邸で茶会が催されることを確かめた。源吾は勢いこんでそのことを内蔵助に報告した。

「もうまちがいないようじゃ」

さすがの内蔵助も腹をくくったようだ。

「みなに伝えよ。本日、ことを挙ぐる。かねて申しあわせた場所に、丑《うし》の上刻（午前二時頃）までに集まるべし、とな」

たちまち伝令が走り、十四カ所にわかれて暮らしていた浪士たちに「決行」の知らせが伝えられた。浪士たちは、何度も打ちあわせされていたとおり、それぞれの住んでいた家の店主《たなぬし》に、故郷《くに》に帰ることになったので本日かぎり引きはらいたい、と支払いなどをすませ、身のまわりのものも片づけて、風呂敷ひとつ手にした状態で、集合場所へ向かった。集合場所は、本所林町の堀部安兵衛の借家、本所二ツ目相生町の前原伊助たちの借家、本所三ツ目横町の杉野十平次《すぎのじゅうへいじ》の借家の三カ所であるが、時間がたっぷりあるので、なかには泉岳寺に詣でて、内匠頭の墓前に今日の討ちいりのことを報告するものや、うどんやそばを食べにいくものなどもいた。内蔵助は、一統の最長老である堀部弥兵衛の家に行き、同志数名とともに、縁起をかついだ食事をとり、酒を飲んだ。士気を鼓舞するために謡《うたい》をうたったともいう。

皆、思いおもいのうちに刻を過ごすなか、原惣右衛門、大高源吾、大石主税ら数名は、「うどん屋久兵衛」なるうどん屋を訪れた。

「おい、亭主」

相撲とりのような体軀の惣右衛門が、主の久兵衛に向かって、

「わしは五杯、いや、十杯は食うぞ。うどんを十杯、熱くしてくれ」

「うちのうどんは盛りがようございます。いくら大食のおかたでも十杯はご無理ではございませぬか」

久兵衛が言うと、大高源吾もうなずいて、

「腹も身のうちと申しまするぞ。ましてや今は、大事を控えておる。お慎みくだされ」

「たわけ。腹が減っては戦ができぬと申す。それに、十杯や二十杯のうどん、それがしにとっては大食でもなんでもない。ただのおやつよ。さあ、どんどん持ってこい」

そう言って、便々たる腹を叩いた。これが今生《こんじょう》の名残の食事になるやもしれぬ、と思うと、ほかのものも強くはとめなかった。やがて、うどんが運ばれてきた。惣右衛門は酒も頼み、皆にすすめた。十六歳の主税も、生まれてはじめて少量を口にした。大汗をかきながらうどんをずるずるすすりこんでいる惣右衛門をよそに、大高源吾がしみじみと、

「主税どのは若年ながらあっぱれ勇猛の士であることは存じおるが、母御にお手紙など書かれておられるのか」

主税がむっとした顔つきで、

「このたびの連判に名を連ねたるときから、親子の縁はなきものとの覚悟にござりまする。それに、母は大石の家を去りたる身。なんで女々しく手紙など書きましょう」

「それはいかぬ。大事の息子を武士《もののふ》の意地をたてるため死地に送らねばならぬ母御の心中をお察しなされ」

主税の目からほろりと涙がこぼれ、うどんの鉢のなかに落ちた。

「私とて、母のこと、妹たちのこと、思わぬでもありません。ですが、もう遅い」

そのとおりであった。あと数時間後には彼らはこの世のものではないかもしれぬのだ。

「これ、我ら今から修羅の戦場へ赴く身。勇気のくじけるような話をするでない!」

原惣右衛門が、顔じゅうをうどんの汁でべちゃべちゃにしたまま怒鳴った。

「こ、これは失礼つかまつった」

源吾と主税はすなおに頭を下げた。

「わかればよろしい」

言いながら、惣右衛門は十杯目のうどんを平らげていた。

「ふう……食った食った食ろうたわい。これで大いに働けるというものじゃ」

ほかの浪士たちはあきれたように惣右衛門を見つめた。彼らはさすがに食欲がなく、ほとんど箸も進まなかったのである。

「貴公ら、討ちいりのことで頭がいっぱいになり、身体ががちがちにかたまっておる。それでは存分な働きはできぬぞ」

「さ、されど、どうすればよいのか……」

「もっと気を楽にすることじゃ。わしらは今から上野介に苦痛を与えにまいる。吉良が苦を受ければ、わしらは吉良苦《きらく》になる」

「ははは。吉良に苦を与えて吉良苦か」

「気楽な心持ちで、討ちいりに備えておれば、なにが手に入るか存じおるか」

「気楽に備えておればよ……いや、わかり申さぬ」

「気楽備《きらくび》……吉良の首よ」

「なるほど、あいかわらず惣右衛門どのは謎々遊びが達者でござるのう」

「わしは、『謎』と聞くとじっとしておられぬ性分でな。亡き殿とも、幾度となく謎々遊びをしたものじゃ」

「ほんに、惣右衛門どのは赤穂藩いちばんの謎解き好きじゃ」

「いやいや……じつはわしよりもずんと謎々が好きなおかたがひとりおられる」

「惣右衛門どのより謎がお好きとは……いったいどなたですか」

主税がたずねると惣右衛門はにやりと笑い、

「そなたの母《かか》さま……りくどのじゃ」

「は、母上が……?」

「さよう、あのおかたは生来の謎々好きでな、謎尽くしなどの本を見せても、たちどころに答えてしまわれる」

「そういえば、幼きころ、寝物語に謎々をしてもろうたような……」

二度と会えぬであろう母親に思いをはせ、遠い目をした主税をちらと見て、大高源吾が、口を挟んだ。

「惣右衛門どののやりくどのはいざしらず、謎々などわしらには真似のできぬことゆえ……」

「なにを申さるる。なんでもよいのじゃ。貴公らも頭をほぐせ。たとえば……」

惣右衛門は少し考えたあと、

「つけ句はどうかのう。題は『なんのその』じゃ」

つけ句というのは、上の五文字を出しておいて、そのあとの七五をつけさせる遊びである。

大石主税がまず口火を切り、

「これはいかがでしょうか。『なんのその荒瀬をのぼる鯉のぼり』」

「悪くない。そのほうは」

武辺ものの不破数右衛門《ふわかずえもん》が、

「それがし、こういうものは大の苦手でござってな、なんのその……なんのその……おお、できた。『なんのその熊を投げたる金太郎』」

「わはははは……まあ、それでよしということにしておこうか。大高どのは、俳諧《はいかい》をたしなまれる由。なんぞ手本を見せてくれぬか」

「さようですな……『なんのその意気地でのぼる富士の山』とはいかがでござる」

「おお、これはようできた。我ら一同、今より富士の山をのぼるに等しい挙に挑むのじゃ。数右衛門の金太郎とはえらいちがいじゃ」

「な、ならば、惣右衛門どのはなんと詠まれたかお聞かせねがいたい!」

「では、ご披露いたそう。『なんのそのうどん十膳一気食い』……とはいかがじゃ」

一同はあきれはて、そして大笑いとなった。大事をまえにした心と身体の凝りが、すっかりほぐれていることに皆気づいていた。

「さ、参ろうか。亭主、うまかったぞ」

惣右衛門は心づけを含んだ金子《きんす》を台のうえに置いた。

「ありがとうさんで」

惣右衛門を先頭に、皆は寒風吹きすさぶなかを歩きだした。

◇

三カ所に分散していた浪士たちは、最終的に本所林町五丁目の堀部安兵衛宅に集結した。ここは安兵衛が道場主をしている剣術の道場なので、多くの道具や装束を置くにはもってこいであった。槍、長刀、野太刀、大弓、半弓、銛などの武器や、掛矢、まさかり、玄翁《げんのう》、金槌、大鋸、木てこ、金てこといった破壊用の道具類、竹梯子、細引き、鎹《かすがい》、小笛、鉦《かね》、拍子木、龕灯といった付随的な道具類などがところ狭しと並べられた。

「ご家老、お召しものが汚れておいでじゃな」

内蔵助の袴の裾が黒ずんでいるのを見て、原惣右衛門が声をかけた。

「ははは……男所帯の長屋暮らしでは、洗濯もままならぬわ。さてさて、一国の家老ともあろうものがかくも朽ち木のごとき姿をさらさねばならぬとはのう」

「お拭きいたしましょうか」

「なんのかまわぬ。どうせ今から着がえるゆえ、な」

そばで聞いていた大高源吾が、

「それがしも今朝、自在竹をかついで両国橋を渡りたるとき、思わぬ御仁に会いましてな」

「ほう、思わぬ御仁とは？」

「其角《きかく》どのでござる」

宝井其角《たからいきかく》は松尾芭蕉《まつおばしょう》の高弟で、江戸でも一、二という俳諧の宗匠であった。

「それがしが、あまりに尾羽《おは》うち枯らした身なりをしておったからでありましょうか、其角どのが思わず、『年の瀬や水の流れと人の身は』と詠まれましてな……」

「ふむ、それはおもしろい。それで、なんと応えられた」

「『明日《あした》待たるるその宝船』と……」

「なるほど、さすがは子葉どのじゃ。『明日待たるるその宝船』……我らの想いがこめられておる。いや、ようつけなされた」

惣右衛門は手を打って感心した。そのやりとりをきっかけに、皆はそれぞれ用意の装束に着がえはじめた。基本的には火事装束のような衣装であるが、その下に鎖帷子《かたびら》を着こみ、手甲《しゅこう》、脚絆《きゃはん》、帯などにも鎖を入れていた。右袖に各人の姓名を書いた黒い小袖のうえからたすきがけし、なかには火事頭巾をかむっているものもいた。焼き餅や焼きめし、気つけ薬なども少しずつ携帯し、金子も襟に縫いつけた。

参謀役の間瀬久太夫が、一同をまえに最後の確認を行った。

「かねてより申しあわせのとおり、吉良を討ちとりしときは、合図の小笛を順に吹き、首を挙げしものが死骸の着物に包んで、わがもとに持参せよ。公儀役人駆けつけたるときは、首を泉岳寺に持参したき旨述べるべし。当主吉良義周の首を挙げしときは、持参におよばず。うち捨てよ。引きあげの合図は鉦《かね》じゃ。お味方のけが人はできるだけ助けて引きあげよ。引きあぐることかなわぬほどのけがのときは、介錯してさしあげるべし。裏門より出でて、回向院《えこういん》に向かう。追っ手あるときは、踏みとどまって勝負すべし……」

一同は強く合点《がてん》した。

「各々がた……」

内蔵助が立ちあがると、

「決死の覚悟でことにあたるべし。臆することなく、粉骨の働きをすることが肝要である。万が一、吉良を取りにがしたるそのときは……屋敷に火をかけ、我ら一同、猛炎のなかで腹掻《か》っきることとする。以上じゃ」

皆は、はっとして平伏した。

寅《とら》の上刻（午前四時頃）、四十七名の浪士は、松坂町の吉良上野介宅に向かって堀部安兵衛の道場を出た。思いおもいの武器を手に、雪道をざっく、ざっく、と歩く一同を満月が白く見おろしていた。

3

ここまでは、巷間《こうかん》に聞く討ちいりの様子と変わるところはほとんどない。りくは、続きに目を走らせた。いよいよ吉良邸に乗りこむ場面に至り、りくの心も妖しく高鳴った。

◇

吉良邸の間近で、浪士たちは二手にわかれた。表門組と裏門組である。ここで、内蔵助は主税とわかれることになった。表門まえに集結したのは、内蔵助を大将に、原惣右衛門、間瀬久太夫、堀部弥兵衛、岡野金右衛門、横川勘平《よこがわかんぺい》、片岡源五《かたおかげんご》右衛《え》門《もん》、武林唯七、奥田《おくだ》孫太夫《まごだゆう》、勝田《かつた》新左《しんざ》衛《え》門《もん》、早水藤左衛門、神崎与五郎、矢頭右衛門七、大高源吾、間十次郎ら二十三名。裏門は、主税を大将に、吉田忠左衛門、小野寺十内、間喜兵衛、杉野十平次、赤埴源蔵《あかばねげんぞう》、堀部安兵衛、潮田又之丞《うしおだまたのじょう》、前原伊助、不破数右衛門、寺坂吉《てらさかきち》右衛《え》門《もん》ら二十四名。

「目指すは上野介の首のみ。ものども、参れ」

その言葉を聞くや、火事装束を身につけた大勢の浪士たちがわれ先にとはしごに突進していった。表門の一番乗りを果たしたのは大高源吾であった。少しおくれて、間十次郎がつづいた。

堀部弥兵衛は当年七十六歳という老体ゆえ、二階建ての長屋の屋根から飛びおりることができず、大高源吾が抱きかかえておろした。原惣右衛門は、足を滑らせて尻餅をつき、足首を痛め、神崎与五郎はうかつにも肩から落ちて右腕を骨折した。

全員が内部に侵入したのを見はからい、玄関のまえに「浅野内匠頭家来口上書」なる書状を箱に入れ、青竹の先に挟んで立てかけた。検分の役人に向けた、仇討ちの趣意書である。その時点で、鉦を激しく打ちならす。裏門で、今か今かと合図を待ちこがれていた主税は、

「それ、かかれ！」

まだ少年のあどけなさを残す、凛《りん》とした声で下知した。力自慢の浪士が掛矢で門を叩きやぶった。正門、裏門からのほとんど同時の突入によって、屋敷で眠っていたものどもが目をさました。長屋で寝ていた警護の侍たちも、異変に気づいて立ちあがった。しかし、今までぐっすり眠りこんでいたものと、このときに備えて精神を研ぎすましていたものの差は大きい。廊下に飛びだしてくる敵を突入隊は楽々斬りふせていった。

「なんじゃ、木偶《でく》を斬るようで手応えがないな。これがまことに、天下に名高き高家筆頭吉良家の家臣どもか」

高田馬場の仇討ちなどで実戦の経験豊富な堀部安兵衛が、血刀を振るいながら高笑いした瞬間、ふすま越しに槍が突きだされた。あやうく飛びのいた安兵衛にかわって、若い杉野十平次がふすまごと敵を一刀両断にし、

「油断は禁物なり、安兵衛どの」

そう叫ぶとつぎの間に向かった。安兵衛は舌打ちして反対の部屋へと駆けた。不破数右衛門や矢田五郎右衛門《やだごろうえもん》、近松勘六《ちかまつかんろく》らもめざましい戦いぶりを披露したが、剣技以外にも才覚を発揮したものたちもいた。たとえば、小野寺幸右衛門《おのでらこうえもん》は、広間にあった十数張りの半弓の弦をすべて斬りはらい、次の間にあった十数本の槍をへし折った。磯貝十郎左衛門《いそがいじゅうろうざえもん》は、台所役人にろうそくを出させると、それに火をつけ、あちこちに置いてまわった。

邸内のいたるところで、阿鼻叫喚《あびきょうかん》の地獄絵図が展開していた。各部屋だけでなく、廊下、台所、泉水、玄関、門など、いたるところで激しい戦闘がくりひろげられていた。戦況はおおむね浪士たちに有利に運んでいるようだ。転がっている遺骸のほとんどは吉良方の侍と思われた。火事装束をつけた味方は、手おいこそすれ、まだ、死んだものはおらぬ様子だ。しかし、敵を倒すことは今回の目的ではない。同時に、吉良上野介の居場所を探さねばならぬのだ。だが、たとえ事前に絵図面を入手してあったとはいえ、机上と実地とはちがう。あまりに広すぎる邸内に、浪士たちはとまどいを隠せなかった。

武林唯七が、ある部屋のふすまをがらりとあけた。どの部屋ももぬけのからなので、どうせここも、という気持ちだったのだが、なんとそこには、四名の侍が抜刀して立っていた。彼らは、薙刀を持ったひとりの若侍を護るようにしており、無言で左右のふたりが斬りかかってきた。唯七は半身にかわし、右のひとりの腰を斬りさげたうえ、蹴りとばすと、刀をぐるりと半回転させて左の侍ののど笛を切りさいた。そして、その勢いのまま、若侍に向かって突進した。のこる二名のうち、ひとりがずいとまえに進みでて、

「上杉家家臣、山吉新八郎《やまよししんぱちろう》、お相手いたす」

上杉家からこの屋敷の警護のために派遣されていた腕利きの用心棒である。ふたりは激しく斬りむすんだが、わずかに唯七の腕がまさった。唯七の切っ先が相手の顎《あご》を粉砕し、山吉は仰向けに倒れた。唯七が若侍に向きなおろうとしたとき、残ったもうひとりの侍が両手をひろげ、身体を無防備にさらけだしたので、唯七は易々とその頭蓋を両断したが、そのあいだに若侍は逃げてしまった。逃げるものは追うなという内蔵助の指示が出ていたので、唯七はつぎの間に移動しようとして、ふと、若侍が捨てていった槍に目をとめた。それには「五七の桐」の紋、すなわち吉良家の家紋が刻まれていた。

（しまった、今のは当主左兵衛義周どのでござったか……）

歯がみをしてあたりを探したが、すでに若侍の姿はどこにもなかった。浪士たちにとって、いちばんの仇はもちろん上野介だが、「対吉良家」として考えた場合、上野介はすでに隠居した身であるから、当主であり上野介の孫である義周こそが仇ともいえる。四人の侍は、身を挺して当主義周を護るために死を選んだ。実際には、当主が討たれるほうが吉良家にとっての打撃は大きい。「家」の存続が危うくなるからだ。

◇

「いたか」

「おらぬ」
「そちらを探してみろ」
「長屋に潜んでおるやもしれぬ」
「庭の植えこみもぬかりなく探せ」
「心えた」

そんな声高の会話が方々で聞かれるようになった。一度探した部屋は、二度手間にならぬようふすまや障子を蹴たおして、判別できるようにした。しかし、目指す相手はどこにもいなかった。討ちいりから約一時間が経過した。邸内の抵抗はほぼなくなり、浪士たちの活動の主軸は、戦闘から捜索へと移っていたにもかかわらず、上野介の気配すら見いだすことはできなかった。

「この屋敷にはもう誰もおらぬ」
「女こどもは逃げてしまったし、めぼしい剣士は斬りすてた。残っておるのは、足軽や小坊主、あるいは戦う気持ちのない腰抜けどもばかりじゃ」

浪士たちのあいだに次第に焦りの気配がただよいはじめた。挙が長びけば長びくほど、上杉勢や公儀の検分役がやってくる可能性が高くなるのだ。

「探せ探せ、とにかく吉良を探せ」
「草の根を分けても探しだせ」

そして……。

◇

一同は炭小屋のまえにいた。

あと一刻もたたぬうちに夜があける。

目のまえには、枯れ木のような老人の死骸が転がっていた。

「これはじつに困ったことにあいなり申した。我ら一統が艱難辛苦のすえに討ちいったときすでに、目指す仇の吉良は殺されておった……では世間のよい笑いものじゃ。このことはここにおる四十七人のあいだのみの大秘事にて、けっしてよそに漏らしてはならぬ。——よいな」

内蔵助がそう言うと、一刻者の奥田孫太夫が食ってかかるように、

「漏らすな、とはいかに。ご公儀の検分役が参ったら、なんとご報告なさるおつもりじゃ！」

「されば……我らが今、まずせねばならぬことはただひとつ。この討ちいりが正しく成ったということを世間に知らしめることじゃ」

「正しく成った？　嘘をつく、ということか。それが武士道でござるか」

「嘘にあらず。誰が殺したかは枝葉のこと。肝心なのは、上野介がここに死んでおる、そのことじゃ。我らは結局、仇を討ったのじゃ。我ら四十七名さえ口をつぐんでおれば、それで万事うまく運ぶ」

「それを嘘と申すのじゃ。ご家老どのは世間をたばかるおつもりか。天網恢恢疎《てんもうかいかいそ》にして漏らさ

ず。いくら取りつくろうても欺瞞《ぎまん》はいずれ知れますぞ。そうなったとき、どうやって言いわけなさるご所存か」

「武士と申すは、名をこそ惜しむもの。かかる失態を衆目にさらしては、我らの名がけがれ、ひいては亡君の名までもけがれましょうぞ。そこもとは冥府の殿をさらなる恥辱にまみれさせてもよいと申すのか」

「い、いや……それは……」

内蔵助は、刀の柄《つか》に手をかけると、

「それがしに従わざるものおらば申しでてみよ。この場において斬ってすてる」

仁王のような形相で申しわたした。有無を言わせぬその迫力に一同は無言でうなずいた。原惣右衛門が顔をしかめながら、

「これは摩訶不思議なることじゃ。炭小屋には窓はなく、出入り口はここひとつだけ。しかも、雪上の足跡はおぬしたち三人のものしかついておらぬではないか。——上野介どのを弑したくせ者は、どうやってこの小屋に入り、そして、出たのか……」

言われてみればそのとおりであった。惣右衛門の指示で、十次郎と唯七がふたたび炭小屋の内部を調べたが、ほかに隠れているものはなく、隠し扉や抜け穴なども見あたらぬ。天井も頑丈な造りで、入りこめそうな隙間はない。入り口は一カ所のみ、そして、足跡は安兵衛、十次郎、唯七のものしかない。血も、ほとんど流れていなかった。

「これは、『閉じたる場』にござる」

惣右衛門は重い声でそう言ったが、内蔵助はこともなげに、

「おおかた、忍びのもののしわざでもあろう。きゃつらはどのようなことでもしてのける」

内蔵助が言うと、惣右衛門はかぶりを振り、

「忍びのものとて鬼神にはあらず。このような真似はできますまい……」

腕ぐみをして唸る惣右衛門に内蔵助は冷ややかな声で、

「惣右衛門どの、謎々好きも時と場合によりましょう」

「しかし、この謎、このまま捨ておくわけには……」

「くだらぬ世迷い言。今はそれどころではないというのがわからぬか」

「我らが口をつぐんでいたとしても、下手人がしゃべったならば台なしではござらぬか。これはどうあっても、なにものがどのようにして上野介を殺したのかをつきとめ、そのものの口をふさがねばならぬのでは……」

「そのような時は残されておらぬ。まもなく夜が明ける。我らが、仇うちの次第を大目付に届ければ、あとで下手人が名のりでようとも信ずるものはおるまい」

「ご家老、それがしは……真実を知りとうござる！」

内蔵助はその言葉を無視して間十次郎に向きなおり、

「そのほう、一番槍をつけよ」

「は……なれど……」

「なにをしておる。はようせい」

内蔵助に強くうながされ、十次郎は老人の死骸に向けて槍を繰りだした。ずぶずぶずぶ、と豆腐を貫くような手応えで穂先が肉に沈んでいった。

「武林唯七、とどめをさしなされ」

唯七はこわばった顔で刀を抜くと、老人の肩から袈裟がけに斬りつけた。

「お見事。最後はわしが……」

内蔵助は上野介の首を掻ききると、皺くちゃの梅ぼしのようなその物体を高々と掲げ、

「我ら浅野内匠頭長矩が家来四十七名、本日上野介どの御宅に推参つかまつり、仇うち本懐を遂げもうした。各々がた、鯨波《かちどき》をあげようぞ」

見わたすかぎりの白銀のなか、えい、えい、おう……えい、えい、おう……の声がむなしくこだました。長い労苦のすえ、仇の首を挙げたというのに、誰も泣かなかった。しらけきった空気がその場にただよっていた。

◇

一同は、吉良邸を離れた。白い小袖に包んだ上野介の首を槍の穂先に結びつけた間十次郎を先頭に、隊列を組んでの堂々の行進だった。吉良方には多くの死者が出たのに、彼らは（けが人はいたが）ひとりも欠けていなかった。形としては「圧勝」である。だが、浪士たちの心は鬱々として晴れなかった。はじめ回向院に立ちよるつもりだったが、入場を拒絶されたため、

そのまま泉岳寺へと向かった。途中、内蔵助の指示で吉田忠左衛門と富森助右衛門《とみのもりすけえもん》が大目付仙石伯耆守《せんごくほうきのかみ》の屋敷に走った。これは「仇うち本懐を遂げた」という自訴のためである。

「すげえぞ、四十七士!」

「よくやったぞ、大石」

「日本一、赤穂義士!」

早くも討ちいりの報《しら》せを聞きつけた、物見だかい江戸庶民が、沿道にずらりと並び、彼らに声をかけ、拍手を送っている。泉岳寺が近くなるにつれ、その人数はどんどん増えていく。たいへんな騒ぎであった。

「おい……おい、寺坂」

足を痛めたため駕籠に乗っている原惣右衛門が、となりを歩いている寺坂吉右衛門に声をかけた。寺坂吉右衛門は、四十七士のなかでただひとりの足軽であり、惣右衛門は足軽頭であった。

「は……なんでござります」

「おまえに頼みたいことがある。聞いてくれるな」

惣右衛門は苦虫を嚙みつぶしたような顔でそう言った。

◇

朝早く、高輪の泉岳寺に勢揃いした一同は、浅野内匠頭の墓に上野介の首を供えた。内蔵助が涙を流しながら、

「殿……殿、我ら遺臣四十七名、昨夜吉良邸に討ちいり、見事に仇うち本懐を遂げましたぞ。ご覧くだされ。これが、憎き上野介の首でござりまするぞ！」

僧侶たちのなかにはもらい泣きするものもいたが、ほかの浪士たちは、おおげさともいえる内蔵助の報告を黙って聞いていた。寒々とした気配が、焼香の煙とともに流れていった。

4

謎を謎のまま残しておいてはこの世への未練となりて候。原惣右衛門どのより、母御人さまは赤穂藩随一の謎解きの名人と聞きおよび候。なにとぞこの謎をお解きいただき、我らが心奥《しんおう》のつかえを取りのぞきくだされたく候。

あっという間に読みおえてしまった。信じられない話だった。これが真実だとしたら……。

（たいへんなことだ）

とりくは思った。

（上野介を殺した下手人はほかにいる。旦那さまたちではない……）

その後のことは、りくも聞いている。

泉岳寺に集った浪士たちは、上杉家からの追っ手に備えて武装を解かなかったが、結局、追っ手は来なかった。上野介の実子である上杉家当主綱憲《つなのり》は、父親が討ちとられたという報せを聞いたとき、槍をつかんで、

「赤穂の浪人どもに目にもの見せてくれん。兵を出せ」

と叫んだが、江戸家老色部《いろべ》又四郎《またしろう》がそのまえに立ちはだかり、

「なりませぬ。兵を出せば、上杉家がつぶれ申す。殿は、吉良家のおかたにあらず。今は上杉家のご当主であらせられる。そのことをようお考えくだされ」

身体をはって、そう押しとどめたという。

浪士たちは、大目付仙石伯耆守の屋敷に入り、そこで細川越中守《えっちゅうのかみ》、松平隠岐守《おきのかみ》、毛利甲斐守《かいのかみ》、水野監物《けんもつ》の四家に分散して預けられることになった。主だったものでいうと、大石内蔵助、原惣右衛門ら十七人が細川家、主税、堀部安兵衛、大高源吾ら十人が松平家、武林唯七、前原伊助ら十人が毛利家、間十次郎、神崎与五郎ら九人が水野家であった。寺坂吉右衛門も水野家に預けられることになっていたが、その姿はなかった。

公儀の検使十数人が午後になって吉良邸を訪れ、状況を検分した。それによると、吉良方の死者は小林平八郎《こばやしへいはちろう》や清水一学《しみずいちがく》をはじめ男性十六名（武士十三名、坊主二名、中間《ちゅうげん》一名）、そして、女性一名の計十七名である。女こどもは殺さないはずであったが、なぜか若い女中の袈裟がけに斬られた死骸が押しいれから見つかったという（浪士にたずねたが、女やこどもを斬っ

た覚えは誰にもなかった)。また、負傷者は当主の吉良左兵衛義周をはじめ数十名にのぼったという。

　今や四十七士の人気はたいへんなものだそうである。江戸では、連日、義士たちを一目見ようとして、各屋敷に庶民が押しかけて大騒ぎがつづいているという。幕閣の意見も足なみがそろわなかった。内匠頭刃傷のときはあれほど早く切腹、お家断絶の命を下した将軍綱吉自身にしてからが、

「あっぱれなものどもよ」

　と四十七士を讃えるような言葉を漏らしており、老中たちのなかでも、

「遠島にせよ。浅野家は再興を許すべし」

「永のお預けとせよ」

　といった同情的な意見が多いようだ。柳沢吉保《やなぎさわよしやす》は、文書での意見を求められて白紙を提出したという。学者のあいだでも意見がわかれ、林大学守《はやしだいがくのかみ》は、

「かかる忠義の士を罰せば、今後、天下に忠義なし」

　と浪士たちを絶賛し、ほかの学者たちも彼につづいた。いっぽうでは、荻生徂徠《おぎゅうそらい》や太宰春台《だざいしゅんだい》らのように、私《わたくし》の恨みで天下の法を犯し、世間を騒がせた暴挙、と決めつける学者もいた。将軍綱吉も、さすがに判断を下しかね、年を越した今になっても、まだ公《おおやけ》の結論は出ていない。しかし、浪士たちはそういった世情の混乱や歓声・罵声をよそに、四家において粛々《しゅくしゅく》として幕府の裁定を待っているものだと、りくは思っていた。それが……。

（旦那さまたちは上野介の首をとっていない……）

りくは、主税の胸のうちを思った。庶民が、幕閣が、学者が、彼らをほめればほめるほど、浪士たちの心は鬱々として暗い淵に落ちこんでいくにちがいない。なにしろ、討ちいりは実際には失敗だったのだから。また、いくら世間で義士と賞賛されても、天下の法を犯して、将軍家お膝もとを騒乱させたのは事実である。おそらく死罪をたまわるにちがいない。そのとき、自分たちが命をかけて成しとげた、成しとげようとしたことが滑稽な大失敗に終わり、その理由がわからぬまま、真相を知らずに死んでいくのはどのような情けない気持ちであろうか。りくは今ひとたび手紙を読みかえした。

（原惣右衛門どの……お懐かしい……）

りくは、肉襦袢《にくじゆばん》を着たように肥えた、人のよい惣右衛門のことを想った。たしかに、惣右衛門もりくも謎解きが好きで、謎々を新しく思いつくと、たがいに披露しあったものだ。手がかりといえるのは、今のところ、この手紙の内容しかないが……。

（やってみましょう……）

りくは無言でうなずいた。息子からの遺品ともいうべきこの品をどうするかかなり迷ったが、結局は文面どおりにした。つまり、火のなかに投じたのである。それほど、そとへ漏れてはならぬような大事であった。

「お春……」

「——はい？」

「わたくしからの手紙を主税に届けることはできますか。つまりその……誰にも知られぬように」

春の顔が輝いた。

「喜んで。我ら『塩の党』、決死の覚悟で若さまにお届けいたします」

りくはうなずくと、文箱をあけた。

◇

主税どの
母としてそなたに言うてやりたいことは多けれど、時がありませぬ。肝心のことだけをお伝えいたします。これはあくまで、わたくしが心で推しはかったこと。証拠はありませぬ。そのつもりでお読みなされよ。
そなたの手紙を二度読みかえし、わかったことを書きだします。
一、十三日は朝から大雪だったが、夕刻にはやんでいた、討ちいりの日の十四日は一日中雪は降らなかった。
一、炭小屋の周りの雪には、安兵衛どの、十次郎どの、唯七どのの足跡しかついていなかった。上野介どの自身の足跡もなかった。

一、十四日は、邸内で年忘れの茶会が催された。
一、上野介どのは、脇腹を短刀で突き刺されて死んでいた。
一、上野介どのの死骸の周囲には血はほとんど流れていなかった。
一、女中が押しいれで死んでいたが、女やこどもを斬りころしたという覚えは誰にもなかった。

これらがまちがいないとすれば、わたくしなりの考えを申しあげることができると思います。

いろいろのことを考えあわせると、炭小屋のまわりに足跡がなかったという謎の答はひとつでしょう。

上野介どのは、雪がまだ降っていた、十三日のうちに炭小屋に入ったのです。ですから、足跡は雪によって消えてしまったのでしょう。

上野介どのがなぜ死んだか、の答はふたつ考えられます。炭小屋に自ら入って、ご自害なされたか、もしくは、誰かに殺されて、炭小屋に運びこまれたか。

前者の見こみは低いでしょう。なぜなら、小屋のなかで死んだならば、あたりが血だらけであったはずですから。自害するのに、遺書もなく、また、脇腹を刺して死ぬのも解せませぬ。

ゆえに、他所で殺されて、小屋に運ばれたと思われるのです。死骸を運んだものの往復の足跡は雪が消してくれたのです。

おそらくそなたは今、合点《がてん》しておられぬはず。十四日の茶会はどうなったのだ、と。

そう、そのとおりです。十四日の茶会に、上野介どのは出席していませんでした。もう、そのときすでに亡くなられていたのですから。

つまり、茶会の出席者全員が、上野介どのの死を承知しておられ、彼が出席している体で茶会を行った、ということです。ということは、そなたたちが吉良邸に討ちいったとき、吉良家のものたちは皆、上野介どのが死んでいることを知っていたことになります。

では、誰が上野介どのを殺したのでしょう。わたくしは、ひとりだけ死んでいたという女中のしわざではないかと思います。上野介どのは、その女中に手をつけようとなさったのではないでしょうか。ところが、女中にはその気がなく、強くあらがい、どういうはずみか、上野介どのの短刀でもってその脇腹を突いてしまったのでは。

吉良家ではおおいに驚いたと思います。天下の高家筆頭が女中風情に突きころされてしまったのですから。ことが公になれば、天下に恥をさらすことになります。

病死として届けでるのがふつうでしょうが、吉良家が上野介どのの死を隠さなければならなかった理由はもうひとつあると思います。もし上野介どのが亡くなられたならば、旦那さまがかねて申しておられたとおり、赤穂遺臣たちは、ご当主の左兵衛義周どのを討つよりほかなくなります。討ちいりの目あてが、上野介どのから義周どのに移ってしまうのです。

すでに隠居なされている上野介どのが殺されても吉良の家には傷はつきませんが、当主が討たれてしまったら、家名断絶になるおそれが出てきます。吉良家のものたちにとって、それはいかばかり恐ろしいことでしょう。武林唯七どのが左兵衛義周どのの部屋に踏みこんだときの吉良家の侍たちの決死の守護の様子を読んでも、吉良家の、当主だけは護りたいという強い気持ちがわかります。

ですから、吉良家としては、どうにかしてそなたたちに、上野介どのを討ったことにしてほしかったのです。討ちいってみたらすでに殺されていた……では、ご一統さまの面目もつぶれてしまいます。旦那さまとしても、ご一統に口どめをして、仇うち本懐を遂げたことにするよりほかにすべがなかったでしょう。

おわかりですか。そなたたちは、吉良家の術策にみごとにはまってしまったのです。

これが、真実ではないか、とわたくしは思います。

この真実を知って、そなたはいかばかりむなしい気持ちかと推察いたします。でも、真実というのはときとして残酷でむなしいものなのです。そなたも武士なら、真実を真っ向から受けとめる勇気をお持ちなさい。母は、そなたや旦那さまが成したことを誇りに思っています。けっして、無駄であった、などとは思ってはなりませぬ。

母より

◇

封をしおえたあと、りくはなぜか心が揺れるのを感じた。

(これが……本当に真実なのか……)

りくにはわからなかった。今現在判明している事実から推理できたのは、主税への手紙に書いたことがすべてである。しかし……。

胸騒ぎがしたりくは、もう一通、手紙を書いた。それは、原惣右衛門へのものだった。主税に書いた手紙とほぼ同様の内容に、はたしてこれが真相であるかどうか教えてほしい、とつけくわえた。

「お春……お春はおりませぬか」

「はい、奥さま」

「こちらの手紙は、原惣右衛門どのに届けてほしいのです。――できますか?」

春はにっこりと笑うと、

「もちろんです。惣右衛門さまは、我ら『塩の党』を司るかたでいらっしゃいますから」

りくは啞然とした。

◇

その後、いくら待っても、主税や原惣右衛門からの便りはなかった。おそらく、監視の目が幾重にもある幽閉生活で、中身を秘する手紙を書くことがかなわぬためだろうと思われた。そのうちに、りくのもとに、幕府が浪士たちに「親類書《しんるいがき》」を提出させた、という報せがもたらされた。「親類書」というのは、祖先や家族、親戚などについて本人が書きしるすもので、それを聞いてりくは、胸のうちにひそかに生まれていた希望がついえた、と感じた。義挙として罪一等を減じられ、死罪を免れるのではないか、との望みがいつしか芽生えていたのだ。「親類書」の提出要請は、武士が切腹を申しつけられる際に行われることが多い。重罪人として処罰され、その子孫（男子のみ）にまで罪が及ぶということを示すものだからである。

表面的にはふだんと変わらぬ暮らしをつづけているりくのもとに、二月某日、

「二月四日に、大石内蔵助以下四十六名が、召しあずけになった大名家において、それぞれ切腹した」

という公の報せが届いた。すでに覚悟ができていたりくは、その簡単きわまりない文面を淡々と読了した。「親類書」のことを聞いた時点で、涙は出つくしてしまっていた。四十六名というのが気にかかったが、内蔵助も主税もりっぱに腹を切ったようだ。だが……。

（これではなにもわからない……）

失望した、というのが本当のところだ。事件の真相は、はたしてりくが謎解きをしたとおりだったのか、それともほかに別の真相があったのか……。

（わたくしは真実を知りたいのです……）

りくは、手紙をぎゅっと握りつぶした。

そして。

その日は、朝から横なぐりの激しい雪が降りつづいていた。豊岡では、二月半ばになってもときおり大雪が降る。屋根から雪の落ちる、どかっ、という音がたびたび聞こえてくる。そんななかに、人声を聞いたような気がした。

「お春……表に誰ぞおられるのではないか」

返事はない。奥で洗いものでもしているのであろう。

「お春……空耳とは思いますが、念のためにちょっと見てきておくれ」

そう言いながら、入り口に目をやったりくは絶句した。そこには、全身雪まみれの男が立っていた。

「誰じゃ……」

そう問いかけながら、りくははっとした。

「寺坂……」

「吉右衛門にござりまする。お懐かしゅうござります」

突然、両目から涙があふれてきた。

「なぜ、おまえが……？」

ここにいるのか、という問いに吉右衛門は答えず、一通の書状をりくに渡した。

「——これは？」

「原惣右衛門どのからのお手紙にございます」

「えっ」

思わず声が出た。りくが、ひたすら待っていたものは、これなのだ。

「奥さまは、なにもかも存じておいでだとうかがっておりまする。惣右衛門どのは、吉良の屋敷を出たあと、行進の中途で駕籠のなかから私をお呼びになられ……」

惣右衛門はこう言ったそうだ。

「おぬし……逐電《ちくでん》せよ」

「は……？」

吉右衛門は耳を疑った。

「さきほどのご家老のお言葉だがな、わしはやはり、あの炭小屋の謎を解かぬうちは死んでも死にきれぬ。おぬしにそれを託すゆえ、このまま いなくなれ。そして、なにものがどのようにして上野介を殺したのか、それを調べよ」

「な、なれど、私も皆さまと一緒に泉岳寺に参りとうございます」

「寺に入ってしもうたら、抜けだしにくくなる。誰にもさとられず、隊列を離れられるのは今しかない。——頼む」

惣右衛門が駕籠のなかで頭を下げているのが、吉右衛門にもわかった。三百石取りの惣右衛門が足軽の吉右衛門に頭を下げている。当時の身分制度のなかでは考えられぬことであった。

「わかり申した。私とて、このまま真実を知らずして死ぬのは惜しゅうございます」

「ならばおぬしは生きよ。生きて、あの小屋のこと、上野介のことを探ってくれ。そして、どうにかしてわしに報せてくれい」

寺坂吉右衛門は軽く会釈すると、そっと隊列を離れた。そして、二度と戻らなかった。

「なんと……惣右衛門どのがそなたに……」

「以来、私はあのときの真実を確かめるべく、さまざまなことを探索し、それを惣右衛門どのにお伝えいたしました。幽閉されている屋敷への報告はむずかしゅうございましたが、細川屋敷の接待役で堀内伝右衛門《ほりうちでんえもん》どのと申さるるおかたがことのほか我らに心をお寄せくださり、一度きり、ひそかに面会がかなったのでございます」

「それはそれは……」

「惣右衛門どのは、私の話をお聞きになり、奥さまと同じことをおっしゃいました。つまり、上野介は十三日にすでに死んでおり、雪の降っているあいだに炭小屋に運ばれたのだ、と。殺したのは、御殿女中で、やはり、上野介に手ごめにされかけ、思わず刺してしまったようでございます。女中を成敗なすったのはご当主の左兵衛義周どののようで……。惣右衛門どのは、奥さまのお手紙を拝見なされまして、さすがは赤穂藩一の謎とき達者じゃ、と舌をまいておいでてでした」

「なにを申します。わたくしも惣右衛門どのも同じことに思いいたったわけですから」

「いえいえ、惣右衛門どのは私が調べあげたることにもとづいてご推論なされましたが、奥さまは主税どののお手紙を読んだだけで即座にお当てなさいましたゆえ」

りくの両ほほは少し赤らんだ。彼女は咳ばらいをすると、

「わたくしにはどうしてもわからぬことがあります。なにゆえ、吉良家ではその女中の遺骸を押しいれに押しこめておいたのでしょう。それに、なにゆえ上野介どのの遺骸を炭小屋に入れたのでしょう。突然のできごとにあわてふためき、死体の始末に困っての一時しのぎにしては、あまりに粗雑な隠しよう。浪士のかたがたの討ちいりがすぐにあったからよかったようなものの、そうでなければ腐ってしまったかもしれませぬ。まるで……」

そこで、りくはあることに気づいた。

「まるで……十四日の夜に討ちいりがあることを知っていたような……」

りくの顔は青ざめていた。

「そう……女中の死骸を押しいれに隠しておけば、戦闘による死体にまぎれてしまう。上野介どのの死骸を炭小屋に入れておけば、いずれは浪士たちが見つけ、『我々が殺したことにしよう』と言いだすに決まっている。一連の不祥事が表沙汰にならぬようにし、赤穂浪人の復讐の矛先が左兵衛義周どのに向かぬようにするための計略だとしたら……。茶会も、延期すればよいものを、主不在で強行するとは、この日さえ乗りきればなんとかなるとわかっていたような……」

りくは、鷹のように鋭い視線を吉右衛門に向けたが、吉右衛門は目をそらし、

「私にはなにも申せません。本当に知らぬのです。――とにかく一度、その書状をご覧くださされ。親切なる接待役の堀内伝右衛門どのが、とくにお許しくだされて、私に託されたものにござります」

「ならば、この手紙、その伝右衛門どのとやらは中身は確かめずか」

「いえ……お読みなさいました。さすがに伝右衛門どのも、なにが書かれておるかわからぬ手紙を出すことはお許しくださらなんだゆえ」

「そなたは読んだのか」

「いえ……」

死者からの手紙である。りくは一礼してから封を切った。すばやく目を走らせる。りくの期待はほどなく失意に変わった。そこには、おおよそつぎのようなことが書かれていたのだ。

◇

この書状がそちらに着くころには、それがしは一足早く冥土におりまする。いずれまた、あの世とやらで謎々遊びをいたす日も参るかと存じまするが、それは当分先のこと。さて、私儀、亡君の仇を討ち、かねてよりの宿願を果たすことができて、これほど喜ばしいことはございませぬ。心晴ればれとした気持ちにて候。それはそれとして、討ちいり前夜、少

し興のあることがございましたゆえ、ちょっとお知らせいたします。「うどん屋久兵衛」なる店に、大高源吾どのや御息主税どのらと参りましたるとき、主の久兵衛が、「なんのその」ではじまるつけ句を考えておりました。我らも頭をほぐすためにあれこれ口を出していたるところ、俳諧の心得深き大高源吾どのが、

「なんのその岩をも通す桑の弓」

と詠まれ、久兵衛も大いに歓び、我らもまた、討ちいりまえにかようなる勇壮なる句のできたるは、なんという吉兆であろうかと歓びあいました。あまりにおもしろきできごとゆえ、ちょっと取りつぎましたる次第。では、このあたりで永の暇《いとま》ごいでございます。

◇

（これでおわり……？）

りくは何度もその文面を読みかえした。堀内伝右衛門という人物が目を通すことを考えて、なにか裏の意味をもたせているのかと思ったが、どう読んでも単なる逸話にすぎない。桑の弓というのは、男の子が生まれたときに桑の枝で作った弓にヨモギの茎の矢をつがえて立身出世を祝った、という中国伝来の故事（桑弧《そうこ》蓬矢《ほうし》ともいう）のことである。桑の弓が岩を貫くというのは、一念あらばなさざらんことなし、という、男子の門出にふさわしい、勇ましい句ではあるが、ただ……主税から知らされたそのときの話とはまるでちがっている点が気になった。

句も、主税の手紙では「なんのその意気地でのぼる富士の山」となっていたはずだ……。

「この手紙について、惣右衛門どのはなにかおっしゃっておられましたか」

「いえ……」

りくは手紙を吉右衛門に読ませたが、彼にもなんのことかわからぬようであった。りくがため息をついていると、奥から出てきた春が、

「わたくしにもお見せいただけますか」

そう言って手紙を受けとり、しばらくながめていたが、

「奥さま……旦那さまとスミ、という言葉に心あたりは？」

「スミ、というと、墨のことかえ」

「いえ、墨か炭か隅か……それはわかりませぬが、これは忍び句のように思われます」

「忍び句？」

「はい……」

忍び句とは俳句にべつの意味をこめて相手に知らせるもので、この場合、

な・んのそ・の
い・わをもとお・す
く・わのゆ・み

となり、五七五の頭の文字とおわりの文字を並べると「ないくのすみ」となる。「ないく」というのは、「ないくら」と同様内蔵助をあらわす忍びの隠し言葉だという。

「旦那さまにスミ……」

りくはその言葉を頭のなかで反芻《はんすう》していて、ふと思いだしたことがあった。主税の手紙にあった、討ちいりの直前、堀部安兵衛宅で惣右衛門が内蔵助の衣服の裾が黒ずんでいるのに目をとめたという話を、である。あれは、炭による汚れだったのではないのか。

(内蔵助に炭……)

討ちいりまえに内蔵助の衣服に炭の汚れがついていた、ということは、彼は、そのときすでに一度、炭小屋に入っていたのではないのか……。

(まさか……)

すべての裏側が一瞬にして見えた。

上野介が女中に殺され、その女中を左兵衛義周が斬りころしたとき、吉良家ではなんとかその場を乗りきろうと知恵をしぼっただろう。このままでは、赤穂の浪人たちの目標が当主義周に替わってしまうし、斬りすて御免の世の中とはいえ、いくら武士でもまともな理由なく人殺しをしてもよいというわけではない。当主が乱心したとして、吉良家が取りつぶされてしまう可能性もある。あくまで当主の義周は護らねばならないし、女中の手討ちも伏せておきたいところだ。誰かが……おそらく家老の左右田孫兵衛《そうだまごべえ》あたりではないかと想像されるが……知恵をしぼったのだろう。すべてがうまくいく策をみいだした。それは、もっとも遠いところにおり、また、もっとも近い場所にいる相手……すなわち大石内蔵助に相談することだった。つてをたどって、なんとか内蔵助につなぎをつけ、平身低頭のすえ、

「ほかの浪士には内密に当屋敷までおいでくだされば、大秘事をお明かし申す。けっして、そちらの損にはならぬことでござる」

などと言ったのではないか。内蔵助は危険を承知のうえ、吉良邸にたったひとりで赴いた。それが、十三日のことだ。仇の死を吉良家の家老から聞かされた内蔵助は驚きもし、また、この事態にどう対処すべきか悩んだだろう。上野介の死が明らかになったら、ただでさえ脱落していく同志が増えている今、皆は精神の張りを失ってしまうのではないか。いくらその場合は義周を討てばよい、といっても、亡君の仇は上野介であって義周は直接関係ないし、ずっと仇と思いさだめてきた相手を急に替えろといわれても無理だろう。それに、ぐずぐずして早く討ちいりをしなかったからだ、と浪士たちに批判が集中することも考えられる。

内蔵助は決断した。吉良家の誰かとともに自ら上野介の死骸を炭小屋に運んだ。足跡は雪が消してくれた。そして、翌日の茶会はそのまま実施するように言いおくと、吉良邸を出た。そのときに前原伊助にみとがめられたのだろう。内蔵助はただちに同志に連絡網をまわし、十四日の討ちいりを急遽決定した。吉良方の抵抗がほとんどといってなかったのもうなずける。護るべき相手はすでに死んでいるのだから、張りあいのないことこのうえないわけだ。彼らは、ただ、当主左兵衛義周の命さえ無事ならそれでよかったのだ。上野介が見あたらないと浪士たちが騒いだときにもひとり落ちつきはらい、炭小屋に注意を向けさせたのも内蔵助だった。

もちろん、なにもかもりくの憶測にすぎぬ。だが、惣右衛門はりくに、すべての裏側にいたのは内蔵助だ、と教えてくれたのではないのか。

（旦那さま……）

りくは夫の苦渋《くじゅう》の決断を思った。しかし……。

（嘘は、嘘……）

虚名のために死んでいった夫と息子。りくには、最後まで理解できなかった。武士道、というものが、である。夫も息子も、そして残りの義士たちも、忠義、報恩という魔道にとり憑かれたものたちばかりであった。

「奥さま……」

吉右衛門がおずおずと言った。

「切腹のとき、ご家老は第一番でござったが、お呼びだしがあって立ちあがったおり、惣右衛門どのが耳もとでささやかれたそうでござります」

「——なんと？」

「それは、わかり申さぬ。ただ、ご家老はなにやらにやりとなされ、何度もうなずかれてから、お庭へと赴かれた由」

りくは、目を閉じた。

エピローグ１

四十七士が切腹をおおせつかったその日、吉良義周の信濃国高島藩への配流と吉良家の断絶が大目付仙石伯耆守から申しわたされた。吉良家を存続させようとした必死の試みも無駄に終わったわけである。配流の旅に付きしたがったのは、家老左右田孫兵衛と怪我まだ癒えぬ山吉新八郎のふたりだけであったという。三年後、義周は諏訪の地で病死した。

寺坂吉右衛門は、世間からは、切腹せずに姿を消した不忠ものとそしられながらも、八十三歳まで長生きをした。

大石りくは、三男大三郎が綱吉の死で大赦になり、広島藩に召しかかえられたので、次女るりとともに広島に移り、六十八歳まで齢を保った。

エピローグ２

後年、この物語は二代目竹田出雲《たけだいずも》、三好松洛《みよししょうらく》、並木千柳《なみきせんりゅう》らによって人形浄瑠璃になった。

その後歌舞伎化された「忠臣蔵」を米国で観て、すっかり魅せられてしまった米国の探偵小説好きの青年がいた。彼は、その歌舞伎に関するさまざまな資料を読破し、ついにはこの、雪の密室の物語にたどりついた。彼は、密室の謎を鮮やかに解きあかしたりくや原惣右衛門の探偵としての手腕に感銘を受け、自分も密室事件を扱った作品を書いてみようと決意した。

「忠臣蔵」では、幕府をはばかって、登場人物の名が一部変更されている。たとえば、大石内蔵助が大星由良之介《おおぼしゆらのすけ》、吉良上野介が高師直《こうのもろなお》、浅野内匠頭が塩冶判官、という具合であるが、青年が書いた密室ものの作品のタイトルは、この由良之介からとって、「由良の魔道」とされた。作品の主人公の名前は、原惣右衛門元辰《もととき》の頭文字からH・M卿とした。自分のペンネームは、塩冶判官が切腹に際して、短刀（九寸五分）を大星由良之介に形見として手渡す場面から、「形見で九寸五分」を略して「形見で九寸」……カーター・ディクスンとした。彼には別名義があったが、それは、りく、春、主税らの名前から取った、りく・春・力……リク・シュン・カーというものであった。

また、彼が「忠臣蔵」を手本として作家としてのスタイルを築いたことから、誰言うともなく、「カーが手本にした忠臣蔵」すなわち「カーの手本・忠臣蔵」という言葉ができたといわれている。

名探偵ヒトラー

私は運がよくて、これまで移動中に事故に遭ったことがない。『バスカヴィル家の犬』（コナン・ドイル作の小説）を知っているだろう。フィヒテル山地を通ってバイロイトへ向かっていた時のことだが、あれは不吉な荒れ模様の夜だった。私がモーリス（運転手）に「曲がり角の上を見てみろ！」といいかけた時、巨大な黒い犬が我々の車の上に飛び降りてきたのである。ぶつかった弾みで犬ははね飛ばされたが、その後も長い間、夜の闇を通して吠え声が聞こえてきた。

『ヒトラーのテーブル・トーク　上』ヒュー・トレヴァー＝ローパー解説
吉田八岑監訳（三交社）より

以下に収録した文章は、ナチ党総統アドルフ・ヒトラーの個人秘書兼官房長を長らく務め、ヒトラーが自殺したのち数日間だけ存在したゲッベルス内閣のナチス担当大臣であり、ヒトラーの遺言執行人でもあったマルティン・ボルマンが側近の兵士たちに語ったメモの抜粋である。聞き書きが行われた時期はおそらく、ドイツの敗色が濃厚になってきた、一九四四年頃ではないかと考えられるが定かではない。ボルマンといえば、会食時やお茶会におけるヒトラーの発言を部下に速記させ、みずからが校閲した「ボルマン文書」を残した人物として知られているが、以下に収録したボルマン自身の談話はこれまで一般には知られていなかった。おそらく彼がここで語っている総統ヒトラーの人となりが従来のイメージとはまったく異なっており、また、オカルティズムに踏みこんだ内容となっていることから、後世の捏造《ねつぞう》ではないかという疑惑が晴れなかったためと考えられる。今回、我々が発表に踏みきったのは、別途発見された一級資料によってこの文書の一部についてその真実性が確かめられたからであるが、歴史的重要性とはべつにおそらくシャーロック・ホームズ物語の愛好家には興味をもって迎えられるだろう。

なお、マルティン・ボルマンは戦後長いあいだその生死が確認できなかったため、生存説が根強かったが、一九七二年になってレアター駅に近い工事現場から遺体が発見され、ＤＮＡ鑑定の結果、ボルマンのものと断定された。

◇

私が総統閣下の側近くにお仕えすることになったのは、一九三三年にルドルフ・ヘス副総統の個人秘書兼官房長に任命されたときにはじまった。無能だったヘス副総統にかわって、私が総統閣下の任務のほとんどを処理していたのだ。ほぼ同時期に、「アドルフ・ヒトラー・ドイツ産業界基金」の長にも任命されたが、そこでの働きぶりによって私は総統閣下の信任を得ていった。一九四一年にヘス副総統がみずから戦闘機を操縦してイギリスに勝手に渡り、国家捕虜として拘禁《こうきん》された。激怒した総統閣下はただちにヘスを除名するようナチ党に指示し、私を後継の副総統に任命しようとしたが、愚昧《ぐまい》なゲーリングらの反対で果たせず、結局、私は党官房長となった。そのころから私は、総統閣下の「秘書兼個人副官」となり、公私ともに総統閣下と過ごすことが多くなった。東プロイセン、ラステンブルクの森のなかにある、「狼の巣《ヴォルフスシャンツェ》」と呼ばれるこの大本営の一室で毎夜開かれる私的なお茶会には、滞在中の将校や女性秘書など数人の親しい関係者が招かれるが、私以外の顔ぶれはいつも異なる。人の好き嫌いが激しい総統閣下のお眼鏡にかなう人物は、それほど多くないのだ。そんなお茶会を、私は一度も欠席したことがない。おそらく私は、現在もっとも総統閣下のプライバシーをつぶさに見聞している人間だろう。ときにはたったふたりで、焼き菓子をつまみながら過ごす夜もある。そういうとき、外交に関する重大な決定や戦地における次の作戦が形になる場合も多い。総統閣下の個人秘書としての任務を完璧に遂行するために、私は大勢の友人を失った。しかし、まったく後悔はしていない。アドルフ・ヒトラーというこの偉大な人物とのつきあいは、凡百の知人・友人との交遊すべてを合わせたものにも勝るほどの喜びを私にもたらしてくれている。私ほど、世評なるものの愚かさ、薄汚さ、蒙昧《もうまい》さを味わっているものもいないだろう。なぜなら諸君をはじめとする「世間」は私のことを、総統閣下にこびへつらうおべっか使い、権力の走狗《そうく》、自分の考えを持たぬ無能な太鼓持ち、虎の威を借る狐だと考えているが、それは誤解というものだ。私は、アドルフ・ヒトラーというこの超人的な能力を持つ人物に魅せられ、彼と親しく接することを誇りに思い、その意志を実現する手伝いができることを無常の喜悦《きえつ》だと考えているのだ。総統閣下とともにすばらしい時間をともにできることこそが、私にとってなにものにも代え難い宝ものなのだ。私が望んでいるのは、総統閣下の「後世における正しい評価」……それのみだ。その点が、総統閣下を取り巻くほかの側近たちと一線を画するところだ。やつらは皆、総統閣下におもねることで自分の保身、立身、欲望の充足を考えているが、私はおのれ自身のことはどうでもよいのだ。

世間が誤解しているといえば、総統閣下ご自身もまさにそうだろう。今、外国の新聞に躍るヒトラー評は、演説がうまいだけの偽カリスマ、世界征服という妄想に取り憑かれた独裁者、ひとの命をなんとも思わない残忍な殺人鬼……そんなところだろう。いや、どれもまちがいではない。たしかに総統閣下にはそういう面もある。だが、それはアドルフ・ヒトラーのほんの一部でしかない。彼は、もともと美術学校を志望していたことでもわかるとおり、音楽や美術を愛する芸術家であり、戦場での負傷などのために激しいスポーツはできなかったが、非常に膂力《りょりょく》にすぐれた力持ちであり、『白雪姫』などのディズニー映画を愛好するアニメーションマニアであり、愛犬家であり、こども好きであり、禁酒禁煙菜食主義を奨励する健康志向の人物でもあった。

しかし、総統閣下の知られざる側面はそれだけではないのだ。諸君は驚くかもしれないが、総統閣下は通俗小説の愛読者である。蔵書棚にはカール・マイの西部小説なども並んでいたが、なかでも好んでおられたのはいわゆる「探偵小説」であった。私の知る限り総統閣下は空想上の名探偵たちにひけをとらぬほど頭脳明晰で、知性に優れた人物である。たいていの作品は、数ページ読むだけで犯人を当ててしまうほどだが、その推理力を日常の場で発揮することも二度や三度ではない。他人が介在すると、「ドイツ国総統アドルフ・ヒトラー」を演じねばならぬ総統閣下であったが、私とふたりだけのときはそういう心配がないせいか、極限までリラックスして、探偵も顔負けの名推理を示すのだ。そう……私たちは常々、ふたりの関係を、かの名探偵シャーロック・ホームズとワトスン氏にひそかになぞらえて楽しんでいた。冷徹で想像力豊かで芸術家肌、カリスマ的な魅力を持ち、しかも超人的な観察力・推理力の持ち主であるアドルフ・ヒトラーと、真面目だが凡庸なその親友マルティン・ボルマン……という組み合わせは、コナン・ドイルが創造した名探偵とその友人の関係にそっくりではないか。私がこうして、総統閣下のプライベートな言動を逐一書き留め、校閲し、文書にして保存しているのは、ホームズ氏の伝記作者たるワトスン氏に倣《なら》ったものなのだ。シャーロック・ホームズの物語は、敵国であるイギリスの産物であるが、われらが総統閣下はそのようなことは気にもとめぬ。

「私は英国人と敵対しているのではない。英国人を支配している連中と敵対しているだけなのだ」

というのが総統閣下の口癖だった。また、ドイルの作品をこう賛美することもあった。

「ホームズの冒険譚は、想像力の欠落した英国人にしてはじつによくできた創作物だよ。私も機会があれば国家的な陰謀や大事件を、ホームズのように鋭い洞察で見事に解決してみたいものだ。そうなればドイツ国民は皆驚嘆するだろうね、われらが総統は名探偵だ、と！」

総統閣下の側近たち、ヒムラー、ゲーリング、ヘス、ゲッベルスたちも聞いたことがないであろう、茶目っ気たっぷりの発言ではないか。いや、側近はおろか、ゲリやエヴァ・ブラウンすら耳にしたことがないだろう。私と総統閣下の親密さがわかろうというものだ。

◇

総統閣下の超人的な感覚を示す事例をいくつか諸君にご紹介しよう。ある昼食の席で、総統閣下は私に向かって、食卓にあったソース瓶を指さすと、

「このソースにはなにが入っているのかわかるかね」

私は、これは総統閣下が私にゲームを挑んでいるのだとわかった。ゲームは真面目に取り組むのが私の流儀である。私はただちにベルリンに電話をかけ、そのソースの原材料の分析を依

頼した。結果が出たのは数時間後であった。私は意気揚々《いきようよう》と「ソースになにが入っているか」という質問の解答を報告したが、総統閣下はかぶりを振ると、

「おおむね合っているが、肝心のものが抜けている。わからんのか。クランベリーだ。あのソースにはほんのりとクランベリーの香りが漂っており、それがすぐれたアクセントになっている」

私が、総統閣下でもときに過ちを犯すのだ、と内心思いながら、ベルリンの研究所による分析ではクランベリーは検出されなかった旨を告げると、総統閣下は料理長を呼んで、問いただした。すると驚くべし、料理長が言うには、市販のソースにクランベリーをくわえて煮込み、味をととのえるのだそうだ。正直、私の嗅覚や味覚にはクランベリーの香りも味もまるで感じられず、総統閣下の優れた五感に感嘆を禁じ得なかった。そんなとき、総統閣下はほかの側近たちにわからぬように右目をつむると、

「初歩だよ、ワトスンくん」

と小声で言ったものだ。

◇

もっと印象的な事例がある。ある秋の夜、おなじみの「狼の巣」において、総統閣下と私のふたりだけがお茶会を行っていた。男同士がたったふたりで一室で夜を過ごす、ということで、

外国の三流新聞などは、私と総統閣下が男色の関係にあるなどとまことしやかに書き立てているようだが、とんでもない。総統閣下は、男女のあるべき関係については厳格な道徳性を重んじておられ、それに反した「両刀使い」のレームを粛正《しゅくせい》したほどで、同性愛者にはつねに厳罰をもってのぞんだ。我々は、ホームズとワトスン氏がそうであったように、他人の目がないところでは気の置けぬ「友人同士」であったのだ。もちろん、私は部下としての分《ぶ》をわきまえ、発言も控えめにし、相手を立て、何ごとにも同意するのだが、時としてそのふるまいは総統閣下には気に入らぬらしい。

「ふたりでいるときは総統と秘書ではない。名探偵アドルフとその友人ボルマンだ。忘れてくれるな」

「承知しました」

「ところでボルマンくん、この報告書をどう思うね」

そう言って総統閣下は、一枚の書面を私のまえに放りだした。それは、アウシュヴィッツ＝ビルケナウ強制収容所からの報告書であり、今日の昼過ぎに私自身が総統閣下に手渡したものだった。私は首をかしげた。内容は収容所スタッフの人数、受け入れた囚人の数、よそに送られた囚人の数、死亡者の数など、定期的に報告される数字の羅列ばかりで、総統閣下が特別に目をとめるような事柄はどこにも記されていないはずだった。

「これがなにか……」

「わからんかね、ボルマンくん」

私の名前に「くん」付けしているということは、ここに名探偵の興味をひくような「謎」があるはずだ。挑戦を受けた私は、その書類の隅々にまで目を通したが、「謎を解く」どころか、なにが謎なのかすらわからなかった。

「降参かね」

悪戯《いたずら》っぽく微笑《ほほえ》む総統閣下に、私は両手を挙げた。

「ここを見たまえ」

総統閣下の指さした数字は、クレマトリウムの稼動に関するものだった。諸君も御存じのとおり、アウシュヴィッツ＝ビルケナウ強制収容所は、全部で六つある「絶滅収容所」のひとつであり、もっとも大規模なものであった。絶滅収容所というのは、ドイツにとって不必要な人間たち、すなわち劣等民族であるユダヤ人やジプシー、労働力にならない女性、こども、老人などの絶滅を目的とした施設である。アウシュビッツは、第一収容所であるアウシュヴィッツと、そこから二キロほど離れたところにある第二収容所ビルケナウからなり、そのふたつを併せてアウシュヴィッツ＝ビルケナウと呼んでいる。ビルケナウには四つの「クレマトリウム」があった。クレマトリウムというのは、殺人を行うガス室と死体を焼く焼却炉の双方を兼ね備えた複合的殺人工場であり、最初のクレマトリウムであるⅠはアウシュヴィッツにあったがのちに稼動を停止したので、実際にユダヤ人たちの殺害を行っていたのはビルケナウにあるⅡからⅤのほうである。

私は数字を熟読したが、総統閣下の意図するところがまだわからずにいた。すると、総統閣

下はいらだたしげにちょび髭を震わせたが、声はあくまで優しく、

「ボルマンくん、きみは有能なわが会計係であり、数字はお手のものだということを私も知っているが、計算には秀《ひい》でていても、惜しむらくは想像力に欠けているようだね。たとえばこの日、クレマトリウムⅡからⅤまでのガス室に運び込まれた囚人の数を足してみたまえ」

　私はそのとおりにした。

「つぎに、ガス室から運び出された死者の数を足してみたまえ。もう計算したのか。さすがに数字には強いね。最後に、焼却された囚人の数を足してみたまえ。資料によると、未焼却の死体はゼロだ。ということは、ガス室に運ばれた囚人の数、ガス室から運び出された死体の合計、そして焼却炉で焼かれた死体の合計、この三つの数は等しくなるはずだろう」

「そのとおりですが……」

　ガス室から運び出された死体の数と焼却炉で焼かれた死体の数は一致する。しかし、なぜかガス室に運びこまれた囚人の数がそれよりも少ないのである。何度やっても結果は同じで、INよりOUT、つまり焼却された囚人数のほうが多いのだ。一日に十数人だが焼却された囚人の数が上回る。

「ガス室を通過する途中で数が増えているわけだ。未焼却の死骸があるならなんとかつじつまは合うが、それはないことになっている。おかしいとは思わんかね」

　総統閣下は一九四二年七月にヒムラーをアウシュヴィッツに派遣し、ユダヤ人殺戮《さつりく》の痕跡をできるかぎり残さぬように厳命した。それを受けたパウル・ブローベル指揮官は特別行動隊《ゾンダーコマンド》を

使って十万体を超える膨大な数の遺体を短期間に焼却し、灰を河に投棄した。クレマトリウムが建設されたのはそのすぐあとだが、痕跡を残さぬよう、殺したらただちに焼却するというルールは遵守されているはずだ。四つのクレマトリウムが一日に焼却できる遺体は約四千五百と考えられていたが、そののち八千近くにまで引きあげられたから、「積み残し」はありえない。だから、ガス室での死者と焼却された遺体数は同じであるのは健全なことである。しかし、なぜガス室に送り込まれた囚人数がそれよりも少ないのか……。

「これはどういうことだと思うね」

「さ、さあ、それは……」

「きみは毎日私に報告書を上げてくるが、そのまえに目を通しているのだろう。なにも気づかなかったのかね」

私は額の汗をハンカチで拭き、

「もしかすると、赤痢などで死亡した遺体を焼却した数が混入しているのかも……」

「はっはっはっ、その数はほら、ここに別途記載されている。きみをとがめているわけではないよ、ボルマンくん。想像力だ。想像力がなければ、数字は死んだ記号の集合だ。しかし、私はその奥にある意味を見逃さない。ホームズの冒険譚に『踊る人形』という一篇がある。知っているかね」

もちろん知っている。『シャーロック・ホームズの復活』に収録されており、私も何度も読み返した作品である。

「あの名篇において、ワトスン博士やヒルトン・キュービット氏は、踊る人形の絵をこどもの落書きだと思った。しかし、ホームズはそこに潜む真実を見抜いたのだ」

たしかに、私にはこの報告書の数字からはなにも読み取れなかった。ワトスンをもって任じているぐらいだから、しかたないといえばしかたないのだが……。

「私の推理では、アウシュヴィッツ＝ビルケナウの所長もしくは責任者クラスの人間に、殺人マニアのサディストがいるようだな。私はたとえ劣等民族であろうと、死は粛々《しゅくしゅく》と与えられるべきだと考えている。だからこそのガス室であり、だからこそのチクロンBなのだ。『死の行進』は静かで、淡々としているべきだし、焼却も一瞬に行わねばならぬ。しかし、なかには他人を残虐に痛めつけ、切り刻み、悲鳴をあげさせて快楽を得る人種もいる。おそらく、そのサディスト氏は絶滅収容所における地位を利用して、みずからの欲望を満足させたうえで、その死骸をガス室で死んだ死者にまぜているのだろう」

「では、囚人がガス室に入ったとき、すでにそこには……」

「十数人の死体が先に待っているはずだ。チクロンBが投入されたあとは、ガスで死んだものかすでに死んでいたものかわからない。運び出された死骸は、そのまま焼却炉に回されるから、殺害された証拠も失せる……というわけだ」

「可能性はあると思います」

「ならば調べてみたまえ。絶滅収容所の運営は国家の体系に基づいて行っている。一個人の嗜好を満足させるために、その整然たるシステムが勝手に利用されるのは我慢できぬ」

私はすぐにベルリンに電話をかけ、行動部隊《アイザッツグルッペン》を動員して、アウシュヴィッツ＝ビルケナウの内情を調べさせた。そして、同収容所の所長が解任されたのはそれからまもなくのことだった。私は瞬時にすべてを看破した才能に舌を巻き、最大級の讃辞をおくったが、総統閣下は少しはにかんだように、

「私の小さな推理が役に立ってよかったよ、ワトスンくん」

そう言うと、自分の太ももをぴしゃりと叩いた。上機嫌なときにみせる仕草である。

◇

さて、いよいよ本題に入ろうか。これまでだれにも語られることのなかった、謎めいた怪事件についてだ。一種の盗難事件だが、その舞台となったのはなんと「狼の巣」である。そして、解決したのはほかならぬ総統閣下ご自身であった。

そう、あれは我が軍がフランスに記念すべき大勝利をおさめ、その勢いをかって、ソ連に攻め込もうとしていたころだった。場所はいつもの食堂ではなく、ヒトラーブンカーと呼ばれる防空壕のなかの、総統閣下の執務室だった。「狼の巣」には、居住棟、厚生棟などのほかに、八メートルもの厚さのコンクリートで覆《おお》われた実質本意の大型掩蔽壕《えんぺいごう》、すなわちブンカーが七棟あり、ヒトラーブンカーはそのなかで最大の施設であるが、執務室はそれほど広くない、こぢんまりとした部屋であった。これが総統閣下の好みなのだ。あまりだだっ広い空間では執務

に集中できない、というわけである。西側にある机の背後の壁には巨大な鉤十字《ハーケンクロイツ》が掲示され、入室するひとの目を引く。北側の壁には、総統閣下がお好きな画家パウル・パードゥアの戦争画が飾られ、その下には自慢のオーディオ装置とレコードコレクションが置かれている。

このときも私は総統閣下とふたりだけで、深夜、ワーグナーのレコードを聴きながら、シュトレーデルという菓子パンをつまみ、総統閣下はチョコレートで甘く味をつけたコーヒーを、私は濃くいれた紅茶を飲んでいた。話題はもっぱら、占領地域をどのような方法で統治するかということだった。総統閣下は、ドイツ本国とは異なる、人種政策に基づいた非情なルールによる支配を主張し、私はいくどもうなずいた。

「まずは彼らの文化的基盤を破壊するのだ。やつらが読み書きできぬようにしてしまえば、操り人形のように我らの思うがままに動かせるはずだ」

「すばらしいお考えです。さっそく検討させましょう。しかし、つぎの相手ソ連は大国です。よほどの戦力を投入しないと、勝利はおぼつかないでしょう」

「なんだ、ボルマン……きみらしくもない。私にはあれがあるのだ。勝てぬはずがあるまい」

「は、はい……」

私たちは同時に、南側の壁に目をやった。そこには、今にも朽ちそうな、古ぼけた槍が無造作に掛けられていた。私は見てすぐに、反射的に顔をそむけたのだが、総統閣下はうっとりした表情でそれを凝視しながら、

「これがあるかぎり、我が軍に敗北はない。つねに前進、前進、前進あるのみだ」

総統閣下が興奮しはじめたので、私は砂糖をたっぷりと紅茶に足して、それを一口すすってから、

「総統閣下は、こんなものに頼らずとも、ご自身がお持ちのお力と運のみで十分に世界を手に入れることができますものを」

「買いかぶるな。私とて、足りぬものはたくさんある。それを埋めてくれるのが、この槍なのだ」

それは「ロンギヌスの槍」と呼ばれているものだった。イエス・キリストが磔刑《たっけい》になったとき、その死を確認するためにロンギヌスという名の盲目の兵士が脇腹を槍でえぐった。すると、血と水が流れ出てロンギヌスの目にかかり、彼は目が見えるようになった、という言い伝えがある。その槍は、失われた聖櫃《せいひつ》や聖骸布《せいがいふ》、聖杯、聖釘などと同様、キリストの聖遺物《せいいぶつ》のひとつだが、いつのころからか、

「ロンギヌスの槍を得たものは世界を制する」

といわれるようになった。初代ローマ皇帝コンスタンティヌス大帝がエルサレム巡礼の途上で再発見して以来、この槍はローマ皇帝テオドシウス、西ゴート王アラリック、東ゴート王テオドリック、東ローマ皇帝ユスティニアヌス、フランク王国宮宰カール・マルテル、西ローマ皇帝シャルルマーニュらの手を転々とした。いずれも、槍を所持しているときは勝利の道を驀《ばく》進《しん》するが、ひとたび槍を失うや、ただちに死亡あるいは没落するという怖ろしい力があるという。槍は最終的にオーストリアのハプスブルク家の所有物となったが、総統閣下は一九一二年

にホーフブルク宮殿の博物館でそれを目にした途端に霊感を受け、いつかこの槍を手にして世界を征服するだろう、という確信を得たという。総統閣下は私にこう漏らしたことがある。

「槍が私を呼んでいるように感じた。槍の穂先の輝きが、私のなかに眠っていたなにかを目ざめさせ、私を世界の王にしてやる、と約束したように思った」

そしてその約三十年後、一九三八年にいたって、ついにロンギヌスの槍は総統閣下のものとなった。ナチスがオーストリアを無血併合したとき、総統閣下はまっ先にホーフブルク宮殿に向かった。同行したのは、親衛隊最高指導者のヒムラーと党最高裁判所長官のヴァルター・ブーフ少佐だ。総統閣下は槍をみずからの手でつかみ、興奮した様子で、

「とうとうわがものになった!」

と叫ぶと、虚空に向かって打ち振ったという。ほかの宝物も同時に奪いとられたが、それは槍をカムフラージュするためにすぎない。総統閣下は、これらドイツ帝国の象徴たる宝物は本来ドイツにあるべきもので、オーストリアにあるのはおかしい。自分はそれらをあるべき場所に戻すだけだ、と主張し、合法的な手続きを踏んだ。なぜ私が一部始終を見ていたことのように知っているかというと、法的側面の一切を受け持ったヴァルター・ブーフ少佐は私の義父なのである。総統閣下は親衛隊専用列車で槍を護送し、ニュルンベルクに持ち帰った。そして、聖カテリーナ教会に安置され、一般公開されたのだ。

ところまでが、我が国における公式の「ロンギヌスの槍」の情報である。しかし、実際にはそうではない。槍はドイツのものでもナチスのものでもない。総統閣下ご自身のものなのであ

る。聖カテリーナ教会で展示されているものは巧妙に作られたレプリカなのであり、本物は、そう……この「狼の巣」のヒトラーブンカーにある総統閣下の執務室の壁……つまり、ここにあるのだ。総統閣下は槍をずっと身近に置いておきたかったのだ。その気持ちはわかる。総統閣下の成功、そして、ドイツの成功のすべての原因がこの古ぼけた槍にある、と総統閣下は信じておられるのだから。

本物の「ロンギヌスの槍」が、この執務室にあるということは、総統閣下と私しか知らない。総統閣下同様にオカルティズムに深い関心があり、「ロンギヌスの槍」にも並々ならぬ執着を持つヒムラーすら、先日ここに来たときに、

「出来のいい、見事なレプリカですな。すばらしい」

と言ったほどだ。

「ヴェヴェルスブルク城の私の部屋にもこんなレプリカを飾りたいものです。総統閣下、レプリカ作製のために数日間、これをお貸しいただけますか」

総統閣下は嫌そうな顔をした。それはそうだろう。これこそが本物なのだから。しかし、ヒムラーはいつにない執拗さで懇願を続け、総統閣下は最後には押し切られた。貸すことはできないが、職人をこの部屋に連れてくれれば、採寸や模写などはしてもよい、とまで妥協した。ヒムラーは大喜びし、近日中に担当スタッフを連れての再訪を約束した。私に言わせれば、総統閣下もヒムラーも、なぜこんな古ぼけた槍に目の色を変えるのか理解できない。私は、総統閣下のオカルト好みをたしなめるいいチャンスだと思い、ためらったあげく思い切って言った。

「オカルティズムはお守りの代わりにはなりますが、本当に頼りになるのは人材と兵器と資源です」

「ボルマンくん、きみがオカルト嫌いなのは知っている。しかし、この槍はお守りではなく、信仰の代わりなのだ。この世には人智を超えるさまざまな事象が存在する。それらを真摯《しんし》に解き明かそうとするのが、占星術、黒魔術、カッバーラ、神智学などだ。今後、世界を手中にしようとするものは、これらの持つ力をないがしろにしてはいかん。あのコナン・ドイルも晩年は心霊学に熱中したというではないか」

「私には、霊魂の不滅や怪物などはとても信じられません」

私が、砂糖を入れすぎて甘くなった紅茶をもう一口飲んで顔をしかめていると、総統閣下は私に一枚の文書を示した。

「ここに書かれていることを読めば、きみの考えも変わるかもしれんね」

総統閣下がにやにやしたのは、私がよほど驚いた表情だったからだろう。それは、大都市警察の署長 某《なにがし》からの報告書であった。冒頭に「特別報告」という文字がタイプされている。総統閣下のもとには毎日膨大な量の報告書の類《たぐい》が送られてくる。それらすべてを総統閣下にお目にかけるわけにはいかぬ。ほとんどは、取るに足らぬ内容の、紙くずに等しい無価値なもの、もしくは自分の身の安全や立身出世を望む官僚や軍人たちの単なる自己顕示ばかりなのだ。そんなものに総統閣下の貴重な時間を費やすことは許されぬ。また、ときには、これは重要ではあるが今はお見せせぬほうがいいな、と私が判断して取り除くものもある。敵国のすぐれた軍備や快進撃など、わが国に不利な情報に接して総統閣下が激昂《げっこう》したら、一時間や二時間ではおさまらぬ。そういうときは私が総統に代わり、適当に指示を与えておく。それで万事うまくいくのだ。しかし、総統閣下が示したその書類は私の覚えのないものだった。私の目をすり抜けて、文書が総統閣下の手に渡るなどありえぬことだったし、また、あってはならぬことだ。そんな私の内心を見抜き、総統閣下はおっしゃった。

「ボルマンくん、きみの考えていることはわかる。しかし、私にも『独自のルート』というものがある。きみを信用していないわけではない。それどころかだれよりも信頼しているよ。ただ、きみはいつも私に、無駄な書類は見せないようにしているが、ときとして、無駄なものこそが有用なことがあるのだ。この書類は、まあ、その……ベイカー街イレギュラーズのようなものが私に届けたのだと言っておこう」

ベイカー街イレギュラーズというのは、ホームズがベイカー街の浮浪少年などを組織して作り上げた秘密の別働隊のようなものだ。街の情報にはスコットランド・ヤードよりも詳しいし、あらゆる路地に精通しているから、密書を届けたりするにはうってつけの存在だ。総統閣下がSSやゲシュタポといった公《おおやけ》の組織以外にそういった「手足」のような私兵を育てていても不思議はないが、そのことを私が知らなかった、というのは信じられないことだった。私は、総統閣下にうながされるまま文書に目を走らせた。そこにはつぎのような文章が記されていた。

ドイツ国内において、夜間、全身が青白く発光する怪人物の目撃事例が多発している。

深夜、一般家庭、商店、銀行、軍事施設などに見境なく侵入し、金品を掠めとる。

小柄でこどものような体つき。

国籍不明。

性別不明。

警察当局が発見・追跡すること数度なれど、いずれも途中で見失う。


「どう思うね」

総統閣下はそう言ったあと、私の返事を聞くまえにしゃべりはじめた。

「おもしろそうな事件じゃないか。まさに夜光怪人だ。ドイルの『バスカヴィル家の犬』を連想させる。こんな興味深い事件が我が国で頻発していたとは知らなかった。きみはどうしてこの事件を私の耳に入れなかったのだね」

「取るに足らぬ世俗の噂、風聞の類と思いまして……」

「戦争、戦争では息が詰まる。たまにはこういった夢のある話も必要だ。そうじゃないかね、ワトスンくん」

総統閣下がホームズモードに入ったので、私も調子を合わせた。

「たしかに興味深い事件ですね」

「今、ドイツ国内を恐るべき天才犯罪者が跳梁跋扈《ちょうりょうばっこ》しているのだ。私が対ソ戦の準備で忙しくなければ、この怪事件をあざやかに解き明かしてやるのだが」

私はぷっと噴きだしそうになるのを必死でこらえながら、

「今回は一般警察に手柄を譲っておあげなさい」

「残念だが、そうするか。ああ……このままわがドイツが勝利を重ね、世界の覇者となったら、私のもうひとつの才能であるこの推理能力は、きみ以外には知られぬままに終わるのだなあ。私の夢はね、一度でいいから、ホームズが扱ったような事件にがっぷりと取り組んで、思う存分推理の才を発揮することだが……夢に終わりそうだな」

そのとき、突然、扉が激しくノックされた。

「夜分遅くに失礼いたします。ボルマン長官がこちらにおいでと聞いてまいりましたが……」

立ち上がろうとする私を総統閣下は手真似で制し、みずから声をかけた。

「しばらく入るな。そこで気をつけしておれ。声を出すなよ」

そして、私に向かって、

「ドアを叩いているのはどのような人物だと思うね」

私は、いつものゲームがはじまった、と思った。

「今日、この『狼の巣』には、かぎられた人間しか滞在しておりません。そのうちで、深夜にもかかわらず我々のいる部屋のドアをぶしつけに叩くものといえば、おそらく……」

そこまでしゃべってから、私は該当者の名前をめまぐるしく脳裏に走らせた。戦況会議などが催される日は大勢の滞在者があり、将校たちも数多く訪れるこの大本営だが、それ以外の日は、総統閣下の希望もあって、かなり限定的な人数しかいないはずである。周辺の警備に当たっている兵士は常時千名を超えるが、彼らはこのブンカーまではやってこない。深夜に直接、総統閣下の執務室を訪れるとなると、側近のだれかとしか考えられぬが、今日は皆、ベルリンやヴェヴェルスブルクや戦地などにそれぞれ勤務しているはずだ。だとすると……。

「速記者のハインリヒ・ハイムくんでしょう」

「ちがうね。私は彼のノックの仕方を熟知している」

「では、主治医のテオドール・モレル医師でしょうか。総統閣下が眠れぬようなので睡眠薬を処方してきたのかもしれません」

「私の不眠症は今日にはじまったことではないし、まだ睡眠薬はたっぷりある。彼ではないだろうね」

「――あっ、女性か。盲点でした。エヴァ・ブラウンさんがお越しでしょうか」

「エヴァは来ているが、この力強さは女性ではなかろう」

「では、だれでしょうか」

総統閣下はにやりと笑い、

「背の高い、左利きで、よほど力のある男だ。おそらくハンブルク出身だな。少々粗野なところがあるが、規律は守っている。この大本営を警備している連中ではない。もっと身分の高い軍人だろう。察するに、親衛隊のだれかだな。深夜にこの部屋を来訪するところをみると、付近でなにかあったのだろう」

「ほんとうですか」

「確かめてみたまえ」

私はドアに向かって声をかけた。

「だれだ」

「親衛隊国家保安本部、移送任務担当責任者のエルンスト・フックス少佐です」

「入室を許可する」

ドアがあいて、SSの制服を着た若者が入ってきた。たしかにかなりの長身だ。軍服のうえからでも胸の筋肉が発達しているのがわかるし、腕も太い。力はありそうだ。彼は総統閣下の存在を認めるや、右手をさっと挙げ、

「ハイル・ヒトラー！」

総統閣下はすでにホームズではなく、いつもの「ナチス総統」の顔つきに戻っていた。

「こんな夜中になんの用件だ」

私が言うと、フックス少佐は緊張に顔をひきつらせながら、

「じつは、リガおよびミンスクに向けて移送中だったユダヤ人のうち、二十二名が脱走いたしました。そのうち二十一名は捕縛《ほばく》いたしましたが、一名だけが見あたりません。現在、厳重警戒中ですが、このラステンブルクの森に逃げ込んだという目撃情報がありましたので、念のためご報告に参上いたしました。ただいま、ヒトラーブンカーの周辺を親衛隊によって警護すべく手配中で……」

「いらぬ」

総統閣下が彼の言葉をさえぎった。

「は……?」

「必要ないと言ったのだ。たかだかユダヤ人一名がうろついているからといって、なぜ我々が怯えねばならぬのだ。無意味なことをするな。私が怯懦《きょうだ》の気持ちを持っているかのような誤解を与える。恥さらしだ」

「はい……ですが……」

「この大本営の周囲は地雷原と十キロメートルにおよぶ有刺鉄線で囲まれており、千名以上の兵士が警護している。それを突破して、ここまで侵入するわけがあるまい」

「しかし、兵士たちの警備位置は森林や地雷原、有刺鉄線の周辺などに限られております。もし、そこを越えて、すでに敷地内に侵入していたら、個々の建物の警備を強化する必要が……」

「敷地内に侵入した形跡があるのか」

「じつは……」

フックス少佐は口ごもると、

「鉄道の引き込み線を利用したと考えられる証拠が見つかりました」

「うむ、それなら……」

私が建物の警備を命じようとすると、総統閣下が言った。

「二度は言わぬぞ。警護はいらない。なぜなら私は不死身だからだ。——わかったな」

フックス少佐は、助けを求めるような表情でちらと私のほうを見た。私は軽くうなずいて、

「総統閣下のおっしゃるとおりにせよ。逃亡したユダヤ人の名はなんという」

「ヨハネス・グロスマン、三十一歳です。中肉中背で、丸眼鏡をかけております」

「武器は持っているのか」

「それが……彼の逃走経路上で拳銃の盗難がありました。もしかすると、彼のしわざかもしれません。くれぐれもご注意ください」

総統閣下は鼻で笑い、

「私は地上最強の男だ。拳銃で撃たれたぐらいでは死なんよ」

フックス少佐は真顔で、

「了解しました。それでは失礼します」

ふたたびナチス式敬礼をしたあと、立ち去ろうとした。

「あ、待て」

私は、ドアを閉めようとした彼を呼びとめた。

「きみは左利きかね」

「そうでありますが……」

少佐は、なぜそんなことをきくのか、という表情で答えた。

「出身はハンブルクかね」

「はい。私のことを御存じですか」

「いや……知らない。わかったから持ち場に戻りなさい」

フックス少佐は、怪訝《けげん》そうな顔のまま帰っていった。ドアが閉まったあと、私は総統閣下を見た。得意満面の総統閣下に、私はたずねずにはおれなかった。

「私たちは同じ条件でした。なぜ、おわかりでしたか」

「背が高いことと左利きであることは、ノックの位置でわかった。激しく乱暴なノックの音は、彼が粗野でかなりの力持ちであることを物語っている。しかし、乱暴ではあるが、リズムが非常に正確だ。また、私の一言で、ドアの向こうで言われたとおりに気をつけをした気配があった。規律をしっかり守る男だと判断できる。そんなことから、ここの警備に当たっている一般兵よりも身分が高い、正規の軍人教育を受けた人物だとわかった。ハンブルク出身だというのは、かすかな訛《なま》りからの推測だ」

種明かしされてみると、なんだそんなことか、といつも思うのだが、真似するのは容易ではない。私が賞賛の言葉を発すると、

「初歩だよ、ワトスンくん」

総統閣下は、ほかの側近のだれにも見せたことがないであろう、満足げな最高の笑顔でささやいた。

「たしかに総統閣下は不死身でいらっしゃる。ですが、我が国にとってかけがえのないお身体であることも事実です。なにとぞご自愛ください」

「では、きみはその脱走したとかいうユダヤ人が、要塞にも等しい『狼の巣』の奥深く侵入し、

このヒトラーブンカーの廊下を走って、わが執務室に現れる、とでもいうのかね。馬鹿馬鹿しい……」

総統閣下はそこまで言いかけて言葉を切った。廊下を走ってくるバタバタした足音が聞こえたからだ。

「まさか……」

と私が言った瞬間、ドアが大きく開いた。立っていたのは、ぼろぼろになった縦縞の囚人服を着た、中肉中背の男だった。頭は短く刈られ、丸眼鏡を掛けている。顔面は蒼白で、両肩で荒い息をしている。その左手には四角い黒カバン、右手にはピストルが握られており、男はそれを総統閣下に向けた。

「射殺しろ！」

総統閣下の言葉にわれに返った私は、ポケットからすばやく小型拳銃を取りだし、その男の左胸目がけて引き金を引いた。短い発射音に続いて、男の胸から血しぶきがあがった。彼は身体を半回転させるようにして、その場に突っ伏した。私は一歩進むと、四肢を痙攣させている男の背中になおも数発発射した。男は血まみれになって、びくともしなくなった。

「死んだ……」

総統閣下はそうつぶやくと、死骸に近づき、つま先でその身体をひっくり返した。囚人服の胸の部分に、ユダヤ人であることを示すバッジがつけられているが、名前はわからない。私は、死骸が左手でつかんでいる黒カバンを調べてみた。囚人番号と生年月日につづいて、「ヨハネ

ス・グロスマン」と書かれている。総統閣下はさすがに青ざめた顔で、

「脱走者か。危ないところだったが……」

「よくご無事で」

「うむ。これも槍の加護だろう。この槍があるかぎり、私は死ぬことは……」

総統閣下が壁に掛けられた槍に向き直ったとき、部屋の電気が消えた。鼻をつままれてもわからない暗闇のなか、

「うわああっ！」

総統閣下の悲鳴が響きわたった。

「ボルマン、夜光怪人だ！　夜光怪人が……はやく射殺しろ」

私はあわてて、総統閣下の言う「怪人」を探したが、周囲は漆黒でそれらしいものは見あたらない。

「なにをしている。はやく……はやく撃て！」

途端、電気がついた。髪の毛を振り乱した総統閣下は、ソファの背もたれにつかまって身体を支えており、目には恐怖の色があった。

「総統閣下、怪人は……」

「わからん。消えてしまった。――なぜ撃たなかったのだ」

「申しわけありません。私には見えなかったので……」

「見えなかった？　私にははっきりとわかったぞ。報告書のとおりだ。全身が青く発光してい

た。小柄で、たしかにこどものようにも思えた」

「どこへ逃げましたか」

「逃げたというか……消えてしまった。煙のようにな」

ユダヤ人の死骸は倒れたままになっていた。私がなにか言おうとしたとき、廊下をこちらに向かってくる複数の足音が聞こえた。総統閣下はすばやく髪をときつけ、衣服を整えて身繕いをした。入ってきたのは、警備隊長のオットー・ルディとさっきのエルンスト・フックス少佐だ。ふたりは声をそろえて「ハイル・ヒトラー！」と叫んだあと、ルディ隊長が言った。

「銃声が聞こえたので駆けつけましたが……」

ふたりの視線は、入り口に倒れているユダヤ人に集中した。私は落ち着いた声を出そうと努力しながら、

「侵入しようとしたので、私が射殺した。それと……べつの侵入者もあったようだ」

「べつの……侵入者？」

「私は気づかなかったが、総統閣下が目撃された。停電の最中、発光する怪人らしきものがいたそうだ」

「発光する怪人、ですか……？」

「事実だとしたら大問題だ。総統閣下の執務室に二名もの侵入者があったのだからな。警備の兵士たちはなにをしていたのだ。ルディくん、きみの責任は重大……」

蒼白になる警備隊長に、総統閣下は早口で、

「いや……その件はもういい。私の……勘違いかもしれん。脱走者に関してのみ調査せよ。ボルマン、ルディを処分する必要はないぞ」

オットー・ルディは、露骨に安堵の表情を浮かべ、

「おふたりともお怪我はございませんか」

「ない。心配いらん」

「一応、モレル先生に来ていただいて……」

「いらんと言っただろう。それより、死骸を片づけろ。あと、血痕を掃除しておくように」

ルディは、廊下に待機させていた数名の部下に命じて、ユダヤ人の死体を運び出させた。またしても、部屋は私と総統閣下のふたりきりになった。総統閣下は疲れ果てた口調で、

「生命の危機というものは、たいへん精神を消耗させるものだな。そろそろお開きにして、寝ると……」

するか、と言おうとしたのだろう。総統閣下はふと南側の壁に目をやり、

「ひゃあああっ」

私がこれまで聞いたことのないような、甲高い悲鳴をあげた。

「な、ない！　ないぞ。ない……ないないないない」

「なにがないのです」

総統閣下はヒステリックに机を叩きながら、絶叫に近い声を出した。

「わからんのか。槍だ。ロンギヌスの槍がなくなっている！」

驚いたことに、総統閣下はその場に、へなへなへなとくずおれてしまった。かろうじて机の縁《ふち》にすがりついて、中腰の状態でとどまっている。総統閣下の顔色は羊皮紙《ようひし》のように白く、唇は紫に変じていた。握り拳はわなわなと震え、涙目になって、そこにあったはずの槍をなんとか網膜に映しださんとしているかのようだ。私はこれほど取り乱した総統閣下を見たことがない。どんな苦境に追い込まれようと、いかなる敗北を喫しようと、総統閣下は常に鋼鉄の意志をもってみずからを律していた。目のまえにいるアドルフ・ヒトラーは、一瞬にして二十歳ほど歳を取ったように見えた。

「聞こえたのか、ボルマン……ロンギヌスの槍がない」

「聞こえております。槍を盗んだものはまだ遠くへは行っておりますまい。ただちに非常線を張り、親衛隊、ゲシュタポ、陸海空軍を総動員いたしまして、槍の行方を……」

「大馬鹿ものめ！」

ようよう立ちあがった総統閣下の叱責《しっせき》は、雷のごとく私の両耳をつんざいた。

「そんなことをしたら、聖カテリーナ教会に展示されている槍はレプリカで、本物はずっと私の執務室にあった、ということが公になってしまう。ロンギヌスの槍を所持するものは世界を征服する。その槍が私のもとから奪われたということが国民の知るところとなれば、士気にも影響するだろうし、敵国に反撃のタイミングを提供することにもなりかねん。――この部屋で起きたことはすべて、絶対に秘密にせよ。いいな」

「と申されますと……」

「なにもかも……なにもかも極秘のうちに運ばねばならぬ。ここに本物のロンギヌスの槍があったこと、そして、それが盗難にあったこと……少しでも外部に漏れる可能性があれば、その芽を徹底的に摘むところからはじめる必要がある。そうじゃないかね、ボルマン」

「は、はい。そのとおりでありますが……」

「まず、この『狼の巣』警備隊長のオットー・ルディとユダヤ人移送任務担当責任者のエルンスト・フックス少佐を呼び戻せ。万事はそれからだ」

総統閣下の頭脳は、私などには追いつかぬスピードで回転しはじめたようだ。私はただちに総統閣下のおっしゃるように、みずから足を運び、ルディとフックスを執務室へと連れ戻ってきた。

「ハイル・ヒトラー」

敬礼のあと、彼らに事情を説明しようとした私を制して、総統閣下は進み出ると、

「楽にしてよし。ユダヤ人の死骸はどのように処理したかね」

オットー・ルディが、

「歩道脇に一旦安置しております」

「うむ……それでよい」

それから総統閣下はたっぷり二分ほどの間を置いたあと、

「――今夜ここで起きたことはわがドイツの将来にとって重大な意味を持つと言わざるをえぬ。

世界を統率するか、もしくは連合軍の能なしどものまえに屈するか……二者択一を迫られるようなきわめて大きな問題に発展する可能性がある。私はその芽を早いうちにつみ取るべきだと考えるが……きみたちはどうだね」

突然、話を振られて、オットー・ルディ、エルンスト・フックスの両名は、まったくそのとおりである旨を口々に言いたてた。総統閣下は私のほうをちらと見て、

「ボルマン、今日、この『狼の巣』に滞在しているものは何人かな」

私は指を折りながら、

「医師のテオドール・モレル博士、エヴァ・ブラウン嬢、それに私の三名です。速記者のハインリヒ・ハイムくんは特別軍務中なので夕食後、パリに戻ったそうです」

「秘書のクリスティナ・シュレーダーがいるはずだ」

「彼女はおとといから休暇をとっています」

「ふむ……。ボルマン、きみは彼らの所在を確認したうえ、部屋から出るなと命じろ。いや……部屋には外から鍵をかけてしまえ」

「エヴァ・ブラウン嬢の部屋にも？」

「例外はない。——事情を説明してはならんぞ。この部屋でなにがあったか、などと教えてはいかん」

「わかりました」

「それにしても、今日にかぎって、ヒムラーやカイテルもおらんとはな」

「狼の巣」で開催される食事会のメンバーは流動的であったが、なかでも「常連」といえるのは、私を除けば、ヒムラーSS全国指導者、ナチス報道部長ディートリヒ、カイテル元帥、ゲッペルス宣伝相、クランケ提督、外務省代表のヘーヴェル大使、ランメルス官房長官、ユリウス・シャウプ副官らであったが、たしかに今日にかぎってだれも滞在していなかった。それぞれの職務で忙しいのだろう。

「滞在者以外のスタッフは？」

「今日は泊まり客が少ないので、たしか……コック三名、掃除夫二名、庭師一名ですが……」

「彼らは今、居住棟にいるはずだな」

「はい。ですが……」

「ただちにこの部屋に呼び集めよ」

私は、できるかぎりの迅速さで総統閣下の命令、つまり、私をのぞく二名の滞在者の所在を確認し、総統閣下の命令だからと言い含めて部屋に外から施錠した。ふたたび執務室に戻り、

「二名ともゲストブンカーの個室におられましたので、施錠してまいりました。これがその鍵です。エヴァ・ブラウン嬢は、どうしてこんなことをするのか、トイレに行きたくなったらどうするのか、と質問なさいましたが、私はなにも申しあげませんでした」

「それでよい。コックたちはどうした」

「六名全員が居住棟の自室で眠っておりましたので、叩き起こしましたが、いくらなんでも寝間着のままで総統閣下に面会させるわけにはいきませんので、今、大至急、普段着へ着替えさ

せております。まもなくここへ参ることでしょう」

「ご苦労」

総統閣下は警備隊長のオットー・ルディに向き直り、

「ルディくん、本日、警備に当たっている兵士の人数は?」

ルディは予想外の質問にとまどい気味に、

「その……おそらく……千名内外だと……」

例の暗殺計画が明るみに出てからは、この大本営を警護する人数は二千名にも達したが、当時はその半分以下だった。また、総統閣下は大仰な警護を不快がり、また、プライバシーが侵害されることも嫌っておられたので、警備の兵士はすべて、十キロにも及ぶ鉄条網の外に配置され、その内側の、総統閣下の視界に入る部分には一名も配していなかった。

「概数は必要ない。正確な人数を言いたまえ」

「すぐに調べさせまして、ご報告を……」

「きみは警備隊長のくせに、警備に就いている部下の人数も把握しておらんのかね。それでは、だれか不埒者《ふらちもの》がまぎれこんでいてもわからんではないか」

「いえ、把握してはおります。資料を見れば……」

私は小声でルディに、

「総統閣下に口答えしてはいかん」

ルディは蒼白になり、

「も、申し訳ありませんでした。今後、このようなことがないよう気をつけます」

総統閣下はうなずき、

「今、きみがすべきことは、今日、警備の任務に就いている兵士が現在全員揃っているか、いなくなったものはいないか、を点呼して確認することだ。そのうえで彼らを二班に分けよ。まず、その半数を使って、『狼の巣』の敷地内をくまなく調べさせ、不審者がいたらすぐに射殺させせよ。射殺したら、不審者の死骸、所持品には手を触れず、この部屋の電話に直接報告するように指示せよ。きみには当分、ここにとどまってもらわねばならんからだ」

「かしこまりました。建物の内部も調べるのでしょうか」

「私は、敷地内を調べよと命じたのだ。建物は敷地内にはないのかね」

「は、はい。建物も調べさせます」

「ただし、ゲストブンカーのなかに客人が滞在している部屋がふたつある。そこだけは除外してよい。わかったかね」

「了解いたしました。あの……」

「なんだね」

「もしや、ボルマン長官がさきほどおっしゃった、発光する怪人をお探しでしょうか」

「む……その可能性はある。きみも聞いたことがあるだろう。国内で話題になっている盗賊だ」

「いえ、私は……しかし、盗賊と申しますと、ここからなにかが紛失したのでしょうか」

「なぜ、そんなことをきく」

「紛失したのなら、なにがなくなったのかをお聞きしておいたほうが捜索しやすくなると思いまして……」

総統閣下は「しまった」という顔つきになり、壁を平手で思い切り叩くと、

「なにもなくなってはおらん！　それに、相手が発光する怪人とはかぎらん。私は『不審者』と言ったはずだ。無用の穿鑿《せんさく》は命を縮めるぞ」

「ししし失礼しました……」

ルディは震えあがった。

「残りの半数の兵士は、従来どおり鉄条網の外側に配置して、鉄条網から出てくるものがいたら、すぐに射殺せよ、と命じよ。鉄条網を越えるものは、それが自分の同僚や上官、軍の高官、政府の閣僚であっても、また、女性、こどもであっても必ず殺せ。そして、死骸やその所持品には手を触れず、ここへ直接連絡するのはさっきと同様だ」

「わかりました」

「もし、鉄条網の内部・外部を問わず、発見した逃亡者を逃すようなことがあったら、逃した兵士だけでなく、彼の所属する班全員とその上官も死刑に処す。これは、第三帝国総統アドルフ・ヒトラーの名のもとに下された正式な命令だ。だが、兵士たちにこの命令を与える際、ここで事件があった、とか、侵入者がいた、とか、そういった先入観は一切省くように。――わかったな」

ルディはぶるっと震えると、敬礼して、部屋を出ようとした。

「あ、待て。——さっきユダヤ人の死骸を運び出したのはきみの部下たちかね」

「そうでありますが……？」

「彼らをこの部屋に呼べ。ひとりも欠けてはいかん。——すぐにだ。駆け足！」

ルディは急いで廊下を走っていった。総統閣下は大きなため息をついたが、第三者であるエルンスト・フックス少佐がいることに気づき、あわてて咳払いをすると、

「フックス少佐、きみは銃声が聞こえたからここへ来た、と言ったね」

「は、はい」

「そのとき、どこにいた」

「逃亡したユダヤ人を探すために、親衛隊の部下たちと手分けして施設の内部を巡回しておりました。銃声が数発、こちらのほうから聞こえましたので、総統閣下の身になにかあっては一大事と思い、このヒトラーブンカーに駆けつけようとしておりますと、途中で同じくこちらを目指しているルディ隊長とその部下たちと出会いました。ルディ隊長の部下は廊下に残し、私とルディ隊長とでこの部屋に入りますと……」

「ユダヤ人の死骸があった、というわけか。私は発光する怪人を目撃したが、それらしいやつとは出会わなかったかね」

「いえ……」

「ユダヤ人の死骸を運びだすとき、その……なにか気づかなかったかね」

「と申されますと」

「この部屋の変化に、だ」

「変化……？　変化と申しますと、どういう……」

総統閣下が苛立ちはじめたのが私にはわかった。

「たとえば、なにかがなくなっている、とかだ」

「いえ……総統閣下はさきほどルディ隊長に、なにもなくなってはいないと言明されておいででしたが、やはりなにかが紛失したのでしょうか」

「私に逆質問をするな」

「も、申しわけありません！」

牛のような肉体の若者が身体を縮めるようにして頭を下げた。総統閣下は、にこりと微笑みかけ、

「ところできみは、ユダヤ人がこの付近に逃げ込んだ可能性があるから、親衛隊に警護させるべく手配中だと言った。あのとき私はその警護を拒否したが、状況が変わった。親衛隊の諸君は今どうしているかね」

「僭越《せんえつ》とは存じましたが、私の独断で鉄条網の外の要所要所に配置し、警戒に当たらせております」

「それでよい。彼らなら、水も漏らさぬ厳重さでなにごとにも対応してくれるにちがいない」

そのとき、ドアがノックされ、オットー・ルディが戻ってきた。

「先ほどは失礼いたしました。午前一時現在、任務に就いている警備兵は総勢九百五十八名です。勤務開始時に点呼を行い、今また点呼を実施しましたが、全員揃っております。また、途中で持ち場を離れたものはおりません。そのうち半数の四百七十九名を『狼の巣』内部の捜索に当たらせ、不審者を発見したら射殺せよと命じました。また、残りの四百七十九名はそのまま警備に当たらせ、鉄条網を越えて出てくるものはなんぴとたりといえどもわけへだてなく射殺せよとの命令を発しましたが、その際、付属的な説明は一切省きました。なお、ユダヤ人の死骸を搬出した部下三名は廊下に待機させております。以上、報告終わり」

「よろしい。完璧だ。私は、つねにこのレベルの軍務を全軍人に期待している。——部下たちを入室させたまえ」

「え……ですが……よろしいのですか。階級の低い、無教養な兵士たちですので、総統閣下に粗《そ》相《そう》でもあったら……」

「よい。今は、身分・階級の上下は関係ないのだ」

　オットー・ルディの指示で、彼の部下三名が総統閣下のまえに整列した。さっきは死骸を運び出すだけの短い時間だったが、今度は室内で全ドイツを支配する偉大なカリスマと向き合わねばならぬのだ。三名は、これからなにごとがはじまるのか、という緊張で敬礼する指先も震えがちであった。

「今からきみたちに質問するが、そのまえに言っておくことがある。私のまえで嘘をついてもむだだ。私は嘘はすぐに見破る。そういう特殊な才能があるのだ。だから、真実のみを口にしてほしい。嘘をついたらその瞬間に射殺する」

これまで、こんな至近距離で会話したことはおろか、顔を見たこともないような大独裁者にいきなり厳しい言葉を投げつけられ、三名の下級兵士は恐怖に顔をひきつらせている。

「さっき、この部屋からユダヤ人の死骸を運び出したとき、きみたちはなにかに気づいたかね」

エルンスト・フックス少佐にしたのと同じ質問だ。三名は、無言で気をつけの姿勢を崩さなかった。オットー・ルディが横合いから、

「どんな些細《ささい》なことでもいい。気づいたことを言ってみろ」

しかし、三人はおずおずと「なにも気づかなかった」と答えた。総統閣下がうなずいたとき、

「遅くなりました」

女性コック長以下六名の運営スタッフが入ってきた。眠りばなを叩き起こされたコックや掃除夫たちは、目をこすり、欠伸《あくび》をこらえながらも部屋の壁際に整列した。

「きみたちは、なぜここに呼ばれたかわかっているかね」

一同は口々に否定した。

「では、この部屋の様子を見て、なにか気づいたことはあるかね」

総統閣下がこの質問をするのは、エルンスト・フックス少佐、三人の兵士につづいて三度目だ。しかし、今回は答がちがった。そう言われて、六名は部屋のなかをしばらく見渡していたが、掃除夫の中年女が挙手をして、

「どんなことでもよろしいですか」

総統閣下はじろりと女をねめつけ、声だけは優しげに、

「ああ、それが我々の役に立つのだ」

「あの……いつも壁に掛かっていた古い槍が、なくなっとります」

それを聞いたべつの掃除夫が、

「ありゃっ、そう言われてみれば、あのおんぼろの槍がない」

コックもそれに同調して、

「今朝、御朝食をこちらに届けにきたときはたしかにありましたが……」

総統閣下は私に向かってにやりと笑いかけ、

「ボルマン、やはり気づくものは気づくのだ。全員に集合をかけてよかったよ」

そして、エルンスト・フックス少佐に言った。

「きみは、移送任務の責任者でありながら、ユダヤ人が脱走するのを防げなかった。彼はなんとこの大本営にまぎれこみ、私の命は危険にさらされた」

フックス少佐の顔から滝のような汗が流れはじめた。

「しかし、私はその失態を帳消しにする機会を与えてやろうと思う」

「あ、ありがとうございます。どんなことでもいたします」

「きみは銃を持っているかね」

「はい」

フックスは腰のヴァルターP《ペー》38を示した。

「弾は何発入っている」

「九発であります」

「ちょうど良い。その銃で、ここにいる九名をただちに銃殺したまえ」

フックスはまず、私を、つづいてルディを見た。総統一流の冗談なのか？　そうであってくれ……という顔つきだ。しかし、そうでないことを知っている私は、

「早くしろ」

と言うしかなかった。フックスは覚悟を決めた様子で、九人の男女をひとりずつ射殺していった。その腕前はたしかであり、左胸を外すようなことは一度もなかった。彼らは自分の身になにごとが起きたかわからぬまま死んでいった。

「うむ、見事だ。さすがはドイツ軍人だな」

眼下に丸太のように並ぶ九名の遺骸を見下ろしながら、総統閣下は拍手をした。

「おほめいただきありがとうございます」

顔を紅潮させたフックスは、なんとか落ち着こうと努力しながら、筋肉の盛り上がった肩を上下させている。

「これで弾倉は空になったな。ルディくん、きみももちろん銃を持っているね」

オットー・ルディは怪訝そうに「はい」と答えた。

「弾は何発入っているかね」

「九発です」

私はようやく総統閣下の意図をくみとることができた。

「では、横にいるフックス少佐を射殺したまえ」

ルディは一瞬だけぴくりと表情をこわばらせたが、さっと腰のルガーP08に手を走らせた。フックスは横飛びに逃げようとしたが遅かった。ブスッ。側頭部に焦《こ》げた穴があき、彼は自分が殺した男女の死骸のうえに、重なるように倒れた。ルディは、このヒトラーバンカーで起こった一連のできごとに翻弄《ほんろう》され、最後は自分から手を下したことに感情の制御がきかなくなってしまったのか、ぼろぼろ涙を流し、その場にしゃがみこんでしまった。

そのとき、電話機のベルがチロリンチロリンと鳴った。私が受話器を取ると、

「警備隊副隊長のアルフェンスレーベン少佐であります。オットー・ルディ隊長はおられますか」

声は電話機の下にあるボックスのスピーカーからも聞こえてくる。ようよう立ち上がったルディに、私は受話器を手渡した。ルディは胸に手を当てて呼吸を整えてから、

「私だ。なにかあったのか」

「〇〇時〇〇分現在の状況を報告いたします。調査班は『狼の巣』敷地内を徹底的に調べましたが、不審人物および不審物は発見されませんでした」

鉄条網のところに設置された野戦電話からかけてきているのだ。ルディがなにか答えるより早く、総統閣下が彼の手から受話器をもぎとり、

「おい、本当に徹底的に調べたんだろうな?」

相手はとまどいを隠せず、

「あ、その……失礼ですが、どなたでしょうか」

「だれでもいい。私が知りたいのは、徹底的に調べたかどうかだ」

「七つのブンカー、四十の小型掩蔽壕、居住棟、厚生棟、管理棟……投光器や軍用犬なども投入してしらみつぶしに調べました。少なくとも我々の目を逃れて敷地内に隠れ潜んでいるものはいない、と断言できます」

「よろしい。続けたまえ」

「警備班からの報告によると、現在までに鉄条網を越えて『狼の巣』内部から脱出してきた人物はおりません」

「まちがいないな」

「まちがいありません」

「よろしい。――私はアドルフ・ヒトラーだ」

「ハ、ハ、ハイル・ヒトラー!」

「敷地内を調査していたものは一旦外に引きあげさせ、警備班と合流させて、引き続き警戒に当たらせよ。あとのことはおって指示する」

「は、はい。総統閣下と直接お話しできて光栄であります!」

総統閣下は電話を切ると、ルディに向かって、

「きみの部下たちはしっかりと任務をこなしておるようだね。きみの普段の訓練のたまものだろう」

「おそれいります」

ルディは、今にも動きだしそうなエルンスト・フックスの死骸を見つめながら暗い声で応えた。

（そろそろかな……）

私が指示を待っていることに気づいた総統閣下は、こちらをちらと見て、小さくうなずいた。私はポケットから護身用のリボルバーを取りだし、オットー・ルディの背中に二発発射した。ルディは声もなく絶命した。

部屋には血と硝煙の臭いが充満していた。今しがたまで執務室には十三名の人間が生きていたはずなのに、今や生者は総統閣下と私ふたりだけだ。総統閣下は私を見やると、

「言いたいことはわかるよ。人間の生命を軽々しく扱うな、というのだろう。しかし、事態の深刻さから考えると、今は効率がすべてに優先されるときだ。我々がアウシュビッツで行っているのも、まさにそれなのだ。どうせ抹消せねばならぬ命なら、できるかぎりスムーズに、遅《ち》滞《たい》なく抹消する。軍人はそうであるべきだし、科学者もまた同じだろう。魂だの尊厳だのにとらわれていては、重要な判断を下すタイミングを見誤り、すべてが手遅れになる」

「私は、そんなことを申しあげたいのではありません」

「では、なんだ」

「全員を殺す必要があったでしょうか」

「あった。その理由を言おう。だれが盗んだにせよ、ロンギヌスの槍を奪ったものは、この『狼の巣』からは出ていけぬはずだ。オットー・ルディとエルンスト・フックスの部下たちが逃走者に目を光らせているからね。槍はこの広い大本営の敷地から持ち出されることなく、どこかにまだあるにちがいない。今から捜索すれば、いずれは見つかるだろう。私が怖れているのは『噂』だ。ヒトラーブンカーに侵入者があり、なにかがなくなったらしい。それは『槍』らしい。どうやら聖カテリーナ教会にあるものはレプリカで、ここの執務室にあった本物が盗まれたらしい。盗んだのは、今国内を騒がしている夜光怪人らしい。ロンギヌスの槍を得たものは世界を制するが、槍を失ったとき、彼は滅びる」

「総統閣下……申しあげにくいことではありますが、ロンギヌスの槍の伝説は迷信にすぎないのでは？　総統閣下が、それが迷信だと証明する第一号になられることを私は信じております」

私は熱をこめて言った。

「総統閣下は真の指導者であり、世界を征服・支配し、人類を偉大な未来へと導くことが許された唯一のカリスマです。総統閣下の成功はすべて総統閣下ご自身の並はずれたお力によるもの。けっして聖遺物に神秘の力があったからではありません。これを機会に、あのような古ぼけた槍と訣別し、ご自身こそが本当のロンギヌスの槍であるというご自覚を持たれるべきではありますまいか」

総統閣下は鷲のように冷徹な目で私を一瞥《いちべつ》し、私は心臓が縮み上がるような緊張を味わった。

「聖遺物そのものに力があろうとなかろうと関係ない。ソ連での決戦を控えた重要な時期に、聖槍がドイツから失われた、という事実だけでも、扱いかたによっては連合軍の戦力をも上回る破壊力を持つだろう」

たしかにそのとおりだ。ドイツはこれまでロンギヌスの槍のせいで勝っていたが、その槍がすでにドイツにはない、彼らは敗北するだろう、と宣伝すれば、こちら側の士気は下がり、相手側の士気は上がる。

「それに、残念ながら、聖遺物が恐るべき力を持つことは、歴史が証明している事実だ。槍の紛失が明るみに出るまえに、なんとしても取り戻す必要がある。コメートやナッテル、ドーラ砲の設計図が盗まれたとしても、これほど切迫した重大性・危険性はないだろう」

「…………」

「私が案じていたとおり、部外者であるオットー・ルディやエルンスト・フックスは気づかなかったが、ここに勤めている料理人や掃除夫たちは、槍の紛失に気づいた。だから、口を封じたのだ。ルディとその部下、それにフックスを殺したのは、彼らがあとあとになって今日のできごとを思い返したとき、記憶の断片をつなぎ合わせて、真実にたどりつく可能性があったからだ。もし万が一、槍が敵側の手に落ちた場合でも、我々はあくまで槍はこちらにあると主張しつづけねばならん。しかし、総統閣下はあのとき動転していたようだな、発光する怪盗の話をしていたなあ、なにか紛失したのかと問い返すと必死になって否定していたなあ、と彼らが思い出したとしたらどうするね。――我々は噂話によって破滅することになるのだ！」

「わかりました、総統閣下。愚問でした。むだな時間をとらせて申し訳ありません。彼らは死ぬべきでした」

「わかってくれればそれでよい。いくら箝口令《かんこうれい》を敷いても、人間のしゃべりたいという気持を抑えることはできん。情報漏れをいち早く完全に防ぐためには、迅速に、まとめて始末するのが一番だ。死人に口なし、というだろう」

「では、警備と調査に当たった九百五十八名の兵士はどのように『処理』いたしましょうか」

「それでこそボルマンだ。――収容所へ送るのは危険だな。『狼の巣』の内部で『処理』するほうが安全だ」

「人数が多いので、未使用のブンカーに押し込めてから一気に殺害します」

「MG42機関銃による機銃掃射かね。それでは、はかがいくまい」

「ガスならばだいじょうぶです」

「ここにチクロンBはないぞ」

私は愛想よく笑い、

「排気ガスを使います」

「よろしい」

総統閣下は、どさっとソファに倒れ込んだ。顔には疲労の色が濃く、ちょび髭も心なしか艶《つや》がない。

「さて、第一段階は終了した。これでようやく推理タイムに入れるというものだ」

総統閣下は寝そべった体勢から顔だけを私のほうに向け、

「ちがうかね、ボルマンくん」

「ボルマンくん」が出た、ということは、総統閣下がホームズモードに入ったことを意味する。私は頭を切り換えるのに数秒を要した。

「そのとおりです。ただし、この死骸を先に片づけたほうが……」

部屋中に転がる死骸から立ちのぼる鮮血特有の生臭さに私は辟易《へきえき》していたのだ。

「気にすることはない。完全に自己を律することができる真の天才は、いかなる状況下でも頭脳をフル回転させられるはずだよ。すでに死んでしまった人間はただの物体だ。家具だと思えば気にもならないさ」

私には死骸を家具とみなす自信はなかったが、総統閣下の鋼鉄の意志力の凄まじさには感じいった。

「なにから手をつけようか。――発光怪人はでたらめにここへ侵入したのではない。明らかにここがヒトラーブンカーであり、ロンギヌスの槍が展示されていると知って、それを盗みにきたのだ」

「大胆不敵ですね」

「そのとおり。相手は狡猾で大胆な天才怪盗だ。まるで……ほら、フランス人の泥棒、なんといったかな」

「アルセーヌ・ルパンでしょうか」

「そうそう、ルブランが創造した、怪盗ルパンのようなやつだろう。自己顕示欲が強く、自分は絶対に捕まらないとうぬぼれている。でないと、わざわざ室内にひとがいるときを狙って盗むようなことはするまい」

「なるほど。そうですね」

「この『狼の巣』は、千名の兵士によって囲まれている。外部から侵入するのは困難だ」

「しかし、あのユダヤ人は入りこみました」

「そうだな……そうだ。ユダヤ人は入りこんだ。この部屋にまで」

「フックス少佐はたしか、引き込み線を使った形跡がある、と言っておりました」

総統閣下ご自身は軍用車を利用していたが、大本営を訪れる人員の足の便のため、また、日用品、武器などの運搬のために、鉄道引き込み線が鉄条網のすぐ外側を通過していた。メインゲートからゲーリングブンカーまでを東西に貫くように走るその線路上を歩けば、部外者がここにたどりつくのは比較的容易である。

「昼間に線路上を進むとすぐに見つかってしまいます。総統閣下はほとんどの時間をこの部屋でお過ごしで、出て行くことはほとんどありません。発光怪人が我々が室内にいるときを選んだのは、自己顕示というより、それしかやむをえなかったのでは？」

「そうとも考えられるな」

「私は目撃しておりませんが、さきほど拝見した大都市警察署長からの『特別報告』には、

『小柄でこどものような身体つき』とありましたが……」

「そのとおりだった。こどもというよりこびとのように小さくて、地に足がついていないというか……まるで、その……」

「コーボルトですか」

総統閣下はうなずいた。コーボルトというのはドイツの民間伝承にある子鬼で、ゴブリンのようないたずら者だ。

「悪い精霊が、槍の魔力に魅了されて、ロンギヌスの槍を奪ったのかもしれませんね」

私は冗談のつもりだったが、総統閣下は重々しい顔で、

「アメリカやソ連には、小鬼や精霊を操ることができる魔術師がいるのかもしれん。そういった超自然の力を利用することは、なんら非科学的ではない。これから第三帝国が真剣に検討していかねばならん課題のひとつだね」

私には返す言葉がなかった。

「だが、小鬼や精霊の検討は最後にして、まずは犯人は人間であるという前提で推理をしていかねばならん。ロンギヌスの槍は穂先だけだから、それほど大きいものではないとはいえ、持ち出そうとしたらかなり人目につくだろう。なにかに隠して持ち運ぶしかないと思うが、どうかな」

「そうでしょうね。長さは五十センチ以上ありますし、幅も相当広いですから」

槍の穂先は真ん中あたりで、先端部分と基部のふたつに分割することができる。それを銀の

鞘《さや》でつなげる仕組みになっているのだが、この部屋の壁に掛けられているときは、鞘で上下をつなげた状態になっていた。鞘を取り外してふたつに分割するのは、短時間では不可能なはずだ。ということは、犯人は長さ五十センチもある槍の穂先を、そのままの形で所持したまま逃走したことになる。

総統閣下はソファから起きあがり、大型蓄音機のところまで行くと、ブルックナーの第七交響曲のレコードをかけた。前髪を掻《か》き上げ、指で指揮者の真似をしながらしばらく聴き入っていたが、

「問題は、発光する怪人がロンギヌスの槍を盗んだ目的がなにか……だ。この部屋を狙って侵入し、ほかのものには目もくれず槍だけを盗《と》っていったのだから、目についた金目のものをなんでも欲しがる盗賊とはちがう。もし、怪人が金目当てならそのうち、我々に対して、槍と引き替えに大金を要求してくるだろう」

「発光怪人のこれまでの犯行から考えると、いちばんありえそうですね」

「政治的な背景のある連中に雇われた、という可能性もある」

「ありえません。今、ドイツ国内で総統閣下に逆らおうとする馬鹿はおりますまい」

総統閣下はうなずき、

「私のやり方への反対意見があることは、もちろん知っている。しかし、それは『くすぶっている』という程度で、大きな潮流にはなっていない。せいぜい小川ぐらいだろう。小声で文句を言ってるやつらも皆、内心では、私がドイツの救世主であることをわかっているのだ。私は

この国になくてはならぬ人間なのだ」

「もちろんですとも、総統閣下。ドイツ国内で総統閣下の失墜を望んでいるものがいるとすれば、それは……」

「ユダヤ人か。ありそうな話だ。彼らにとって私は悪魔に等しいだろうね。しかし、やつらにはこんな大胆なことを仕掛けるほどの余裕はなかろう。ゴキブリのように隠れ潜み、息を殺して、生き延びることだけを考えている」

「だとすると……」

「もっともありそうで、また、もっともそうであってほしくないのは、発光怪人が連合軍に雇われたスパイで、真のロンギヌスの槍を奪い、その事実を公表することによって、私の持つ神秘性をはぎ取り、ドイツ国の神懸かり的勝利に水を差し、今後の戦争の行方をねじ曲げようとしている可能性だ」

「しかし、連合軍は聖槍がいまだに聖カテリーナ教会にあると思っているはずです。槍を盗みだすなら、まずはあちらから先に手をつけるでしょう。本物がこの部屋にあったと知っているのは我々だけですから」

「骨董や古代遺物に眼力のあるものなら、本物か精巧な複製品かを盗まずして判別するだろう。聖カテリーナ教会の槍は偽物だと、とうに見極めがついているのかもしれん」

「だったとしても、あえてそれを盗みだし、『ロンギヌスの槍を奪ったぞ』とアピールすることはできるでしょう」

「そんなことをしたら、ここの警戒が厳重になってかえってやぶ蛇だろう。彼らにとってもっとも重要なのは、真贋《しんがん》を見定め、本物を手に入れることなのだ」

返す言葉もなかった。まったくそのとおりなのだ。

「建物のなかを含め、施設内をこれだけ捜索してもなにも見つからんということは、犯人はゲストブンカーにいるということになるね。――そろそろ客人たちもお冠だろう。ふたりで訪問といこうじゃないか」

そう言うと総統閣下は出口に向かいながら、

「近くだから辻馬車を拾うまでもないね、ボルマンくん」

私は、室内に転がる十一体の死骸を見返り、このような場所で軽口が叩ける総統閣下を尊敬もし、また怖ろしくも思った。私は軍服を脱いでハンガーに吊るすと、総統閣下のあとを追った。

◇

私たちはヒトラーブンカーからゲストブンカーまでを深夜の散歩と洒落込んだ。「狼の巣」の敷地は、見渡すかぎり建物以外になにもない。手入れを要する樹木などは、総統閣下には「無駄だ」と思えるらしく、当初植わっていたものもほとんど伐採《ばっさい》してしまった。だから私には、アルフェンスレーベン少佐による「少なくとも我々の目を逃れて敷地内に隠れ潜んでいるものはいない、と断言できます」というさきほどの報告が信用できた。そもそも隠れる場所など皆無に等しいのだ。

行く手に、ゲストブンカーの灰色の壁が見えてきた。

「思っていたとおりだ。これで、犯人はエヴァ・ブラウンかテオドール・モレルのどちらかに決まったな」

「しかし、あのおふたりが聖なる槍を盗む動機がわかりません。そんなことをしても、彼らにとってマイナスにしかならないと思いますが」

「きみには想像力というものがないのかね。人間は信じられないようなつまらない動機で大罪を犯すものだ。エヴァは私との結婚願望が強いのだが、残念ながら私は全ドイツ国民のものであり、ひとりの女に独占させるわけにはいかん。そう言って、ずっと彼女の求愛を断り続けてきた。もし、エヴァがその想いを爆発させ、自分のものにならないなら、いっそ……と私を滅ぼす気になったのかもしれん」

エヴァ・ブラウンならありえる話だ、と私は思った。一生日陰の身であり続けねばならない寂しさからか、彼女はこれまでにも何度となく自殺未遂を繰り返していた。しかし、それもこれも総統閣下への愛から出ていることであり、エヴァが最愛の男性を破滅に追い込むとは思えなかった。

「テオドール・モレル博士はどうでしょう」

「彼は、アル中で藪医者だ。医学知識は浅薄だし、診断も下手くそだし、技術もない。私の主治医という地位にある今、莫大な報酬を得ているが、それはおだて上手で口がうまい幇間に大金を支払っているようなものだ」

「それがわかっていながら、なぜ主治医に……」

「きみも知っているとおり、私の健康状態はかなり悪い。この十年ほど、激しい胃の痛み、不眠症、疥癬《かいせん》などがひっきりなしに私を襲っている。それにくわえて近頃は、左手の痙攣がひどくなってきている。心臓の具合もよろしくない。酒も煙草もやらず、菜食主義を通しているというのに、だ」

それこそ、私がもっとも心配していることだ。総統閣下は十年ぐらいまえから内臓疾患を患ったのを皮切りに、さまざまな病魔に蝕《むしば》まれていた。ナチ党内で総統閣下の地位があがるにつれ、体調も悪化の一途をたどるようになり、今では病の巣窟《そうくつ》のような状態だった。ニュース映画でしか総統閣下を見たことのない国民がこのことを知ったら驚くだろう。私は総統閣下にいつも休養を勧めていた。しかし、戦局を考えると、それは無理だといってよかった。

「それは存じております。総統閣下には常人の想像もつかぬほどのストレスがおありです。ならばなおのこと、ほかの医者に治療してもらうべきではありますまいか」

「そんなことはとうにやってみた。しかし、まったく治らんのだ。モレルの処方する薬だけが唯一、私を少しまともな状態にしてくれる」

「モレル博士の薬には依存性があり、副作用も強い、とある医者が私に申しておりました。一時的な効果はあるが、このまま投与を続けると、総統閣下の健康に重大な悪影響を与えるだろう、と」

「おそらくそのとおりだろう。私はもうしばらくのあいだ、ナチスドイツ総統として、鋼鉄の肉体を持った男、偉大な最強の英雄を演じつづけなければならん。たとえ一時的でも、胃痛や手の震えに悩む五十男、という弱々しい部分をちらとでも見せたら、大衆はそっぽを向くだろう。今のところ、私はあの太鼓持ち医者を手放す気はない」

「では、モレル博士は白だと？」

「とも言い切れぬ。もし、私が急激に体調を崩したら、世間はモレルの診断ミス、治療の失敗だ、モレルの投薬が逆効果だったのだ、と言いたてるだろう。きみを含めた閣僚たちは、彼を私の主治医から外し、処刑するだろう。ちがうかね」

「やむをえますまい。総統閣下のお身体はドイツにとってかけがえのないもの。それを治療できなかった主治医は責任を取る必要があります」

「だろうね。――そして、私は感じるのだが……私の体調が急激に悪化する日はもうすぐそこまで来ている。もちろん、そのことはモレルもわかっているだろう。だとしたら、その日が来るまえに槍を盗み、私の病気は聖槍がなくなったせいだ、と責任逃れをはかったとしても不思議はない」

　これもまた、ありえそうな話だった。しかし、モレル博士がそこまで思い切った行動に出るとは私には思えなかった。私のそんな気持ちを見抜いたのか、総統閣下が言った。

「きみは驚くかもしれないが、槍は確実にどちらかの部屋で見つかるだろう。私は、自分の推理に自信を持っているよ」

「今、総統閣下がおっしゃったのは、たいへん個人的な動機です。どちらも、総統閣下の執務室に堂々と押し入り、皆の見ているまえで聖遺物を奪うという暴挙に出るには、弱すぎるのではないでしょうか」

「きみは、もっと大きな背景があるというのかね」

「はい。ですが、おふたりともまさか連合軍の手先とも思えませんし……」

「絶対にそうではない、と断言はできん。私は、だれかをとことんまで信用するということはないのだ。かならず数パーセントの疑いを残しておく。そうすれば裏切られたときに傷つかないからね」

「――それは……私もでしょうか」

「例外はない」

総統閣下は冷たく言い放つと、まずはエヴァ・ブラウン嬢の部屋をノックした。私はすかさずマスターキーで鍵をあけた。

「どういうことなの？」

下着姿のエヴァ・ブラウン嬢の小柄な身体から、憤懣《ふんまん》の炎が噴きあがっているようだった。

「理由もなしに、ひとを部屋に閉じこめてほったらかしにするなんて、いくら総統でも許せません」

「理由はあるのだ。――入らせてもらうよ」

総統閣下はドアで彼女を押しのけるようにして入室した。

「ボルマンくん」

その一言で、私はブラウン嬢の部屋の家宅捜索をはじめた。旅行用カバンのなか、棚やタンスのなか、ベッドの下、家具の裏などを念入りに探す。もちろん大量の衣類、下着もすべて放りだした。

「ちょ、ちょっとなにしてるの。そこは私物がたくさんあるのよ」

彼女は私をとめようとしたが、総統閣下がその手首をつかみ、

「エヴァ、きみにはある容疑がかかっている。この捜索はそれを晴らすために必要なのだ」

エヴァ・ブラウン嬢の顔色が変わった。

「容疑？　容疑ってなんのことですの。私は総統の忠実な……」

「わかっている。型どおりに行っているだけだ。潔白ならばなにも怖れることはない」

「なにを調べているんですの。それだけでも教えてください」

「言えんね。私としては、きみへの疑いを一刻も早く払拭したいと願って、この苦痛と侮辱に満ちた行為をボルマンくんに強いているのだ。少しのあいだの辛抱だから、我慢してほしい」

私は総統閣下のそばに駆け寄ると、耳打ちした。

「終わりました。なにもありません」

「本当か」

総統閣下は表情を硬くした。自分の推理が的中する可能性が半分に減ったのだ。しかし、一

方では、愛人に裏切られていなかったという安堵の気持ちもあっただろう。

「槍の大きさから考えると、この部屋にはないという結論に達しました」

「槍以外のなにか……たとえば発光怪人の衣装などもなかったか」

「はい……」

「よろしい。――エヴァ、きみは自由だ。好きに過ごすがいい」

そう言うと、呆然《ぼうぜん》としているエヴァ・ブラウンを尻目に、総統閣下は部屋を出て行った。つぎに向かったのは、主治医テオドール・モレルの部屋だ。部屋のまえに立ち、

「槍はここにある。すべての証拠がそれを物語っているよ」

私が鍵を開けると、医者はベッドで仰向けになって、高鼾《たかいびき》で眠っていた。顔が赤く、息が熟柿のように臭い。よほど飲んでいるのだろう。私は彼を起こそうとしたが、総統閣下は、

「このあいだに家捜《やさが》しをしてしまおう」

私は言いつけどおり、モレル博士の部屋を調べた。診察室はべつの棟にあるからかもしれないが、医者の部屋とは思えぬほどなにもない。調度も、洗濯物を入れる大きな籐《とう》の籠、タンス、いかがわしい雑誌が数冊……あとは大量の酒瓶があるだけだった。もちろんロンギヌスの槍はどこからも出てこなかった。横目で総統閣下の様子をうかがうと、苦渋《くじゅう》に満ちた表情で立ちつくしている。

「ほんとうになかったのか」

「見落としがあったかもしれません。もう一度探しましょうか」

「いや……いい」

そもそも、ものを隠せるような場所がほとんどない部屋なのだ。

「行こうか」

総統閣下が落胆した顔つきで部屋を出ようとしたとき、ベッドのうえの医者が目を覚ました。

「おや……？　総統が俺の部屋にいる。夢を見ているのか？」

総統閣下は振り返ると、腕組みをして、

「そうだ。これは夢だ」

「やっぱりね。お休みなさい」

酔っぱらい医師はふたたび横になった。その背中に、なにやら紙片のようなものが貼り付けられているのが見えた。総統閣下はベッドに近づくと、それを剥がし、私に示した。そこには、

槍はすでにこの世になし。
たとえキリストを刺した槍といえども、
ただの金属片にすぎず。
なんの力もないと知るべし。
ドイツの躍進はドイツの力によるもの。
槍の力にはあらず。

光る盗賊より

総統閣下はその文章を読み下すと、くしゃくしゃに丸めて、足もとに捨てた。その左手が小刻みに震えているのが、私にはわかった。

◇

私たちは、ヒトラーブンカーの執務室へと引き返した。室内には、当然のことだが十一名の死骸が放置されたままだった。心なしか、さきほどより血の臭いがきつくなり、腐敗臭まで混じってきたようで、気持ちが悪かった。しかし、総統閣下はなにも気にしていないようで、椅子にどっかりと腰をおろした。しかたなく私も隣の椅子に座り、

「これだけ調べてもない、ということは、すでにロンギヌスの槍は『狼の巣』の外部へ持ち出されたのかもしれません」

「そんなはずはない。警備は万全だった」

「さっきの紙片には『槍はすでにこの世になし』と書かれていました。本当のことかもしれません。だとしたら、槍は我々の側にも連合国の側にもないわけですから、あとは国と国との五分の勝負をすればいいのではないでしょうか」

「盗賊の言うことなど、モリアーティ教授の言い分よりも信用ならん。私は、発光する盗賊に虚仮《こけ》にされたのだ。第三帝国を率いるこの私が、だぞ。許せぬ。相手は、私がエヴァとモレル

に疑いをかけることをわかっていて、私をからかったのだ。なにがシャーロック・ホームズだ。私は……恥ずかしい」

総統閣下は両手で髪の毛をぐしゃぐしゃにすると、

「ボルマンくん、私はいったいどこでまちがったのだろう。推理は完璧だったはずだ」

私はかけるべき言葉を知らなかった。総統閣下は涙ぐんでいるようだった。

「やはり私には政治家がお似合いのようだ。名探偵の真似はできなかったな」

「総統閣下には、ホームズごときが逆立ちしてもかなわぬような政治力、指導力がございます」

深いため息をつきながらソファに座った総統閣下は、両手で顔を覆い、五分ほど無言でじっとしていた。その姿勢のまま、総統閣下はぼそぼそと言った。

「あのときのことを反芻《はんすう》してみよう。それが推理の基本だ。まず、フックス少佐が出て行ったあと、ユダヤ人がこの部屋に駆け込んできた。すぐにきみが彼を射殺した。短い停電があって、発光する怪人が出現したが、それを目撃したのは私だけだった。電気がついたとき、怪人の姿は消えていた。入れ替わるようにルディ隊長とフックス少佐が入ってきて、ルディ隊長の部下三名がユダヤ人の死骸を運び出した。そして……私がロンギヌスの槍がなくなっていることに気がついた。――ちがっているかね」

「いえ、そのとおりです」

「いくら発光怪人の足が速くとも、『狼の巣』の敷地内から脱出するには最短でも五分はかかるだろう。もともと九百五十八名の警備兵が鉄条網の周囲を固めていた。私は盗難が発覚してからすぐにルディ隊長に敷地内の捜索と、鉄条網を越えるものの射殺を命じた。フックス少佐が率いるSS隊員たちもそれに加わったはずだ。槍は敷地内にもないし、外部にも持ち出されていない。ならば、ゲストたちのどちらかの部屋にあるはずだ。そうでなければはならない。私はそう信じていた。なぜなら……もともとテオドール・モレルを私に紹介したのは、エヴァだったからだ」

「ふたりは共犯ということですか」

「そうにちがいない、と思ったのだ。――この推理の筋道のどこに欠陥があったのか……。フックス少佐が出て行った。ユダヤ人が来た。停電があった。発光怪人が現れた。ルディ隊長とフックス少佐が……待てよ」

総統閣下は顔をあげた。

「私は……とんでもないまちがいを犯すところだったよ。笑ってくれたまえ、ボルマンくん。――きみは知っていたのだね」

「なにを、ですか」

「敷地内のどこにもない。外にも持ち出されていない。とすると……」

総統閣下は私を見た。

「まだ、この部屋にあるのかね、ボルマンくん」

私は静かに答えた。

「正解です、総統閣下」

◇

私は、総統閣下の机の引きだしを開けると、ロンギヌスの槍を取り出した。総統閣下の目がぎらぎらと輝いた。私が手渡すと、総統閣下は愛おしそうに聖遺物を撫でさすり、安堵の声を漏らした。

「槍だ……たしかにロンギヌスの槍だ。ずっと、ここにあったのか」

「はい」

「犯人は、ボルマンくん、きみだね」

「そのとおりです」

槍を取り戻した総統閣下はにわかに血色もよくなり、饒舌《じょうぜつ》になった。

「なにもかもきみが仕組んだことなのか」

私はうなずいた。

「ユダヤ人の脱走もかね」

「はい。――移送担当の伍長に金をつかませ、ひとりをわざと解き放つよう命じました。その際、ピストルも渡させましたが、もちろん弾は抜いておきました。この『狼の巣』への道と内部への侵入方法を教えると、ユダヤ人は言われたとおりここへ……総統閣下の執務室へ入り込みました。これまでに死んだユダヤの同朋の恨みを晴らそうと思ったのでしょう」

「すぐに射殺したのは、口封じのためかね」

「下手にしゃべられると、仕込みがバレる恐れがありましたから」

「そのあと、電気を消して停電を装い、発光怪人を出現させて、私の気をそらしているあいだに、壁に掛かっていた槍を外し、私の机の引きだしに入れた、というわけか。とんだ灯台もと暗しだな」

「ご明察のとおりです」

「発光怪人の仕掛けはどうやったんだ」

「おそらくお察しがついていると思いますが……」

そう言いながら私は、ゲストブンカーに向かうまえに脱いで、ハンガーに吊るしておいた軍服を手にして、その背中の部分を総統閣下に示したまま、部屋の照明のスイッチをオフにした。

軍服の背には、人間の上半身が青白く浮かびあがった。

「夜光塗料か。こどもに見えたのも当然だな。服に描いたのだから、大人よりふたまわりほど小さくなる道理だ。電気を点《つ》ければ、怪人は消えてしまう。——ここを出るときに上着を脱いだのは、夜道で怪人が浮かびだしてしまうからか」

「おそらく普段なら、総統閣下はこれがこどもだましのトリックだと見破られたことでしょう。しかし、そのまえに大都市警察署からの『特別報告』で、ドイツの各地を発光する盗賊が跳梁している、という情報を得ています。それも、我々が正規のルートで報告したことではなく、総統閣下がご自分の情報網で入手した情報ですので、おそれながら総統閣下は他愛なくお信じになられました」

「なに……ということは、あの『特別報告』の内容は……」

「私がでっちあげたものです」

「では、発光盗賊がドイツ各地に出没しているというのは……」

「それ自体が嘘でございます。わが国の警察組織は優秀ですので、そのような盗賊の活動する余地はございません」

「むむ……それで、ルディ隊長が発光怪人の話題に反応しなかったのか」

総統閣下は立ち上がり、私の間近まで近づいた。私は、銃殺を覚悟した。

「そこまでして、きみはロンギヌスの槍が欲しかったのかね」

私はかぶりを振った。

「私は槍など欲しくはありません。いずれ、総統閣下が私の仕掛けを見破り、槍のありかをつきとめるであろうことは、はじめからわかっておりました」

「では、なぜこんなことをしたのだ。返答次第ではただではおかぬ」

私は総統閣下の目を見つめかえし、

「おそれながら、今のご気分はいかがでしょうか」

「気分……？」

総統閣下は腕組みをして小首を傾げると、

「悪くはないな。いや……昨夜や今朝にくらべると、ずっと晴々した気持ちだ。胸のつかえがすうっととれたような……」

「顔色もよろしいようにお見受けいたします。それはなぜでしょうか」

「なぜ……？　なぜと言われても……」

「総統閣下と私は、短い期間ではありますが、リアルな探偵ごっこを楽しみました。それがストレス解消につながったのではないかと思われます」

「ふむ……かもしれぬ」

「総統閣下は近頃、激務につぐ激務で、休むひまがありませんでした。国内外の政治情勢、対ソ連との戦局、困難な問題は山積みされており、そのすべてが総統閣下の判断を待っておりまず。スケジュールは分刻みで、秘書の私から見ても、肉体的にも精神的にも疲労の極《きわみ》にあるとお察しいたします。私はそんな総統閣下のご様子を見ておられず、ほんのひとときでも現実を忘れ、物語の世界、架空の世界に遊んでいただこうと心を砕き、一カ月ほどまえから準備をしてまいりました。宿泊者をできるだけ少数にするため、閣僚や軍部のスケジュールを調整した結果、今夜しかない、という結論に達したのです」

「槍は見つかったのだから、もう警備兵九百五十八名を殺す必要はないが、それでも『探偵ごっこ』のために、十一名が死亡したのだぞ」

「総統閣下のストレスが取り除けたとしたら、十一名の命など取るに足りません。たとえ千名、二千名を殺したとしても、それで総統閣下が元気になられるなら、必要な殺人なのです。なにしろ、総統閣下が活力に満ちておられなくては、ドイツが滅びるのですぞ。ドイツが滅んだら、ドイツ国民すべてが滅ぶのですぞ。どちらが重要かは、申しあげるまでもございません」

「よく言った、ボルマン！」

総統閣下は目に涙をためて、私の手を握った。

「そこまで私のことを心配してくれていたとは……うれしいぞ。きみのおかげで私はかつての活力を取り戻すことができた。この活力と、この槍さえあれば、第三帝国は無敵だ！　我々は連合軍を破り、世界の覇者となるだろう！　その手始めに、まずはソ連を血祭りだ！」

総統閣下は拳を振り上げて獅子吼《ししく》した。たったひとりの聴衆をまえにしての演説は、夜が明けるまで続いた。槍を持ちあげてゲルマン民族の優位性を語る総統閣下を見つめながら、私の気持ちは深い海の底へと沈んでいった。

◇

その後のことは、諸君も知っているだろう。ふたたび聖槍を手にした総統閣下は、ソ連に向けて徹底的な進撃を命じた。ボック元帥率いる合計百三十万人の部隊は、二軍にわかれてブラウ作戦と呼ばれる大規模な攻撃を開始した。しかし、戦局はおもわしくなく、カフカースの油田地帯を占領するはずのA軍は、カフカース山脈に前方をはばまれ、また、ソ連軍の抗戦にあって膠着《こうちゃく》状態におちいった。やむなく総統閣下は、スターリングラード攻略を目指すB軍に大半の戦力を傾けるよう指示したが、実際は思いどおりには行かず、作戦は遅々として進行しなかった。業《ごう》を煮やした総統閣下は、ボック元帥を解任し、みずからが指揮をとるために、大本営を「狼の巣」からウクライナのヴィニッツァの「狼人間《ヴエアヴオルフ》」へと移動させ、スターリングラード占領に全力を注入した。ここからドイツ軍の迷走がはじまった。総統閣下は、明晰で冷徹そのものだったかつての姿を失い、その場の思いつきとしか考えられない愚策を連発し、軍部を混乱させた。わが軍は連日スターリングラードに、二千機の爆撃機・戦闘機による凄まじい爆撃を加え、市街地を瓦礫《がれき》の山と化した。聞くところによると、まさに地獄のような光景だったそうだ。総統閣下はスターリングラードをたやすく手中にできる、と考えていたようだが、ソ連軍の抵抗は予想に反してしつこく、廃墟のなかでの市街戦が延々と続いた。しかし、総統閣下はあくまでスターリングラード占領にこだわり、この作戦は軍を消耗させるだけで得るものは少ない、と反対を唱える将校たちをつぎつぎと更迭《こうてつ》した。戦闘は数カ月にわたり、ついに冬季を迎えた。ソ連軍は極秘裏に編成した百万人規模の大部隊を投入したウラヌス作戦を発動し、スターリングラードを包囲、わが軍は壊滅状態におちいった。それでも総統閣下は、スターリングラードからの撤退を許可しなかった。

ドイツ本土への連合軍の空爆はますます苛烈になり、北アフリカ戦線においてもわが国の誇る猛将ロンメル元帥が撤退を余儀なくされる状態になった。そして、スターリングラードのドイツ軍はついに陥落し、総統閣下は全軍の自決・玉砕を望んだが、それに反して、指揮官パウルス元帥をはじめ、九万六千名の兵士が降伏した。

これが、つまずきの本当のはじまりだった。スターリングラードに続いて、わが軍は北アフリカでも降伏し、ついには三国同盟の一翼であるイタリアが降伏し、わが国の首都であるベルリンにも米国による爆撃が開始された。

すべてはあのときにはじまったのだ。以来、総統閣下は、本当になにかを失ってしまったかのようだった。カリスマ性、判断力、予見力、統制力……といった大事なものをことごとくなくし、「自分自身」さえもどこかに置き忘れてしまって、やることなすことがすべて空回りしている。

こうして諸君に集まってもらったのは、この国の行く末について諸君に伝えておきたいからだ。

ドイツは滅びる。少なくとも、今の形でのドイツは遠からず滅亡するだろう。総統閣下おひとりの指導力のもとにここまで強大になったドイツだ。総統閣下おひとりの誤判断で滅びるのは当然のことだ。諸君は、その過程をその目でつぶさに見て、なにかをくみ取って、その後の人生に活《い》かしたまえ。

私かね？　私は、もちろん総統閣下と心中するつもりだよ。総統閣下の個人秘書として、最後まで運命をともにする覚悟だ。

それにしても、ロンギヌスの槍の伝説は本当だったのだな、と今になって思うよ。槍を得たものは世界を手に入れ、槍を失ったものは滅びる。まったくそのとおりになった。

どういうことだって？　ロンギヌスの槍は総統閣下のところに戻ったじゃないか、と言うのかね。ははは……諸君はまだわかっていなかったのか。では、話すとしよう。あのとき、「狼の巣」の執務室で本当はなにがあったのか、を。

◇

総統閣下が、ことの真相に気づき、槍はこの部屋にあるのか、とおっしゃったとき、私が机の引きだしから取り出してお渡ししたものは、ロンギヌスの槍ではない。精巧なレプリカだ。聖カテリーナ教会に展示してあるもの、もしくはヒムラーSS全国指導者がヴェヴェルスブルク城の自室に飾ってあるものと同じく、ひと目見ただけではなかなか見破れぬほど出来映えはよいが、手に取って毎日観察していれば、そのうちに模造品であることがわかってしまう程度のしろものだ。

電気を消し、背中の発光怪人に注意を引きつけておいて、私は壁に掛かっていた槍を手に取り、床に転がっていたユダヤ人の遺骸の衣服をめくって、その腹部に突き刺した。そのまま押し込んで、槍の穂先全体をユダヤ人の腹中に収めてしまった。服を元通りにして、電気をつけてみると、血がかなり出ていたが、射殺時の出血だと思ったのか、ルディ隊長たちはまるで怪しまず、その死骸を部屋から運び出した。つまり、ロンギヌスの槍は、ユダヤ人の死骸とともにヒトラーブンカーから搬出されたというわけだ。私は後刻、遺骸が一時的に安置された路傍《ろぼう》へと急ぎ、槍を回収した。

なぜ、そんなことをしたのかって？　ふーむ、総統閣下の口癖ではないが、諸君には想像力というものがないのかね。

いいかね、引きだしに入っていた槍は模造品だった。だが、壁に掛けられていた槍も、じつは模造品だったのだ。ハプスブルグ家のホフブルク宮殿宝物蔵にあったときから、槍は偽物だった。一九三八年のオーストリア併合の際、槍を手に入れるために総統閣下は宮殿宝物蔵に向かったが、その際に同行した私の義父ヴァルター・ブーフ少佐がひそかに、しかしはっきりと私に断言したのだ。

「これは捏造品だ」

と。彼はその事実を総統閣下には告げなかった。三十年来の悲願が達成された総統閣下の異常なまでの喜びかたを見ていると、とても言い出せなかったのだそうだ。その後、第三帝国の快進撃がはじまり、我々は連戦連勝、なにもかもがうまく運ぶようになった。それらが全部、槍を手中にしたためだと単純に信じている総統閣下に、偽物です、とは私も言えなかった。

だが、私は怖かったのだ。ある日、槍を見ていた総統閣下が、突然、声をあげて、

「ボルマン……この槍はおかしいぞ！」

と叫びだすのではないか。

「よく見ると、出来のいいレプリカだ。私はずっとこれを本物だと信じていたのか！」

ドイツの隆盛ぶりは聖槍のおかげ……心からそう信じ切っている総統閣下が、槍が偽物だと気づいたら、自信をなくし、自分を見失い、指導者としてのカリスマ性を失って、果ては国民

からの信頼までもなくしてしまうのではないか。ドイツは終わるのではないか。そうなるのが怖ろしかった。私は何度も総統閣下に進言した。

「槍が本物だろうと偽物だろうと、総統閣下の偉大さには小指の先ほども関係ありません。槍の力で世界征服云々は迷信です。たとえ槍を失おうと、総統閣下は総統閣下。世界を手中にされ、人類を救うおかたであることに変わりはありません」

しかし、そのたびに総統閣下は、

「聖遺物の神秘の力は本物だ。この槍があってこその私であり、ドイツなのだ」

という主張を繰り返すだけだった。このままでは、そのうちに総統閣下は槍が模造品であることに気づいてしまう。そこで私は一芝居打つことにしたのだ。執務室で、総統閣下がいらっしゃるまえで事件を起こし、槍が盗難にあったことにする。そうすれば、槍の真贋がバレずにすむ。並行して、槍がなくなっても総統閣下の指導力にゆるぎはないはずだ、と説得し、その後の戦局から、どうです、槍など不必要だったことが証明されたでしょう、と納得させる。そういうつもりだったのだ。光る怪人に、

たとえキリストを刺した槍といえども、
ただの金属片にすぎず。
なんの力もないと知るべし。
ドイツの躍進はドイツの力によるもの。

槍の力にはあらず。

というメッセージを発信させたのも、その一環だった。ユダヤ人の死骸から回収した槍は、もちろん粉みじんに砕いて、処分してしまった。

だが、総統閣下の槍に対する執着は予想以上で、説得には失敗した。私はやむなく、万が一のときのために用意してあったレプリカの槍を引きだしから出して、槍が戻ったように見せかけた。これで、しばらく時間稼ぎはできるが、バレるのは時間の問題だ。私は焦ったが、その後の戦局は、私の焦りなど吹き飛ばしてしまうほどの、悪夢のような展開となった。まるで別人となったがごとき総統閣下はわかりやすいほどのダメ指導者ぶりを露呈し、ドイツは断崖から落ちるように現在も敗戦へと突き進んでいる。

これはどういうことだ……と私は自問した。総統閣下は、ロンギヌスの槍を取り戻したと信じておられる。あのとき手にした槍がレプリカだとは気づいていないはずなのだ。それなのに、なぜ、あの一件をきっかけにして、あらゆる歯車が狂っていったのか……。

その理由とおぼしきことに私が気づいたのは、つい先頃だ。

ホフブルク宮殿から持ち帰った槍はたしかに模造品だが、もともとロンギヌスの槍に本物など存在しないのだ。聖書には、イエス・キリストの身体を突き刺した槍についての記述はあるが、それがその後どうなったとか、それを持つものは世界を云々という記述は一切ない。すべて後年に生まれた「伝説」にすぎない。そもそもロンギヌスという言葉の意味すら定かではないのだ。本物が存在しない以上、模造品だからといって「力」がないとは言い切れない。あの執務室に掲げられていたレプリカに、もしも世間で言われている「槍を得たものは世界を制するが、それを失ったものは滅びる」というような呪力があったとしたら……。

私も含めて、皆は、総統閣下がロンギヌスの槍の所持者だと思いこんでいた。総統閣下御本人もそうお考えであった。それは、総統閣下がドイツの指導者であり、また、ずっとロンギヌスの槍をわがものにしようとしていたからだ。

しかし、槍はじつは総統閣下に帰属するものではなかったのではあるまいか。では、だれのものだったのか。もしかすると、総統閣下に日夜側近くお仕えしていた、この私のものだったのではないだろうか。槍の所有権をドイツへ法的に移管したのは、私の義父であるからだ。総統閣下の指導のもと、一時期、第三帝国は世界をほぼ手中にした。それはとりもなおさず、私が世界を手中にしたのと同じことだ。そして、私はユダヤ人の遺骸から回収した槍を手ずから砕き、捨ててしまった。その事実を知っているのは世界にたったひとり、私だけだ。その時点で、少なくとも「私にとってのロンギヌスの槍」は失われた。

だから、そう……滅ぶのは私なのである。私は、総統閣下をはじめ、大勢のドイツ人を巻き添えにして近い将来滅んでいくにちがいない。諸君がその渦に巻き込まれないことを祈るが、これぱっかりは私個人にはどうにもできない。私は、敬愛するアドルフ・ヒトラーの秘書として生涯を終えることができそうだ。偉大な総統閣下の謦咳《けいがい》に親しく接することができただけで、十分満足している。

総統閣下万歳！
第三帝国万歳！

メモはここで終わっている。この内容が真実か妄想《もうそう》か、それはわからない。ただひとつ言えることは、最後まで狂気とは無縁と思われていたボルマンだが、このメモを読むかぎりでは、本人もロンギヌスの槍の魔力を半ば信じ、囚われ、結果的にそれに呑みこまれていたことがよくわかる。ヒトラーのオカルト好きは有名だが、ボルマンもまた、同類とのそしりを免れぬようである。

◇

今現在、世界中に「ロンギヌスの槍」と称する遺物は複数存在する。もっとも有名なものは、ウィーンのホーフブルク宮殿の展示室に収められているそれだが、ほかにも数本の槍が「われこそ本物のロンギヌスの槍である」と主張している。しかし、おそらくそのほとんど（すべてかもしれない）は捏造品である。もしかすると、偽物がこのように多いのは、ヒムラーやボルマンによって模造されたものが居場所を転々として広まったのではなかろうか。

なお、メモにも書かれていたが、ソ連侵攻での大失敗を機にドイツは劣勢に転じ、本土への空爆、ヒトラー暗殺未遂などを経て、各地で敗北を重ね、ついには首都ベルリンに連合軍が迫る情勢となる。ヒトラーは地下壕の自室にこもりきりとなるが、体調は最悪で、不眠、手足の痙攣、視力の低下などの症状が強まり、介添えなしでは歩行もままならぬほどだった。このころにはゲーリングやヒムラーをはじめ多くの閣僚が彼のもとを去り、最後までヒトラーのところにとどまったのは、自決直前に結婚式をあげたエヴァ・ブラウンを除けば、マルティン・ボルマンだけであった。

一九四五年四月三十日、戦闘によって焦土と化したニュルンベルクの聖カテリーナ教会にアメリカ軍が突入した。彼らは「ロンギヌスの槍」を手に入れた。ボルマンのメモによると、それは「精巧なレプリカ」にすぎぬはずだが、その約一時間後、ヒトラーは自殺した。

マルティン・ボルマンが青酸を服《の》んで自殺したのは、その翌日だと考えられている。

八雲が来た理由《わけ》

出雲弁監修：樋野展子

本邦に在留せる西洋人はとかく自国の風《ふう》を固守し我邦《わがくに》の事物を目して野蛮なり未開なりと悪《あ》しざまに批評する癖あれども、今度本県に雇入れられたるお雇ひ教師ヘルン氏は感心にも全く之《これ》に反して、日本の風俗人情を賞賛《しょうさん》すること仕切《しき》りにして其身《そのみ》も常に日本の衣服を着して日本の食物を食し、只管《ひたすら》日本に僻《へき》するが如《ごと》き風あり。

『松江日報』の記事より

1

「今日はいろいろとくたびれましたな」

かたわらを歩く西田千太郎《にしだせんたろう》が、八雲《やくも》に言いました。

中海《なかうみ》を左手にした森林のなかの一本道をふたりは松江に向かって歩いていたのです。すでに日没間近で、あたりは薄暗く、人通りもありません。

「そのこと。あのひと、ダメのお坊さん、私、嫌いです」

八雲が言ったのは、その日訪ねた阿弥陀《あみだ》寺という寺の住職のことでした。阿弥陀寺は、M山の中腹にある大きな寺です。

八雲は日本の宗教に並々ならぬ興味を抱いており、松江尋常中学校の同僚である西田に案内させて、暇さえあれば神社仏閣を巡り、ときには泊まりがけで遠出をしたり、民間の占い師、巫女、陰陽師《おんみょうじ》の類《たぐい》に話をきくことも辞さぬほどでした。なかでも好んでいたのが古い神社で、とくに郊外の神魂《かもす》神社や八重垣神社、佐太神社、松江城にある松江稲荷神社の風情を愛しました。また、自宅近くにある月照寺や龍昌寺、普門院、大雄寺などのたたずまいも気に入った様子で、たびたび散歩に訪れました。とくに月照寺の和尚からは「安珍・清姫」の話を聞き、なにか心に深く感ずるところがあったようです。

しかし、今日訪問した阿弥陀寺の滑𤢖《こっすい》という住職は、典型的な外国嫌いで、とくにキリスト教を深く憎んでいるようでした。きれいに剃髪した五十歳ほどのその住職は、いくら八雲が、

「私も耶蘇《やそ》教、好きではありません。日本の昔からのよい文化まで壊してしまう」

と主張しても、

「おまえの腹はわかっちょうわ。中学の教師をやりながら、学生を耶蘇教に改宗させらかとしちょうだろう。じゃないと、異人がわざわざこげな在郷《ざいご》にやってくるかや。おまえの前任のタットルとかいうやつも、耶蘇教を広めらとしたのがバレてクビになったんだけんな」

寺の玄関先で、あたりに響くような大声をあげ、唾を飛ばしながら、滑𤢖は八雲をののしり続けました。さすがに日頃は温厚な八雲も、

「前任者のこと、私知りません。ですが……あなた、ひとの言葉聞かない、ひとの心わからない、ひとを生まれや見かけで判断する。仏の道に背いていますね」

「な、なんだと！」

住職は怒り心頭に発したとみえ、裸足で土間へ降りると、八雲に向かって指を突きつけ、

「ええか、わみたいな異人に松江におられえと迷惑だけん。かならず追い出してやぁけんな！」

あまりに住職の声が大きかったせいか、鳥かごのなかのメジロが「チイーッ！」と鳴きました。

「あなたの指図《さしず》は受けません。私、行きたいときに行きたい場所に行きます」

滑稽は八雲の胸倉をつかもうとしましたが、醜聞になると考えたのかかろうじて思いとどまり、

「帰れ！　さっさと去《い》ね！」

西田千太郎がまえへ出て、

「おやめなさい。人間の品位、下がります」

「もう我慢なりません。ヘルン先生、こやつに思い知らせてやあます」

八雲がとめるのもきかず、西田は滑稽の胸を、どん、とひと突きしました。軽く押しただけでしたが、住職はよろよろとよろけて、その場に尻餅をつきました。彼はそれをたいへんな侮辱と受け取ったようで、顔を茹でダコのように赤くすると、立てかけてあった警策をひっつかみ、西田の頭を打擲《ちょうちゃく》しました。火に油を注がれた西田は、滑稽に殴りかかろうとしましたが、八雲に腕をつかまれ、

「あいたたた……ヘルン先生、痛いです！」

八雲は、滑稽に向き直ると、

「この寺、潰れて、耶蘇の教会になるとよい」

そう言い放ちました。

「やっぱりそげか。耶蘇教の手先め」

「ちがう、ヘルン先生は……」

「もういいです、西田さん、帰りましょう」

八雲は西田を急きたてて外に出ました。数人の僧侶が様子をうかがっていましたが、ふたりが出てくるのを見て、あわてて掃除に戻りました。

◇

「日本人のお坊さん、ときどきああいうかた、おります」

八雲がそう言うと、西田は日本人すべてを代表するかのように歩きながら八雲に向かって頭を下げ、

「皆が皆、というわけではないのですが……江戸時代、日本では仏教寺院は幕府によって手篤く保護されちょうました。それが明治維新とともに、廃仏毀釈《はいぶつきしやく》の嵐が吹き荒れ、威張っていた僧侶たちの地位は地に落ちました。あの住職の気持ちもわからんじゃないですが……」

「自分の保身に汲々《きゆうきゆう》とする……宗教家として取るべき態度ではありません。私、キリスト教は好きではありませんが、世界にはたくさんの宗教あります。あの住職に、そのこと、教えたい」

そこまで言って、八雲はふと顔を上げ、

「あの音、なんですか」

「音……？　雷の音ですか」

西田は、頭上に重く広がる黒雲を指さしました。たしかにさきほど来、地鳴りのような低い

音が響いています。

「雷、私、わかります。それとちがう音……ほら、聞こえます。どーん、ずずん、という音。みしみし、となにかがきしむ音」

若くして左目を失明し、右目も極度の弱視だった八雲は、人一倍、聴覚が発達していたのかもしれません。彼は、「音」に対してとても関心を持ちました。

松江でのある一日の様子を、八雲は視覚ではなく聴覚を中心に表現したことがあります。早朝、米を搗《つ》く柔らかく、鈍い音からはじまり、洞光寺の梵鐘《ぼんしょう》、もの悲しい太鼓、大根や薪を売る物売りの掛け声、昇る太陽に向かって打たれる大勢の柏手、唱えられる八百万《やおよろず》の神々の名、祓《はら》いたまえ清めたまえという神道の祈禱《きとう》、法華経と鳴くウグイスのさえずり、大橋を渡るリズミカルな下駄の音、宍道湖《しんじ》を通うさまざまな蒸気船の汽笛、軍事教練のラッパ、巡礼の鳴らす銅鑼……。そして、夜になると、ふたたび洞光寺の梵鐘が鳴り響き、酔っぱらいの歌声、蕎麦売りの声、易者や水飴売り、甘酒売り、恋の辻占売りなどの変化にとんだ売り声、舞妓や芸者たちの打ち鳴らす小太鼓、橋上を行き交う下駄の音、月を拝む人々の柏手……。

「ヘルン先生、あれは、木こり……ウッドカッターが木を切り倒しているのですよ」

ヘルンというのは、八雲の本名ハーンを明治政府が誤読したものですが、八雲はその読み方を気に入っておりました。

「木こり……？　ああ、杣人《そまうど》ですね」

八雲は、古い言葉を知っていることを誇示するように言い直しました。

「もしかすると天狗かもしれません」

西田は冗談めかしてそう言いました。

「テング?」

「天狗倒しといって、山中で突然、木が倒れる音がしましたけんあわてて飛びのいても、実際にはなにも起こらん、ということがあるげなです。天狗のいたずらだと言われちょうます。ほかにも天狗笑い、天狗つぶて、天狗ゆすり、天狗火、天狗太鼓……天狗はさまざまな山の怪異を起こすと信じられちょるんです」

「天狗とは、あの……鼻の高い神ですか」

「そうです。仏教信者を堕落させて、外法に導くと言われています。西洋でいうサタンのようなものですね」

「欧州では、木には精霊が宿ります。ですから、木を切るとき、幹に十字、刻みます。その木を切っていい……精霊に許しを乞うのです」

「日本でも同じですよ。山は、神の住処《すみか》です。危ない目に遭わぬよう、斧に七つの刻み目を入れて魔よけにするそうです」

「こんな夕方に木を切っても、山から運び出せんでしょうに」

「木こりは自分が伐採《ばっさい》した木の幹や切り口に、木こり仲間ならすぐにわかる印をつけます。焼き印だったり、彫り刻んだマークだったり、表皮を削ったところに墨で書いたりするそうで、そうしておけば何日たってもだれが切ったものか一目瞭然です」

「その話、とてもおもしろい。くわしく聞かせてください」

和服を着た八雲がふところからメモを取り出そうとするのを、西田は制し、

「まもなく日が暮れます。雨も降りそうです。急がないと城下にたどりつくまえに真っ暗になり、濡れねずみになってしまいます」

「おお、そのこと忘れてました」

ガラガラガラ……という雷鳴がしだいに近くなってきています。雨具の支度がなかったふたりは、歩く速度をあげました。

「もうじき山道が終わります。そうしたらちょんぼし楽になるはずです」

西田は、八雲との会話ではなるべく「東京語」を使おうと心がけておりましたが、あるとき八雲に、

「その土地その土地の言葉、すばらしい響きあります。松江にいるときは松江の言葉、使ってもらいたいです」

と言われ、ときには出雲《いずも》弁をまじえることもありました。

「この雲行きなら、急げばなんとか、降らんうちに……」

西田がそう言ったとき、激しい雷鳴が山中をびりびりと震わせました。

「足に馬力をかけましょう」

「馬力をかける？　馬の力をどうされるのですか？」

そこで、彼は言葉を切りました。

ぎゃ……ああ……おおおおお……


長く尾を引く、叫び声のようなものが聞こえたのです。

「今の、聴きましたか」

「はい、だれかが叫んだような……」

「ような、ちがいます。まさに、叫び声、悲鳴、まちがいない。それも、女のひとのものでした。どこから聞こえましたか」

「さ、さあ……」

周囲を見渡しても、左右を森に囲まれているため、反響しあって、音の出どころは容易にわかりません。

「行ってみましょう」

「え……?」

「女のひと、助けを求めている、かもしれません。怪我している、死にかけている、わかりません」

そう言うと、八雲は先に立って手近な森に走り込みました。

森のなかは闇に閉ざされており、枝と枝のはざまから漏れてくるわずかな残照だけを手がかりに、ふたりは前進しました。背の高い木々がてんでばらばらに生えている、手入れのされていない山のようで、大きな岩やからみあった木の根、切り倒された大木や落とし穴のような地面の窪みなどが行く先を塞ぐのを乗り越え、斜面を這いあがり、這いおり、八雲と西田は声を発した人物を捜しました。下草や灌木《かんぼく》、岩などに足を取られながらの探索でした。またしても雷鳴が大木を揺らします。ついに雨が降ってきました。かなりの大雨です。重なり合うように轟《とどろ》く雷の音で、森のなかは、うわあああん……という騒音に満ちておりました。

目指す場所はすぐに見つかりました。広場のようになっているところに、ひとりの男が倒れていたのです。そこはまだ明るく、男の様子はよく観察できました。倒れていた、というのは正確ではありません。尻を地面につけ、地面に仰向けになり、上半身をかろうじて浮かせておりました。蒼白になって自分の左のたもとを見つめている、その男こそがさっきの悲鳴の主なのでしょうか。いや、あれは女性のものでした。目のまえにいるのは、顎《あご》の尖った、若い村人で、身なりからして農民のようです。ただ、着物はぼろぼろに破れ、顔や手に擦り傷がついています。血もにじんでいます。

「どうかしましたか」

西田が先に声をかけました。男は、ぎくっとして西田を見つめ、

「な、なんでもないわ」

そう言って、尻餅をついたまま後ずさりしようとしました。

「悲鳴が聞こえたから来たのです。怪我でもなさったのじゃないかと……」

「なんでもないけん。あっちへ行ってごしない」

男は右腕を激しく打ち振って、西田に森から出て行くようにうながします。

「あなた、なぜ、たもと隠しますか」

西田の背後から、八雲が顔をのぞかせました。男の顔色はいっそう青ざめました。いかに文明開化の世の中とはいえ、地方では珍しかったであろう外国人が、いきなり日本語で話しかけてきたのですから無理もありません。その言葉に、西田は男が後ろに隠している左のたもとをのぞき込みました。そして、

「うわああっ」

と悲鳴をあげたのです。八雲も、

「おお……神よ」

とつぶやきました。

男のたもとには、血まみれの女の生首がぶら下がっていたのです。表情は明らかに憤怒《ふんぬ》に歪み、髪の毛はざんばらに乱れ、そしてその口は着物の袖にしっかりと噛みついておりました。

西田は厳しい表情になり、

「これはなんだ！」

「し、知らん。知らん」

「貴様のたもとを歯噛みしちょるんだ。知らんはずがなかろう。この生首はだれのもんだ」

「お咲《さき》じゃないだあか……と思うだども」

「胴体はどこだ」

「わからん、ほんにわからんけん」

そのとき、いつのまにそんなところへ移動していたのか、八雲がかなり離れた場所から大声で呼ばわりました。

「ここに、胴体あります！」

西田は、逃げようとする男の身体を羽交い締めにして、八雲のところまで連れて行ったのですが、八雲が指さしているものをちらりと見た瞬間、全身の血が下がり、その場に昏倒しそうになりました。そこにはたしかに八雲の言葉どおり、首のない胴体だけが立っていたのです。それはまるで、壊れて修理を待つ文楽人形のようでした。

「奇妙なこと。なんぼう奇妙なこと」

八雲はそう言いました。

「首があった場所、胴体があった場所……これほど離れているのは奇妙。ちがいますか？」

あまりのことに冷静さを欠いていた西田も、それは認めざるをえませんでした。首と胴体の距離は、およそ十五間（約三十メートル）も離れていたのです。しかも、そのあいだには大きな岩や倒れた大木などが道を完全に塞いでいます。八雲も西田も、それらを乗り越えるのに泥だらけになりました。

「だら！　放せ……放さんか！」

男は暴れながら身をよじり、そのたびにたもとの生首がぶらん、ぶらんと左右に揺れ動きます。彼の叫び声を聞きつけたらしく、提灯を持った数人の村人が森のなかをこちらにやってきます。

「おい、そこでなにしちょう」

先頭の眼鏡をかけた老人が声をかけました。若者は顔をそむけました。

「平太《へいた》じゃないかね。おまえ、いったいどげし……」

そこではじめて村人たちは、かたわらに立つ首のない胴体と、男の袖に嚙みついている首に気づき、呆然《ぼうぜん》としました。

◇

小泉八雲が島根県に来たのは、一八九〇年（明治二十三年）の八月でした。

途中、鳥取の上市《かみいち》という村の旅館に一泊しました。目指す松江はもうすぐでしたが、宿の部屋から見えるのは果てしなく続くと思えるような鬱蒼《うっそう》とした蒼い林ばかりです。その後ろにそびえる連山から吹きおろす風に、八雲はぶるっと身体を震わせました。

「松江、寒いところです。私、寒い、苦手」

彼がそう言うと、通辞は笑って、

「今は八月です。一年でいちばん暑い季節です。冬になれば、こんなもんじゃありませんよ。覚悟なさることですね」

八雲は暗澹《あんたん》たる気持ちになりました。こんな東洋の僻地に来たのはまちがいだったかもしれぬ。よく調べもせず、やみくもにアメリカをあとにしたのは軽率だったろうか……。

（いや……そんなことはない。この国には、かならずなにかがあるはずだ）

八雲は、自信を取り戻そうとするかのように、そう自分に言い聞かせました。

「松江は、神々の住まう土地です。神代《かみしろ》そのままの古い国です。ヘルン先生の興味をそそるものがたくさんありますよ」

「神々の……住まう土地……それです！　私、求めていたもの、それです」

その晩、隣村である下市《しもいち》の寺で行われていた盆踊りの情景が、八雲をすっかり魅了しました。死者が眠る墓場を背景に、幻惑的な手拍子とプリミティヴな太鼓の音がゆるやかなリズムを刻むなか、白い月光を浴びながら踊る村人たちは、神話から抜け出した古代の神々が舞い踊っているかのようでした。

（まるでギリシャの画家が描いた壺絵のようだ……）

母親の故郷であるギリシャを彷彿《ほうふつ》とさせる民俗的な舞踏に興奮した八雲は、通辞に言いました。

「これ、なんですか！」

「ボンオドリです。ボンとは、死者の魂がこの世に戻ってくる時期のことです。これは精霊を迎えるための踊りなのです」

「おお……」

八雲はそのときはじめて、幾多の困難を排して日本に来たのは正しかったと思ったのです。

ニューオリンズに住んでいたころ、同地で開催された万国産業綿花博覧会で出会った服部一《はっとりいち》三《ぞう》という日本の役人に話をきいたり、パーシヴァル・ローエル著の『極東の魂』という本から知識を得たりして、従前から日本への関心は持ちつづけていたのですが、決定的に彼の心を動かしたのは、エリザベス・ビスランドという女性記者が世界一周をしたおりの感想でした。彼女はジャーナリストとしての視点から、日本という国に関するさまざまな情報を提供したのですが、なかんずく八雲の心をとらえたのは、

「日本は多神教で、ギリシャと同じく、さまざまな神が信仰されている神秘の国である」

という言葉でした。それを聞いた八雲は、唐突といってもいい性急さで日本行きを決めたのです。ハーパー社という出版社に企画を持ち込んで、日本紀行の手記を送る通信員としての契約を交わしての旅立ちでしたが、その決断力には周囲のだれもが驚きました。

「どうして日本なんぞに行くんだね。文明の遅れた野蛮国だそうじゃないか」

「頭にピストルを載せて、剣を持った連中が大勢いるらしい」

「アメリカ暮らしに慣れた身にはきついぜ。食べものもちがうし、すぐに嫌になるに決まってる」

しかし、八雲の決心は変わりませんでした。まわりのものには理解できない、ひとつの目的があったのです。それを知っているのは、おそらく……この私だけでしょう。

はじめて降り立ったのは横浜でした。帽子を目深にかぶり、長旅のせいでよれよれの背広を着た八雲が手にしていたのは、大きなふたつの旅行鞄でした。そのうちのひとつは、アメリカ

を旅立つ直前に購入したもので、身の回りのものはほとんどこの鞄に収められています。もうひとつは彼がアイルランド時代からずっと所持している、古い古い革製のもので、厳重に鍵がかけられています。

しばらくはインターナショナルホテルで仮住まいをしながら、毎日、人力車を雇って神社仏閣を見物しました。日本の宗教建築のエキゾチックなたたずまいはいたく八雲のお気に召したようで、梵字の記された卒塔婆、苔むした墓石、寺社の門に刻まれた架空の生物などを飽きもせずに眺めていたのです。横浜滞在が二カ月に及んだころ、かねてから抱いていたハーパー社の待遇への不満が爆発し、彼は通信員としての契約を破棄しました。

こうして日本で仕事を探さねばならなくなった八雲でしたが、運良く、ニューオリンズの万国博覧会で知り合った服部一三（当時は文部省普通学務局長になっておられました）の尽力で、島根県松江尋常中学校と島根県尋常師範学校における英語教師の職を得ることができました。

その二日後、八雲は米子《よなご》から船に乗り、人力車へと乗り継いで、松江の旅館富田屋へと到着したのはすでに夕刻でした。八雲は、宿の二階の部屋から見える宍道湖の景色に魅せられました。夕焼けに赤く染まった湖面は、きらきらと燃えるように輝いていたのです。

当時の松江は、松江城の城下町として人口も相当多く、城を囲む掘り割りが発達した水郷でした。文明開化期にふさわしく、県庁や郵便局などの西洋建築も立ち並んでおりましたが、市街地を一歩出ると、そこはまだ江戸時代、もっと言えば、神代の「暗闇」の残る村々ばかりが広がっていたのです。

「あの山、なんといいますか」

さっそく浴衣に着替えた八雲は、宍道湖とは反対側に遠くそびえる巨峰を指さしました。連山のまだうしろに、ひときわ高く神々しいその影は、八雲の心を引きつけました。

「大山《だいせん》です。出雲富士ともいいます。頂には天狗が棲《す》むとか」

「おお、富士。私、日本来るとき、船から富士山見ました。幻のように、夢のようにすばらしかった」

八雲は適当な日本語を探しながら、ゆっくりと言いました。

「富士は不思議の山、霊の山……なんといいますか、その……」

「霊峰ですか」

「それです。昔、不老不死の薬を山頂で焼いたので、不死山となり、それが富士山にチェンジした、と聞きましたが本当ですか」

通辞は興味なさそうに、

「さあ……私は、世にふたつとない、不二から来ていると教わりましたが」

八雲は、いつまでも飽きることなく大山を眺めておりましたが、

「お客さまが来ちょらえます」

宿の女将が八雲を呼びにこられました。

「お客さま、だれですか」

「尋常中学校の教頭先生さまで、西田さんとおっしゃられちょうますが」

しばらくすると階段をぎしぎしいわせて上がってきたのは、背広を着た、まだ若い男性でした。目つきが鋭く、精悍《せいかん》で凛々《りり》しい顔立ちです。

「私、ラフカディオ・ハーンです。あなた、教頭先生ですか」

八雲は顔をやや左に向けました。彼は、十六歳のとき、英国の学校で「ジャイアント・ストライド」という遊びの最中、飛んできたロープが当たり左目を失明したために、その醜い傷跡を隠そうという心理が働いていたのです。残った右目も近視がひどく、眼球も突出していて、眼鏡が使用できない状態でした。

「はい、西田千太郎と申します。よろしくお願いいたします」

これが、のちに深い親交を結ぶことになる八雲と西田千太郎の出会いでした。浴衣姿の八雲と、背広姿の日本人が相対している様子は滑稽でした。たがいに座布団のうえに正座して、頭を下げての挨拶をしたあと、八雲は西田に対して矢継ぎ早に質問を浴びせかけました。松江の地理、歴史、名所旧跡、食べ物、風俗などにはじまって、神社仏閣や出雲の神々にまで話は及びました。しかも、はじめはいちいち通辞を介して質問と答をやりとりしていたのですが、そのうちにたどたどしい日本語を操り、ときに英語をまじえながら直《じか》に話しだしたのです。話題は、彼が赴任する中学校の生徒数、教育方針、授業内容などにも広がりました。西田は頭を掻《か》き、

「いやあ、ヘルン先生には驚きました。松江で生まれ育った私でも、答えられぬことがある。自分の知識不足を痛感しました。今日わからなかったことはすぐに調べておきます」

「お頼み申します」

「それにしても、日本語が堪能ですね。たいしたもんだわ」

「私の日本語、通じておりますか」

「はい、よくわかります」

通辞が横合いから、

「私はもうじき東京に帰らねばなりませんので、なにかと不自由ではないかと心配しておりましたが、杞憂でした。ヘルン先生ならば、私がついてくることはなかったです」

八雲は謙遜して、

「私、こどものころから世界中、転々としてきました。その国の言葉学ばねば、暮らしていけませんでしたから」

「英語圏はともかく、文法体系の異なるアジアの言葉をたったふた月ほどのあいだに……すばらしい。私も英語教師ですが、英語になじむまでに何年もかかあました」

「いいえ、あなた、私よりなんぼうすばらしいです。二十八歳で中学校の教頭とは……。私、あなたと同じ歳のころ、仕事ない、食べるものない、路頭に迷っておりました」

八雲は、こうして同僚でもある西田千太郎の知己を得たのです。ふたりは、仕事をはなれても親しく付き合うようになりました。

◇

その四日後、島根県尋常中学校での授業がはじまりました。明治三年に開校したこの学校は、三年前に西洋風の新校舎が竣工したばかりでした。三百人いる学生はみな、進取の気性に富み、勉学意欲に満ちていました。しかも、教師に対等の議論を要求し、相手に教育者としての手腕がないとわかれば解雇に追いやることもあったのです。現に、八雲の先任者であるタットルは、日本を蛮国とみなして、文化風俗ことごとくを見下すような態度をとったことが原因で、生徒の反感を買い、ついには解任されたのです。キリスト教を押しつけようとしたのも一因のようでした。

しかし、八雲は尋常中学校の生徒たちに受け入れられました。彼は、日本の衣類を着用し、日本の食事を好み、日本の神々や天皇を尊びました。英語を教えるだけでなく、生徒の相談にも熱心に乗り、彼がかつて訪れた世界各地の様子を語りました。そんな生活態度と人柄が、生徒たちに人気だったのです。

現に、授業開始から十日ほどしたころ、彼は出雲大社に参拝しました。これによって八雲は、由緒あるこの大社本殿に正式参拝した初の外国人となりました。その後も彼は、忙しい授業の合間を縫って、西田千太郎の案内を受けながら精力的に各地の神社仏閣を巡りました。その研究熱心さは神官や僧侶たちが驚くほどで、八雲の神道・仏教をはじめとする日本の伝統的なスピリチュアル文化の知識は日増しに増えていきました。

じつはこれは、日本だけの特別なことではありません。八雲はこれまで、ダブリンでもシンシナティでもニューオリンズでもメキシコでも西インド諸島でも……同じようなことをしていたのです。その土地の民話や音楽、神話・伝説を収集し、それらを徹底的に調べあげるのは、八雲の「業《ごう》」のようなものでした。

その年の十一月、八雲は富田旅館を出て、京店《きょうみせ》にある紙屋の離れ座敷を借りて住むことになりました。宍道湖畔に建つその家は、八雲自身の言葉を借りると、

「窓から望遠鏡で望むと、青い湖水の美しく広がる彼方を、ほとんど杵築《きづき》まで一望のうちに見渡せます。目にふれる峰という峰は、どれにも神にまつわる物語があり、その多くは太古の神々にちなんだ名前がついています」

そのころには八雲はすっかり松江に溶け込み、有名人のひとりとなっておりました。

◇

「あんたが、噂に高い異人さん……ヘルン先生じゃったとはなあ」

村長の横森忠兵衛《よこもりちゅうべえ》が、眼鏡を拭きながら言いました。代々の庄屋の家柄だとかで、その屋敷の大きさ、立派さは松江城界隈の武家屋敷の比ではありません。八雲は、すすめられた椅子を断り、座布団のうえに正座すると、出された茶を啜《すす》り、

「だんだん」

近頃覚えた出雲弁で礼を言ったので、村長は目を丸くしました。

「私、噂になっておりますか。どのような噂ですか」

「偉いおかたが松江に来てごされた、と皆がいにほめちょうますわ」

ほめるものもいればけなすものもいます。八雲は、外国人に対する日本人の偏見をよく承知しておりました。

「警察のほうには連絡されたですか」

西田千太郎が言うと、村長はうなずき、

「下男を城下に走らせましたけん、もうじき来てごされえでしょう。それにしても、この村で人殺しなんか、江戸開闢《かいびゃく》以来いちどもありゃせんでしたことですけん。ほんに、どげしたらいいだらか……」

ひとの良さそうな村長は、ほんとうに途方に暮れているようでした。

「犯罪人はどげしちょうますか」

西田千太郎が言うと、村長はため息をつき、

「平太ですか。蔵に閉じ込めて、入り口は若いもんに見張らせちょうます」

「生首はどげされました」

「平太ががいにおそろしがって泣き叫ぶもんだけん、なんとか外さかとしたけど、がっちり噛みついちょうもんだけ取れやせん。着物を鋏《はさみ》で切ったりなんかすうと、証拠品に勝手に手を加

えた、と警察からお叱りがあってもいけんと思って、しかたなくべつの着物に着替えさして、やっと外しましたわ。今は着物でくるんで、外に置いてああます」

「それ、いけません」

八雲が珍しく強い口調で、

「死んだひとの首、外に置く。雨ざらしにする。なんぼう不人情のこと。胴体とひとつにして、屋敷のなかに入れてあげてください」

村長は、反論しようとしましたが、「偉い異人さん」相手なので、逡巡《しゅんじゅん》したすえ、うなずきました。西田が、膝を進めて、

「さて、少しうかがいたいことがああます。まず、あの平太という男は、どげな人間ですか」

西田は最近、黒岩涙香の『無惨』をはじめとする探偵小説や探偵実話・犯罪実話などを読みふけっており、それらに登場する「探偵」の仕事を真似してみたくなったようです。その問いに村長は顔をしかめ、

「百姓のせがれですが、ちょんぼし男っぷりがいいですもんだけん女出入りがたえんだら（馬鹿）なやつで、いつまでふらふらしちょるんか、とわしらもやきもきしとったとこですわ」

「あの、生首の女は……？　平太が、お咲じゃないだらかとかなんとか言っちょったみたいですが……」

「そげです。平太の幼なじみです。去年あたりからいい仲になって、まじめに付き合っちょったようだけん、お咲の親も、ゆくゆくは夫婦《めおと》にさせる心づもりだったようです。これでようや

く平太も尻が落ち着くわ、と安堵しちょったところ、こないだの祭の踊りのときに、隣村の豪農の娘に見初められて、向こうから縁談が持ち込まれてのう……」

「ほほう」

「娘の器量はええし、親は大金持ちだし、こぎゃんいい話はない、と本人は舞い上がってしまった。お咲の親は、うちの娘をどげしてごすや、と詰めよったが、わしは知らん、結納《ゆいのう》をかわしたわけじゃないけん、と突っぱねよった。かわいそうに、お咲は気が触れたみたいになって……」

「ということは、平太の心変わりに憤《いきどお》ったお咲が、平太にしつこく復縁を迫り、そのあげくに思いあまった平太が邪魔なお咲を殺そうとした。お咲の怒りは凄まじく、不実な男のたもとに嚙みついた。平太はなんとかお咲の首を斬り落とした。そのときお咲があげた悲鳴こそ、我々が聴いたものだ。平太は、なんとかしてお咲の首をたもとから外そうとしたが、お咲の執念は死んでなおかつての許嫁《いいなずけ》を放そうとはせんかった。平太はしでかしたことの重大さに腰を抜かし……」

西田が気持ちよさげに自分の推理を縷々《るる》述べている途中で、八雲がそれをさえぎりました。

「おお、西田さん、それ、おかしいです」

話の腰を折られて、西田はいささかむっとしたようですが、八雲はかまわず、

「私が見つけたお咲さんの胴体は、平太さんと十五間ほど離れたところにありました。平太さんがお咲さんの首を切り落としたのが、あの悲鳴、聴いたときだとしたら、平太さん、お咲さ

ん噛みつかせたまま、短いあいだに三十ヤードも走る、これなんぼうむずかしい」

「た、たしかに……我々はすぐに駆けつけました」

「それに、お咲さんの胴体と平太さんのあいだには、岩や木、たくさんたくさんありました」

「なるほど。あれを乗り越えていくにはがいに時間がかかるはず……」

言いながら、西田は八雲の犯罪分析力に内心舌を巻きましたが、これは不思議ではありません。八雲はアメリカで記者をしていたころ、「タンヤード事件」という殺人事件を詳細に描写した臨場感あふれる記事で名をあげたほど、犯罪について関心を抱いていたのです。

「ということはつまり、うーん……どぎゃんことだあか」

西田は頭を抱えました。八雲は、村長に向き直り、

「平太さん本人は、なんと言ってますか」

「わはやっちょらん、と言いはっちょうますわ」

それはそうでしょう。人殺しを認めたら、豪農の娘とのおいしい話も破談になってしまうわけですから。

「では、森のなかで、あのときなにがあった、と言ってますか」

「それがその……」

村長は少し口ごもったあと、

「ろくろ首だ、と……」

◇

「ろくろ首？　だらずげなことを言うだない！」

ようやくやってきた田宮《たみや》という初老の警官は、手帳を広げたまま、平太を怒鳴りつけました。

「本当なんです。信じてください」

「じゃあなにか、貴様は、その咲という娘が、はるかに離れた場所から、自分の首を飛ばして襲ってきた、と抜かすんか」

「そ、そげです。俺があいつとの結婚を破談にしたのは、隣村からの話が来たけんじゃないんです。あいつが……ろくろ首だとわかったけんです。その証拠が、あの生首です。あいつは俺が裏切ったと言って、あの森に呼び出し、俺に包丁を突きつけた。俺は、あいつを突き飛ばして逃げた。岩や木を乗り越えて、必死に走りました。ここまで来れば安心だわと後ろを振り返ったら、遠くにあいつが立っちょった。その身体には首がありゃせんかった。驚いて、自分のたもとを見たら……あああああ、あいつが嚙みついちょった。あの女はろくろ首だわ！」

すがりつかんばかりに訴える平太に、警官はひげを震わせながら、

「文明開化の世に、そぎゃんくだらん迷信をだれが信じると思っちょうか」

「じゃあ、どげん説明するですか。あの女は化け物だわ。ほかに考えようがああませんわ！」

それまでじっと聞いていた八雲が、とうとうたまらなくなって口を挟みました。

「私、ろくろ首のこと知りません。教えてもらえますか」

警官は露骨に顔をしかめると、

「関係ないもんはひっこんじょってもらわか」

「それ、ちがいます。私、関係ない、ちがう。死体の最初の発見者。平太さんを見つけたのも私です」

「それはそうかもしれんけども……こおは日本の国の事件だけん。異人さんが口を出すことじゃないわね」

「ひとがひとり、亡くなりました。日本人も異人もありません」

警官は嘆息して、

「け、わかったわ。この異人さんが納得いくようにだあか説明しちゃってごせ。ただし、手短にな」

西田千太郎が、

「ヘルン先生、ろくろ首というのはですね、日本に古くから伝わる怪談です」

「怪談？　おお、それ、教えてください」

西田は、ろくろ首とは、胴体から首だけが離れて、自由に空を飛びまわる妖怪で、抜け首ともいい、夜中にひとを襲ったり、血を吸ったりすると言われていることなどを話しました。

「漢字では『飛頭蛮』と書きます。中国の古書『捜神記《そうじんき》』にも載っている話です。胴体をべつの場所に移動させえと、身体に戻れなくなって死んでしまうそうです」

「なるほど……私も、南洋にそういう言い伝えあると聞いたことあります」

「日本中に事例がありまして、ろくろ首は首のまわりに筋があるそうです。たしかに、咲という娘がろくろ首だとすると、今回の事件の説明はつくだども……」

「ほんなら。あの女の首には筋があった。俺はなにもしちょらん。悪いことない。はよ、放してごせ」

平太がここぞとばかりに言い立てました。警官はすっかり混乱してしまったようで、

「と、とにかく実地に現場を検分に行かこい。平太、貴様も来うだで」

そう言って、立ち上がりました。八雲は、

「私たちも立ち会わせていただきたい。かまいませんか」

「うう……勝手にしろ」

平太と警官を先頭に、八雲、西田、そして村長が森に入りました。女の胴体が立っていたあたりに、包丁が落ちていたのが見つかりましたが、その刃には血はついていませんでした。これは平太がお咲に包丁で脅された、という証言を裏付けるものでしたが、すでに夜になっていたこともあって、ほかにはなにも発見できませんでした。長時間にわたる捜索の結果わかったのは、胴体のあった場所から、平太が生首を袖につけたまま、八雲たちに発見された場所まであの時間内に走るのは不可能だということでした。

「平太、貴様はもうちょんぼ早い時間に女の首を斬ったんじゃないんか。ちがうか」

警官が言うと、平太は薄笑いを浮かべながら、

「ここにいる異人さんやつが、お咲の悲鳴を聴ちょうます。それに、なんで俺がそぎゃんことせんといけんのですか。早くに首を斬っちょったら、そのまま逃げたらええ。森のなかをうろついちょうわけがないでしょう」

もっともな理屈です。警官は腕組みをしながら、平太と八雲を半々に見ながら、牛のように唸るだけでした。

「そげん、お咲もお咲だわ。俺の出世を喜んで、自分から身を引くのが女子《おなご》の道だわね。図々しく、いつまでも濡れ紙みたいにまとわりつくけん、あんな目に遭うだわや」

それを聞いた、八雲が静かに言いました。

「明治開化になって、日本は西洋から新しい文明を取り入れました。日本の古い闇、どんどん消えていきました。ですが、なにもかも古くさい迷信と片づけるのはまちがっています。私、世界中でたくさんの土俗の信仰調べました。どれも古いけれど、ただの迷信ではない。しっかりと暮らしに息づいたものでした。また、私、これまでにいろいろなミステリアス……謎めいたこと見聞きしました。世の中にはまだまだ、人智の及ばぬ不思議なできごと、いっぱいあります」

平太は強くうなずき、勝ち誇ったように、

「この異人さんの言うとおりだわ。ろくろ首も迷信だない。本当におるんじゃ」

「ですが……」

八雲は、じろりと平太をにらみ、

「あなた、嘘ついてますね」

平太は顔をこわばらせました。

「あなた、心の冷たいひと。私、なにもかもわかったような気がします。私、こないだ、ある寺の和尚さまから日本の古い言い伝え、安珍・清姫の話、聞きました」

突然、なにを言い出すのか、と皆が八雲に注目しました。

「逃げる安珍を、嫉妬に狂った清姫がどこまでもどこまでも追いかけます。私、あの話を思い出しました。──平太さん、あなた、お咲さんの首を斬りましたね」

「な、なにを……俺はそげん……」

「あなた、そのとき、地面にいませんでした。もしかすると、高い木のうえにいたのではないですか」

平太は絶句しました。

「私、想像します。捨てられたお咲さん、あなたの気持ち取り戻そうと、どこまでもどこまでも追いかけました。手には包丁をつかんでいたかもしれません。あなた、殺される、思いました。あなた、木にのぼって逃げました。でも、お咲さん、あきらめません。同じように木にのぼってきました。もう逃げ場はありません……」

平太は震えています。どうやら図星のようでした。

「あなた、木のてっぺんで、お咲さんの首、鎌で斬りました。お咲さんは女性の一念で、あなたのたもとに嚙みつきましたが、胴体ははるか下方に墜落したのです。地面に立ったのは、たまたまそうなっただけのこと」

警官は手を打って、

「そ、そげか。そげなら、首と胴が離れちょうのもわかわあ。途中にはさえぎるもんがなんにもないけん、あっというまだったんじゃないだぁか。いや……やっぱりおかしい。この男は地面におったで」

「ウッドカッター……木こりが、ふたりが頂にいるとは知らずに、その木を切り倒したのです。そのせいで、平太さん、はるか離れた場所に降りてきました。お咲さんの胴体が落ちた場所と、平太さんが降りた場所のあいだには岩や木があるので、私たちには不思議に思えたのです。雨が降ってきたので、木こりは目印だけを刻んで、すぐにその場を去ってしまった」

警官は早速、あたりを調べました。すると、お咲さんの胴体があった場所と平太さんが見つかった場所を結ぶ直線上に、切り倒されてまだ間のない杉の木が見つかりました。目印は○のなかに「作」となっています。

「こぉは、うちんとこの村の作十《さくじゅう》の印だわ。あとで作十にきけば、この木をいつ切ったかわかぁますわ」

西田が八雲に、

「でも、私たちが森へ入った直後に木が切り倒されたなら、その音を聴いているはずでしょう」

「雷です」

「――あ！」

重なりあうように轟いた落雷の音が、木の切り倒される音をかき消したのでしょう。

「こいつが、被害者の首を斬った鎌はどこにああでしょうか」

警官が、さっきとはうってかわった丁寧な言葉で八雲にたずねました。

「私たちが到着するまえに、森のなかに放り投げてしまえば、草にまぎれてわからなくなります。あとで人数を増やして、ゆっくり捜せば、きっと見つかるはず」

「いや……それには及びませんけん。鎌は、その木の裏側あたりに隠しました」

平太は、すっかり恐れ入ったらしく、なにもかも白状しました。しまいには、

「お咲、お咲、許してごせ。俺が悪かった」

と叫びながら、涙を流しておりました。

田宮という警官はすっかり感心したらしく、

「ヘルン先生、さっきはがいに失礼なことを申しあげた。あんたの眼力には感服しました。なんもかんもずばり、的中しましたですな」

そう言って握手を求めました。八雲はそれに応じながらも、その目には深い哀しみがたたえられておりました。

この経験が、のちに八雲に『ろくろ首』（『怪談』に収録）という一編を書かせる原動力になったのでした。そこには、平太左衛門というかつては武士だった僧侶や、山中で木こりをしている男たちが登場します。

2

小泉八雲は一八五〇年、ギリシャのレフカダ島のレフカダという町で生まれました。本名は、パトリキオス・レフカディオス・ヘルンで、英語読みにするとパトリック・ラフカディオ・ハーンとなります。ですから、ラフカディオ・ハーンをヘルン先生と呼ぶのはあながちまちがいとはいえないのです。レフカディオスはレフカダ島の生まれであることを、パトリキオスは父親であるチャールズ・ハーンの出生地アイルランドの守護聖人である聖パトリックを表しています。母親は、ギリシャ人でローザ・カシマチ。イギリスの軍医だったチャールズ・ハーンがギリシャに駐屯中、島の娘であったローザと恋愛関係になり、周囲の反対を押し切って結婚したのです。

八雲が誕生したとき父親チャールズはイギリスにおり、その後、ドミニカ、グレナダと西インド諸島を転々として、わが子である八雲に会う機会はありませんでした。しかし彼が二歳のとき、母子は父親の実家があるアイルランドのダブリンへと転居しました。ここから異邦での八雲の生活がはじまりました。

ギリシャ正教を信じるローザは、プロテスタントばかりのハーン家では肩身の狭い思いを強いられ、言葉も異なり、習慣もちがうダブリンでの生活は苦痛以外のなにものでもありませんでした。また、ギリシャの日差しと青い海のなかで天真爛漫に育ったローザは、厳格なハーン家の空気になじめなかったのです。

やがて、軍務から一時帰国したチャールズとはじめて対面した八雲は、実父が自分と母親を愛していないことを悟りました。なにしろローザとは三年半ぶり、八雲とは初対面なのです。ひとの心は変わります。それに気づいたローザは精神を病み、ときおり錯乱状態になりました。チャールズは半年後、クリミア戦争従軍のためにふたたび家を離れ、ローザはギリシャへ戻りました。このあと、八雲は存命中の母ローザに二度と会うことはなかったのです。

ひとりダブリンに残された幼い八雲は、親戚のなかで唯一のカトリック教徒だった大叔母サラ・ブレナンに引き取られ、乳母であるケイト・ローナンによって養育されました。大叔母サラは、八雲に厳しいカトリック式の教育をほどこしましたが、乳母のケイトは寝物語に、地元アイルランドの伝承・伝説・神話などを八雲に教えました。少年八雲の心にケルトの神々や妖精たちの物語は深い影響を与えました。

そのせいか、八雲はたびたび心霊現象を体験するようになりました。あきれるほど広いゴシック建築の屋敷の、鍵をかけられた部屋でたったひとり眠りにつく八雲は、夜な夜な妖怪や妖精の幻覚を見たり、従姉のジェーンの顔が「のっぺらぼう」になっているのを目撃したり……。そのたびに大叔母のサラは、お化けなんているはずがないと八雲を叱りつけました。

おそらくその当時、父親のチャールズが再婚し、ローザとの結婚は無効であるとの申し立てをしたこと、それを受けてやむなく母ローザもギリシャ人と再婚したことが、八雲の孤独感を深めたためではないかと思われます。まだ小さかった八雲にとって、父母双方に見捨てられたことは、かなりのショックだったのでしょう。しかし、八雲は母ローザとの暮らしを望み、部屋に掛けられた母子像を飽くことなく眺めていたといいますし、またローザも八雲との再会を夢みていたようで、一度、ギリシャからダブリンを訪れたのですが、わが子に会うことはかなわなかったそうです。

十一歳頃、しばらくフランスのノルマンディにある教会学校へ通ってフランス語を学んだあと、十三歳のとき、八雲はイギリスのダーラムにある全寮制の学校に入学しました。大叔母サラは、ゆくゆくは八雲を聖職者にしようとしたのです。そこでの異常なまでに強制的な宗教教育に反発を覚えた八雲は、かつて乳母が教えてくれたケルト原教であるドルイド教に傾倒するようになりました。八雲はたびたび、従兄弟のロバートらとともに、伯母のひとりキャサリンの住むアイルランドのコングを訪れましたが、そこは、古代秘教であるドルイドの聖地であり、ストーンサークルやドルメンなどが無数にあるのです。

そして、十六歳のとき、友だちとのロープ遊びの最中、左目を失明しました。そのとき手術に当たったのはダブリンの眼科医ウィリアム・ワイルドでした。

まもなく、父チャールズが旅行中にマラリアに罹《かか》って死亡したうえ、養育者だった大叔母サラが投機の失敗から破産し、ダーラムの学校も辞めざるをえなくなった八雲は、一年半のあいだ、橋のたもとに住み、当てもなくロンドンの裏通りを彷徨《ほうこう》するような悲惨な生活を送りましたが、心機一転単身アメリカへと渡ります。十九歳のときでした。

しかし、アイルランドから送られてくるはずの生活費は支払われず、やむなくシンシナティの印刷屋に職を見つけて働きながら、フランス語書籍の翻訳や雑誌への投稿といった文学活動をはじめます。

そののち、新聞社の社員となり、本格的に執筆活動を開始します。「タンヤード事件」という殺人事件について現場主義のリアルな記事を書いたのが評判となり、文名が一気に上がりました。彼はこの頃、幽霊屋敷や降霊術の取材記事も書いており、オカルティズムへの高い関心がうかがえます。

二十五歳のとき、州法にそむいて黒人女性と結婚したことが問題となり、新聞社を解雇されました。結婚生活は二年しか続かず、離婚した八雲は失意のうちにシンシナティを離れ、ニューオリンズに向かいます。ニューオリンズを目指したのは、シンシナティの煤煙《ばいえん》公害による目の悪化を怖れた、という説もありますが、実際にはこれといった理由もなく、とにかく苦い思い出の充満した土地から去りたかったのでしょう。

ニューオリンズでも仕事はすぐには見つからず、そのうえ重い熱病に罹り、生死の境をさまよいますが、「タンヤード事件」の記事への評価から、新聞社や出版社に職を得ることができます。彼はクレオール文化を研究し、民話や音楽についてのすぐれた記事を書きました。また、ニューオリンズの伝統的土着宗教であるブードゥー教に関しても深い理解を示し、それらは評判を呼びました。フランス文学の翻訳も多く手がけ、八雲は記者・文学者・翻訳者として安定的な地位を築くようになりました。

そのころ、母ローザがギリシャの精神病院で亡くなったという説があり、また、その知らせが八雲のもとに届くことは永久になかった、とも言われています。メキシコやフロリダなどに頻繁に旅行をして見聞を広めました。万国産業綿花博覧会で服部一三と出会い、日本への関心を持ったのもこのころです。

やがて、八雲は文筆家として独立する決意をかため、新聞社を退職します。彼がまず訪れたのはカリブ海のマルティニークでした。ハーパー社との契約に基づき、西インド諸島の紀行文を執筆するためです。約二年半にわたって、八雲は同地で過ごし、熱帯の気候のなかでさまざまな体験をします。その成果は『仏領西インドの二年間』というすばらしい書物に結実しましたが、その本が出版されたとき、すでに八雲は日本に向かっていたのです。

なぜ……?

◇

どこかで虫が鳴いています。

ひろひろ、ひろ、ひろひろ。

ひろひろひろ、ひろひろ、ひろ。

日本には「虫がすだく」という言葉があるそうですが、西洋人の耳には、昆虫の鳴き声はただの騒音、雑音にしか聞こえません。でも、八雲はちがいます。彼は、クサヒバリというバッ夕の「ふぃりりりり……」という声について、「部屋中が、名状しがたい妙《たえ》なる美しい音楽、このうえない小さな電鈴《でんれい》のような、かすかに、かすかに鳴り響く音でいっぱいになる」と賞賛するなど、虫たちの鳴き声を愛でる感性を持っていました。

「あれ、なんの虫ですか」

八雲は、隣を歩く同僚の西田千太郎に問いかけました。松江城の周囲をめぐる掘り割りに沿った道、すでに夜も更けて、人通りはほとんどありません。どんよりとした雲が月を隠しています。

「虫?」

「ほら、ちろちろ……鳴いてます」

西田は足をとめ、静かに耳を傾けたあと、

「コオロギでしょう。チチロムシともいいます」

「コオロギ……おお、クリケット。とてもよい声です」

八雲は虫の音を楽しんでいる風でした。

「西インド諸島、とても大きなコオロギおりますが、日本のコオロギのほうが幽玄な声です。あの世から聞こえてくるような声……」

ふたりは、勤務する中学校の校長斎藤熊太郎《さいとうくまたろう》の招きを受け、市街地にある料亭で酒を飲んだあとの帰りでした。酒席でのおもな話題は阿弥陀寺の住職滑彗のことでした。彼は松江から耶蘇教を排斥する活動を行っており、そのやり玉に挙げたのが八雲でした。先日、滑彗は賛同者を引き連れて学校にまで押しかけたのです。八雲をクビにしろと校長に談判するためでした。しかし、校長は、契約時に八雲から、生徒に対し宗教活動を行わない旨の一文を得ている、として一歩も退きませんでした。

「生徒に対し、ということは、生徒以外にならば行ってもよい、ということか」

「それは学校としては関知せんことです」

「あんたは、あの異人が島根県下で耶蘇教を広めぇのを黙ってみちょられるつもりか」

「私の知ったことじゃない。県知事に言いなさぁことですな」

滑䊚は鼻白み、

「また来うけんな」

そう言い残して、帰っていきましたが、斎藤校長はそのできごとを八雲に説明し、今後の対応を協議しようとしたのでした。滑䊚の主張に賛同しているのは、松江にある寺院の和尚たちでした。彼らは、廃仏毀釈で仏教の勢力が衰えたのを、キリスト教の台頭のせいにして、外国人を仏敵と見なし、日本から出て行け、と声高に叫ぶのです。すでに開国した日本において、幕末と勘違いしているような攘夷《じょうい》思想でした。もちろんそんな時代錯誤の概念に縛られた僧侶ばかりではありませんが……。

「私、キリスト教徒ではありません。したがって、耶蘇教の排斥に巻き込まれる、なんぼうおかしいです。外国人、全部キリスト教、それちがう」

「では、ヘルン先生は何教徒ですか」

校長の問いに、八雲は少し考えてから、

「何教徒でもない。強いていえば、あらゆる神と仏を尊び、拝みます」

その答に校長は莞爾《かんじ》として笑い、

「そぅはえことだわ。みんながそげしたら、世の中から宗論はなくなるはずだわ」

三人は腹を割って酒を酌み交わしたのでした。八雲はそれほどでもありませんでしたが、西田はしたたかに酩酊しました。

やがて酒宴が果て、校長は人力で帰りました。ふたりは、家は遠くないから、と料亭で貸しだそうとした提灯を断り、連れだって手ぶらで歩きだしました。

「酔って聴く虫の声、これ最高のぜいたくです」

湖の匂いのする夜道で、八雲は上機嫌でしたが、

「おや……鳴きやみました。ホワイ……?」

そう言って、首をかしげました。コオロギの声が急に聞こえなくなったのです。西田は笑って、

「虫は、鳴いたり鳴きやんだりすぅもんです。そげん珍しいことでは……」

そこで、八雲の真剣な表情に気づき、

「どうかしましたか」

「あれを……」

八雲は、松江城の堀に沿う堤のうえを指さしました。そこには、女中風の髷《まげ》を結い、簡素な

着物を着た、ひとりの女がうずくまっています。西田は眉をひそめ、

「こぎゃん遅くに、さみしい場所で女子がいったいなにを……」

そのとき、それまで垂れ込めていた雲を押し開くようにして、月光が降り注ぎました。女の顔が、その光に浮かびあがり……。

「おお……！」

八雲は目を瞠りました。西田も、ひええっ、と叫びました。なぜなら、その女の顔には、目も鼻も口もなかったからです。

「の、のっぺらぼう……！」

西田は恐慌状態になり、堀端を闇雲《やみくも》に駆けだしました。

八雲もあとを追いますが、西田はひたすら走るばかりです。八雲は、置いていかれまいと付いていくのに必死です。ようやく追いついたのは大橋のたもとでした。

「西田さん、どこ行きますか」

「西田……さん……私……なんぼうほど……」

息を切らす八雲に、西田は恐怖の面持ちで、

「見らえたでしょう、ヘルン先生。妖怪だわ、のっぺらぼうだがね！」

八雲は西田の手を両手で包み込み、

「落ち着いてください。なにかの見間違えかもしれません」

「見間違うはずがない。たしかに目も鼻も口もああませんでした！」

「私もそう思った。ですが……」

ふたりはまるで喧嘩をしているような大声を出しあいながら橋を渡りました。渡りきったところに、蕎麦の屋台が店を出していました。蕎麦売りの提灯の明かりは、西田にとって、異常から日常へと戻る象徴だったようで、食べる気もないのに屋台へ顔をつっこみました。

「どげさぇたかね、お客さん。がいに息があがっちょらえしこだけど」

角刈りの蕎麦屋は、西田たちに背を向け、桶で食器を洗いながらそう言いました。

「出たわ、すぐそこの土手で……出たんだわ！」

「出たって、なにがです。月ですか」

「そうじゃない」

「追いはぎですか」

「ちがあわね。おまえさんもここで商売しちょって、そぎゃん噂を聞かんかね」

「噂？　なんの噂です」

「のっぺらぼうだよ。このあたりは、そういうものが出るんか」

「なに言っちょらえだか……そののっぺらぼうというのは、もしかすぅと……」

言いながら、蕎麦屋はゆっくりと西田たちに向き直り、

「こぎゃん顔のことかね」

蕎麦屋の顔はつるりとして、目も鼻も口もありませんでした。

「うわあああっ！」

西田は屋台を飛び出して、絶叫しながらふたたび走り出しました。八雲は、その場に残りたかったのですが、西田があわてふためいて川にでも落ちたら、と思うと、あとを追うほかありませんでした。西田は、塩見縄手《しおみなわて》から城へと続く坂道をどんどんのぼっていきます。明かりがないため、途中で八雲は、西田を見失ってしまいました。

付近を捜しまわったあげく、八雲がようよう西田を見つけたのは、半刻ものちのことでした。西田は、城山稲荷神社の境内で気を失って倒れていたのです。

「起きてください、西田さん。目を覚ましてください」

八雲が西田の頰《ほお》を軽く叩くと、やっと彼は目を開けました。

「私はどげしたんでしょう」

「あなたは相当酔っていました。それなのに急に走ったので、精神の強いショックと酩酊の両方の理由から、気絶したのです。もう、だいじょうぶでしょう」

「いや、そげん……あれは……夢だったんか……」

「あれ、とは、のっぺらぼうのことですか」

「そ、そ、それです。のっぺらぼうですよ！」

「夢ではありません。私もたしかに見ました。一度ならばともかく二度までも……ということは、けっして見間違いではありません」

静かな口調で話す八雲の落ち着いた態度に、西田も平常心を取り戻すことができました。

「お恥ずかしい。驚いて、つい見苦しいところをお見せしました。それにしてもヘルン先生はすごい。あれを見ても動じないのは、まさに侍のような沈着ぶりです。私はまだまだ心の修練が足らんようです」

「西田さん、私、告白すると、のっぺらぼうを見たのははじめてではありません」

「まさか……」

「ダブリンにいたころ、従姉のジェーン、私に怖ろしい地獄の話ばかりする。私、ジェーンを憎みました。ある日、屋敷で、いるはずのないジェーン、見かけて声をかけました。振り返った従姉には……顔がありませんでした。もやのようなものがあるだけでした」

「…………」

「日本では、のっぺらぼうについて、なにか言い伝えがありますか」

「そうですね……妖怪というより、むじなが化けたものだと言われているようです」

「むじな……？」

「むじなというのは山里に棲む動物で、狸や狐と同じく、ひとを化かします」

「おお、むじな……私、見たい。西田さんは見たことありますか」

「いえ、じつは私も、狸や狐は何度も見ちょうますが、むじなを見たことはありません。というより、むじなというのは実在の動物かどうかもはっきりせんのです」

「どういうことですか」

「地方によっては、アナグマや狸のことをむじなと呼びます。ハクビシンという動物をむじなと呼ぶ場合もあるようです。ある書物には、むじなとは狸と狐の中間だ、と書かれていました。

つまり、これがむじなだ、というはっきりした認識はありゃせんのです」

「ふーむ……とにかく、そのむじなが、のっぺらぼうに変身する、と考えられているのですね」

「ただの民間伝承です。しかし……我々はたしかにのっぺらぼうを見た」

「見ましたね」

「ヘルン先生はどうお考えですか」

「可能性はいろいろあります。酒に酔って幻を見た。光が正面から当たって、顔が真っ白に見えた。なにものかが、顔に白粉《おしろい》を塗りたくって我々をからかった」

「どれが正解でしょうか」

「どれもまちがいです。あなたはともかく、私、さほど酔っていなかった。堤も屋台も暗く、正面から光など当たっていなかった」

「顔に白粉を塗りたくっていた、というのは、ありうるのでは」

「鼻梁のこと、忘れています。いくら白粉で、目や唇を塗りつぶしても、鼻の突起は隠せませんん」

「では、あれはなんだったのでしょう」

「おそらくは……」

「おそらくは？」

「ほんものの、のっぺらぼう」

「――えっ?」

八雲は、人差し指を立てて、

「西田さん、ここ、笑うところです」

「あ……そげでしたか」

ときどき見せる八雲のユーモアは、西田にはついていけないものが多かった。

「狐がブラックマジックを使って人間に化ける、とてもおもしろいこと。西洋でも、猫や蜘蛛が魔力で人間をたぶらかす、いいます」

西田はふと、だれかの視線を感じ、周囲を見まわしてぞっとしました。そこは四百体もの狐が奉納されている稲荷神社なのです。彼らは、境内に並ぶ無数の狐たちに見つめられていたのでした。

「い、行きましょう、ヘルン先生」

ふたりは神社を出ると、階段を下りながら話を続けました。

「私たち、化かされました」

「狐やむじなは、ただの動物です。化かす力などありません」

「そう、フォックスはフォックス。人間は化かせません。人間を化かせるのは人間だけです」

「と言うと……?」

「西田さん、うしろを振り返ってはいけません」

「え……?」

「だれかが、私たち、つけています」

そう言われると、自分たちの足音に混じって、かすかに砂利を踏む音が聞こえるようです。

「いいですか。少し足を速めてから、一、二の三で立ち止まりますよ。一……二の……」
三、でふたりが足をとめると、カラカラカラ……とたたらを踏んだあと、あわてふためいた足音が聞こえました。振り返ると、小さな人影が古い商家の陰に逃げ込むのが見えました。
「それっ！」

西田は身体をひるがえして、さっきの失態を取り戻そうとするかのようにすばやい動きでその小さな影をつかまえました。それはなんと、まだ若い僧侶でした。

「お放しください。怪しいものではあぁませんが！」

「夜中に、ひとのあとをつけるのが怪しくないいうんか」

「ご相談があぁまして、機会をうかがっちょったですが、気おくれしてしまって……」

「嘘をつけ。我々を害するつもりだったのだろう」

西田は、僧侶の胸倉を左手でつかんで、ぐっと引き寄せ、右手を振り上げて今にも殴りつけようとしています。その右手を八雲が押さえました。

「暴力、いけません。そのお坊さん、顔つきまじめです。本当になにか相談、ありそうです」

「ヘルン先生、おかしいですよ。我々は英語教師です。生徒ならともかく、会ったこともないこんな坊主がどうして我々に相談をしようとするんです」

「いいえ……本当に会ったことないでしょうか。私、このお坊さんの顔、見覚えあります」

僧侶はその言葉に勢いを得て、

「は、はい！　阿弥陀寺の表で掃除をしちょうました。わたくし、修行僧の融海《ゆうかい》と申します」

西田は、住職の滑稽にあれだけ侮辱を受けたあと、一瞬邂逅《かいこう》しただけの数人のうちのひとりの顔を覚えている八雲の注意力と記憶力に驚愕《きょうがく》しました。

「私たち、ご住職さんにののしられました。あのひと、外国人を追い出そうとしています。あなた、なぜ私たちに相談しますか」

「申しわけありません。心からお詫びします。うちの住職は、なにもわかっちょらんのです。わたくしはどげしても、ヘルン先生におすがりせにゃいけんのです」

僧侶はその場に両手をついて、土下座しました。これには西田も、

「きみの心根はわかった。だから、手を挙げたまえ」

僧は涙ぐみながら立ち上がりました。八雲はその様子をじっと見つめていましたが、

「ここで立ち話、しにくいです。私の家にまいりましょう」

当時の八雲の家は、宍道湖に面した京店の末次《すえつぐ》町にありました。富田旅館主人の養女で女中として働いていたノブが重い眼疾を患っているのを、主人が治療しないことに腹を立てての転居でした。同じく眼疾で苦しむ八雲は、目の不自由なものへの同情心が人一倍強かったのです。

「さあ、ここならなんでも話せます」

みずからいれた熱い茶をすすめ、八雲がそう言うと、融海と名乗った若い僧は茶を押しいただき、

「ヘルン先生に相談さかと思ったのは、わたくしの一存で、だれからそうせえと言われたわけじゃないですけん。じつは……わたくしではなく、わたくしと同じ見習い僧の芳一《ほういち》についてです。わたくしの考えでは、芳一の身に生命の危機が迫っちょるんです」

「生命の危機とは聞き捨てならん」

西田が身体を前屈みにしました。

「わたくしは仏に仕える身ですが、生まれてから一度も神秘的な体験をしたことがありません。仏教とは元来哲学であり、いわゆる仏法説話にあるような現象はみんな、信者集めのための嘘っぱちだ……とまで思っちょうました」

そう前置きしてから、融海が話しだしたのは世にも奇怪な物語でした。

◇

芳一とわたくしは同い年で、出家したのもほとんど同じ時期でしたので、兄弟同然に仲が良く、わたくしが苦しい修行に耐えていられるのも芳一がいるからです。彼は生まれつき盲目なのですが、平家琵琶をとても達者に弾き、平家物語の語りもほれぼれするほど上手なのです。

そんな芳一の様子がおかしい、と気づいたのは十日ほどまえでした。夜中に、布団から起きあがると、部屋から出て行ったのです。便所かな、と思ったのですが、一向に帰ってきません。心配になったわたくしが、庭に出てみると、たしかに閉めたはずの寺の門が開いているではありませんか。

うちの寺は山寺です。深夜に出かけるような場所はまわりにありません。

芳一は、五時間ほどしたころにようやく戻ってきました。手には、琵琶の入った袋を持っています。

「どこ行っちょった」

わたくしは彼を問いつめましたが、芳一はなにもしゃべりません。そんなことははじめてだったので、わたくしは少し情けなくなって、

「我々は親友じゃなぁか。その親友にも打ち明けれんことか」

「だれにも口外すうな、と言われちょるんです。頼みますけん私を責めんでください」

そう言われると、それ以上はきけません。

それですめばよかったのですが、芳一は翌晩も出ていったのです。あとをつけようかと思いましたが、修行中の僧が夜に勝手に寺を出ることは禁じられています。悩んだあげく、わたくしは門のところで夜通し芳一の帰りを待つことにしました。彼が戻ったのは明け方でした。

「ずっと待っちょってごされたのですか」

「そげだ。どうだけ心配したか……わかっちょるんか」

「申しわけあぁません」

「わは目が悪い。ひとりで出歩くのは危なすぎる」

「だいじょうぶです。案内してごされるかたがおられますけん」

そう言ったあと、芳一は「しまった」という顔をしました。そのことも口止めされていたにちがいありません。

「どこへ行っちょったか、ときいても答えんだろうな」

「申しわけあぁません」

「あまり無茶をすぅと住職に気づかれて、寺を追い出されてしまあぞ」

「わかっちょうます……」

そう言ったきり、あとは口を貝のように閉ざしてしまいます。わたくしは、芳一がなにか犯罪に巻き込まれたのではないか、と思い、あれこれ問いただしたのですが、言葉を引き出すことはできませんでした。

翌日の夜も、芳一は琵琶を持って部屋を抜け出しました。わたくしは彼を尾行する決心を固めました。門の閂《かんぬき》を外して表に出た芳一は、慣れた足取りで山道を下っていきます。わたくしは、彼に気づかれぬよう、かなりの距離をとって、そっと追いかけました。というのは、芳一は盲人独特の聴覚の鋭さを持っており、少しの物音にも敏感だからです。周囲は真っ暗ですが、芳一はもちろん提灯を必要としません。

石段の途中で、踊り場のようになったところがあり、芳一がそこに達したとき、横合いからひとりの人物が現れました。さいわい月明かりがまぶしいほどの良夜だったので、その姿もある程度観察することができました。

それは背の高い男性で、身体をすっぽりと覆《おお》う黒いマントのようなものを着ておりました。

そして、カタコトの日本語で、芳一に向かって、

「今夜もお願いします。カム・オン」

と言ったのです。

外国人なのか？　とわたくしは思いました。ふたりは連れだって、石段を下がっていきます。このまま山を降りてしまうのでしょうか。わたくしは、音を立てぬよう気を配りながら、一段一段足を置きます。
五、六段もおりたころ、背中をちょいちょいと突かれました。驚いて、振り向こうとしたとき、脾腹《ひばら》に強く拳を叩き込まれ、わたくしは気を失ってしまいました。
目が覚めたとき、わたくしは原っぱのど真ん中に仰向けになっていました。そこは、M山から遠く離れた場所でした。すでに月は西に傾きつつあります。わたくしは急いで寺へ戻りました。芳一はさきに帰りついており、布団にくるまって眠っていました。怒ったわたくしは彼を揺すぶり起こし、自分の身に起きたことを話したあと、

「今日という今日は、ことの次第をすべてしゃべってもらうまでは許さぬ」

と言いますと、芳一は目に涙をため、

「あなたにまで危害がおよぶとは……ほんにどげしたらいいんでしょう」

おろおろした表情で頭を抱えました。そんな彼をなだめたりすかしたりして、ようよう聞き出したのは、まったくもって理解しがたい事件でした。

先日、住職の滑彗が葬式のために留守をした晩のことでした。眠っていた芳一の耳もとでさ

さやくものがいます。

「芳一……芳一」

それはまるで地獄から響いてくるような声だったそうです。

芳一が目を覚ますと、

「しっ」

声を立てるな、と命じられたうえ、まわりで寝ているものを起こさぬように、琵琶を持って庭に出よ、さもなくばおまえを殺す、と言われました。芳一が恐怖に震えながら言われたとおりにすると、相手はうってかわった優しい声で、

「芳一、あなたのこと、私たちよく知っています。どうか私たちに力を貸してください」

カタコトの日本語でした。

「あなた、楽器うまい。私たちの集まりに来て、演奏してほしいのです」

芳一が、住職の許可なく寺を離れるわけにはいかない、と断ると、

「お願いです。私たちとても困っています。あなた断る、どうしたらいいかわかりません」

「そう言われても……」

「私たち、異人の集まりです。祖国を離れ、遠い異国に来て、つらい、さみしい思いしています。ひとを助ける、出家の仕事と聞いています。なにとぞ、私たち、お助けください」

「うちの住職は、異人や耶蘇教が大嫌いなのです」

「私たちも耶蘇教は嫌いです。それに、今日はご住職さん、外出しています。ですから、お願

いにあがったのです」

切々と訴えられ、芳一はつい情にほだされました。異人に誘われるまま、ふらふらとついていってしまったのです。そこからおよそ二時間ほど、山道を歩かされたといいます。上りかと思えば下り、下りかと思えば上り……どこを通っているのかまるでわからなかったそうです。

「着きました」

どこかの屋敷でしょうか。門が開かれる音が聞こえ、芳一は内部に招き入れられました。長い廊下をしばらく行くと、かなり広い座敷とおぼしき場所に通されました。そこには大勢の人間の気配があって、芳一は身構えました。

「ご心配なく。私の仲間たちです。こちらへどうぞ」

芳一は手を引かれ、中央と思われる場所に着座させられました。ふかふかの座布団でした。

「さあ、楽器を奏でるかた、来られましたぞ」

「おお、すばらしい」

芳一はなにがなにやらわからぬまま琵琶を出し、異人の指示どおりに演奏をはじめました。それは、これまで芳一が弾いたことのないような音階の曲で、西洋のものと思われました。しばらく弾くと、ひとりが歌い出しました。

　死んだものに栄光を
　汚いものに栄光を

サタン、君を愛す
サタン、君を愛す
我、サタンを愛す
我、サタンを愛す

音程のとれぬ、妙な歌い方でした。すぐに数人が、その暗い旋律に唱和して、

サタン、君を愛す
我、サタンを愛す

しだいに芳一はその歌声に引き込まれていきました。伴奏にも、つい力が入りました。気がついたとき、彼は一種の法悦境に達していました。

「終わりです。芳一さん、アリガト、アリガト」

その言葉に、はっとわれに返った芳一は、仏僧としてとんでもない罪を犯してしまったという思いに戦慄しました。

「早く……早く寺へ帰してください」

「わかっています。今、お送りします」

「ここはどこですか」

「それは言えません。ある耶蘇教の教会の裏にある墓地だとだけ言っておきましょう」

「墓地……？」

「イエス。私たち、異国からこの国へ来て、この地で死んだもの。夜な夜な土から出て、故郷の歌、歌いますが、伴奏がなくては皆がひとつになれません。今夜とても楽しかった」

「し、死んだものって……」

「明日の晩も来てもらえますね」

「い、いえ、それは……」

「あなた断る、このこと住職に知らせます。あなた、あの寺から追い出される。それでもいいですか」

「………」

「さ、参りましょう」

ガクガクと身震いしながら、芳一はふたたび門を出て、二時間以上かかって阿弥陀寺へと戻ってきました。いつのまにか、案内人の気配は消えていました。

翌日、芳一が布団のなかで怯えていますと、またぞろ「案内人」が現れました。

「今日は住職がおます。見つからない方法、知ってます。見つかったら破門です」

「見つからない方法、知ってます。だいじょうぶ」

案内人は、芳一を許しません。しかたなく、それから毎晩、彼は言われたとおり……。

◇

「ヘルン先生、お願いです。芳一をお助けください」

若い僧は、八雲の膝にすがりつかんばかりです。

「あなた、芳一は異人の死霊に取り憑かれていると思っているのですね」

「そげです。彼は、深夜の儀式に招かれちょるんです」

「それで、私になにをしろと」

「同じ異人であるヘルン先生ならば、なんか方策をご存じでしょう」

「うーむ……そう言われてもわかりません」

「こぎゃんのはどうでしょう。仏教のほうでは、魔物は経文を怖れるといいます。ヘルン先生、芳一の身体に英語で耶蘇教の経文を書きこんでください」

「耶蘇教の経文……『聖書』の文句ということですか」

「はい。そげすれば、異人の死者は芳一を連れて行くことができんでしょう。先生、芳一をお助けください」

八雲はしばらく考えていましたが、

「わかりました。つぎにご住職さん、外出する、いつですか」

「明日は、遠くの檀家で法要がありますけん、おりません」

西田千太郎が八雲の袖を引き、

「いいのですか。身体に『聖書』の言葉を書くなど、非科学的です」

「科学と霊魂の問題は両立します。偉大な科学者で、強い信仰心をもったひと、たくさんいます」

◇

翌日の夕方、中学校の授業が終わってから、八雲と西田はM山の中腹にある阿弥陀寺に赴きました。融海がふたりを、ひとりの盲僧に引き合わせました。整った顔立ちの上品な僧で、その立ち居振る舞いは流れるように優雅でした。

「あなた、芳一さんですか」

「はい……」

芳一は消え入るような声を出しました。西田が脇から、

「疑うわけではないが、融海くんの話にまちがいがないか、確かめさせてもらいたい。一連のできごとをもう一度、おまえさんの口から聞かしてくれんか」

芳一はもじもじしながらも、自分の身に降りかかった一連のできごとを、途切れ途切れに語りました。その話は、細部にいたるまで昨夜融海が口にしたこととちがいませんでした。西田は、またしても探偵病が出たらしく、

「この寺に、おまえさんを連れにくる異人は、いつも二時間ほどかけて、目的地に連れて行くだね」

「はい……」

「ここから徒歩二時間の範囲内に、大きな屋敷か寺、耶蘇教の教会などはああせんかね」

融海が、

「わたくしの知るかぎりでは、そげなものはございません。二時間ですと、ようやく山から降りられる程度です。この山中には、当寺以外の建物は木こりの山小屋ぐらいで、ほかにはなにもああません」

「芳一くんは、『サタン、君を愛す』という歌を伴奏したそうだが……」

「はい……サタンとはなんでしょうか」

「うむ。仏教でいうところの天狗だね。衆生《しゅじょう》を惑わし、外法《げほう》に落とす……」

そこまで言ったとき、西田は急に先日の八雲との会話を思い出し、ぞっとして口をつぐみ、八雲を振りかえりました。

「どう思われますか、ヘルン先生」

「私、芳一さんの話、真実と思います。このひと、正直なひと」

八雲は、目の不自由なものへの共感が深かったため、盲僧への同情心が働いたのでしょう。

「それでは、芳一の身体に英語の経文を書いていただけますか」

融海がそう言いましたが、芳一は彼を押しとどめ、

「えらい先生にそぎゃんことさせては失礼だないですか」

八雲はかぶりを振り、

「いえ、私、芳一さんの役に立つなら、なんでもします。墨と筆、支度ください」

融海は、芳一の僧衣を脱がし、下帯ひとつの姿にさせました。ほんのりと上気した芳一の身体は桃色に染まっていきます。八雲はたっぷりと筆に墨を含ませると、まずは背中から、英文をすらすら書いていきます。芳一は、身体に走る筆の感触がくすぐったいのか、もじもじと上体をひねっています。こうして、背中、胸、腹、両腕と両脚、顔面にいたるまで、若い僧の全身がアルファベットで埋まりました。

「耳もお願いします」

融海が言うと、

「耳には書きにくい。そこは白粉をつけておきましょう」

八雲は、白粉を芳一の耳にたっぷりとつけました。融海は、なぜか顔を逸らしました。

「さあ、できあがりです」

筆を置いた八雲に、融海がその手を取って、

「ありがとうございます！　これで悪霊たちも、芳一には手が出せませんでしょう」

そのとき、廊下をどすどすと歩く大きな足音がしました。襖《ふすま》が荒々しく引き開けられ、立っていたのは滑彗和尚でした。

「け、なにごとだ、こおは！」

住職は一同に怒声を浴びせました。芳一のうろたえぶりはかわいそうなほどで、裸同然の姿でひたすら住職に向かって平身低頭しています。しかし、八雲ひとりは、怯えることなく、傲然と顔を上げ、

「今日、戻られんはずでは?」

「思いのほか用事が早く済んだけん、帰ってきたんだわや。うちの坊主をたぶらかして、汚らわしい異国の文字を書きつけるとは……これで決まった。やはり貴様は耶蘇教の手先だな。すぐに松江から出て行け!」

西田が八雲をかばうようにして、

「ヘルン先生は、芳一くんが異人の悪霊に夜な夜な呼び出されていると聞いて、彼を助けようとまじないをしてごしなさったんだで」

「異人の悪霊? さ、なんのことだや」

「芳一くんは、毎晩、死んだ異人の霊魂に屋敷に連れて行かれ、そこで琵琶を弾かされていたんだ」

「異人の屋敷だと。そぎゃんもん、この界隈にはあらせん」

「ここから二時間ほど歩いたところにあるはずだ」

「この山のことなら、わしらは一から十まで知っとる。——融海、おまえ、そぎゃん広い屋敷を見たことがああか」

「い、いえ……」

「仏に仕える僧侶の身体に、こともあろうに耶蘇教の経文を書くとは、しぇたもんだで。芳一は無間地獄へ堕ちいぞ。どげしてごす。怒った信者に八つ裂きにされるまえに、さっさと松江から出て行ったらどげだ」

八雲は、浮かべた笑みを崩さず、

「よほど、私を松江から追い払いたいようですね。──でも、私、出て行かない」

「なんだと? わは、自分がしたことがわかっちょるんか」

「わかっています」

八雲は、融海に向き直ると、

「融海さん、あなた、不正直ものですね」

融海はぎくりとした顔つきになり、

「わ、わたくしがなにか……」

「あなただけでない。この寺の坊さま……芳一さんのほかはみな、嘘つきばかり。きっと、住職さんがそうさせたのでしょう」

「わしがなにをさせたというのだ」

「あなたがさっき言った言葉、この寺から二時間かかる場所に、そんな大きな屋敷ない。私、それ聞いて、わかりました。たしかにそんなものない。芳一さんが琵琶を弾いていたのは、この寺だったのです」

西田が眉根を寄せ、

「芳一くんは、二時間かけて山のなかを歩きまわらされたあと、この寺に戻っちょった、といわれえですか」

「イエス。ほかに屋敷ないなら、ここしかありえません」

「なんでそぎゃんことを……」

「異人の死霊の怪談を私たちに信じ込ませて、英語の文章を芳一さんの身体に書かせるため。それをとがめて、私を松江から追い出すため」

「なあほど、そうだけん今日は他出のはずの住職が急に戻ってこられたわけだわ」

「それに、私、悪魔のこと、黒ミサのこと、いろいろ調べました。異人たちが歌っていたという『サタン、君を愛す』……そんな歌はありません」

「融海くんが芳一くんを尾行したり、我々に相談するために夜中に寺を抜け出しちょったに、門の閂が開いちょったのも奇妙だと思っちょったけど、寺中がグルなら当然ですな。――芳一くん、なにか思いあたることはないか」

「そういえば……屋敷に連れて行かれたとき、広間で琵琶を弾いている最中に、メジロの声がしたのですが、それが住職が飼っているメジロとそっくりでした。それに、廊下の足触りも、私が座った座布団の感触も、記憶にあるものですけん、おかしいなと思っちょったのです」

　八雲は住職に向かって、

「それほど外国人が嫌いですか。私を松江から出て行かせたいですか」

「ああ、嫌いだの。わこそ嘘つきだないがね。耶蘇教の手先のくせに、ちがうと言い張っちょう。貴様のようなやつを放っておくと、松江中が耶蘇教に改宗してしまあわ。そぎゃんことは許さんぞ」

「私、耶蘇教嫌い……これ本当です」

「嘘をつけ。ほんなら、芳一の身体に書いた経文はなんだ」

「これ、経文ではありません。西田さん、読んでみてください」

西田は、芳一を立ち上がらせると、背中側から順番に、その英文を読んでいった。そして、途中で笑いだした。

「あっはっはっはっ……いやあ、気がつきませんでした。福音書の文言かなにかだと思っちょうましたが、Zyusyoku tells a lie. Yukai tells a lie. Yashiki is this temple. 住職と融海は嘘つきだ、屋敷はこの寺のことだ、と書いてある。ヘルン先生はとうに見破っちょらえたのですね」

「あの夜更けに、私たちがどこにいるのか、急に寺を抜け出してきたひとにわかる、おかしいです」

融海は下を向いたまま、顔をあげません。

「それに、のっぺらぼうの件も、住職さんたちのしわざですね」

「なんのことだや。わ、わしは知らん」

「隠してもダメです。この世にのっぺらぼう、存在しません。あれ、私たちをおどして、城下から追い出すための工夫。ちがいますか」

「…………」

「顔に白粉塗る、バレてしまう。でも、着物を後ろ前に着たら、どうですか」

西田がポンと手を叩いて、

「そうか。後頭部をつるつるに剃りあげて、カツラを逆向きにかぶれば……のっぺらぼうのできあがりだ。ふつうのひとは無理だが、坊主ならいつも頭を剃っちょうけん、すぐに化けられる。でも、耳だけは……あっ！」

西田は驚いたように、

「さっき、芳一くんの耳だけ、英文を書かずに白粉を塗りましたね。あのとき、もう見抜いちょったのか……」

「融海さんに、告白のラストチャンス、あげたつもりでした。のっぺらぼう事件のあと、すぐに融海さんが私たちに声をかけた……おかしいですね」

融海は、悲しそうに横を向きました。

「なんでわかったかや……」

住職が、しぼりだすように言うと、

「のっぺらぼう、ありえません。生物は皆、呼吸をしなくては生きていけない。のっぺらぼう、鼻も口もない。そんな生き物、ないです」

西田が大きくうなずき、

「それこそ、西洋の科学的思考法です。仏教だの神道だの、日本は非科学的な要素に満ちちょう。そういう暗い土着の迷信の数々を吹き飛ばしてしまうように教育していかねばなりません」

「それ、ちがいます」

八雲ははっきりと言いました。

「住職さんも聞いてください。私、日本に来たわけ、申します。私、日本の宗教、研究するために参りました。私、仏教、神道、陰陽道……スピリチュアルなもの、なにもかも大事。西洋にもたくさんの神秘主義あります。でも、私、キリスト教、耶蘇教には失望しました。幼いころからキリスト教の教育を受けてきましたが、キリストはなにもしてくれませんでした。耶蘇教の教義に、イエス・キリストが墓から復活する、ありますが、あれ嘘でした。耶蘇教、ダメです。本当です。私、出雲大社参拝して、わかりました。日本の神、パワーあります」

住職は肩を落とし、

「ヘルン先生……わしがまちがっちょった。わしは、異人は全部が全部、耶蘇教の手先だと思っちょったけど……あんたは、わしが思うちょったようなひとではないようだ。これまでの無礼を許してごしならんか。融海をはじめ、この寺の坊主は皆、わしの言いつけでしかたなくあんたをだましたんだ。悪いのはわしひとりです。わしの弟子たちを許してほしい。そして、いつまでも松江にとどまってもらえんだらか」

そう言って、その場に両手をつきました。うってかわったような住職の態度に、八雲は感激したらしく、

「住職さん、手をあげてください。誤解解ける。それ、なんぼううれしいこと」

八雲の目にも涙が光っていました。

この経験が、のちに八雲に『むじな』、そして『耳なし芳一』（いずれも『怪談』に収録）という一編を書かせる原動力になったのでした。そこには、のっぺらぼうや阿弥陀寺という寺院が登場します。

3

その年の十二月、身体が弱かった西田千太郎は、体調を崩して病床につきました。八雲は、毎日のように彼を見舞い、力づけました。翌年の正月、八雲は羽織袴をつけて年始回りを行い、皆を驚かせ、また、喜ばせました。いちばん喜んだのは、阿弥陀寺の住職だった、という話です。しかし、そのあと八雲は松江の寒さのせいで病気になり、寝込んでしまいます。その世話役として雇われたのが、のちに結婚することになる小泉セツでした。

西田は、その年の半ばに喀血《かっけつ》し、以来、学校も休みがちとなります。八雲はセツと事実上の夫婦となり、六月にふたりで北堀町の根岸邸という武家屋敷に移ります。ここが現在でも、小泉八雲旧居として知られている建物です。

しかし、八雲は十一月に中学校を退職して松江を去り、熊本へと移ります。そこで数年を過ごしたあと、セツが懐妊し、八雲は日本への永住を考えはじめます。一八九四年（明治二十七年）、「神戸クロニクル」社に就職し、一家で神戸へと移住しますが、そこでも何度も引っ越しをしたすえ、二年ほどで東京へと住居を移します。帝国大学の英文学講師として迎え入れられたからです。ここで八雲は、明治期を代表する多くの著名人と交流を深めることになります。病がちだった西田千太郎が早逝したのも、このころです。東京に移るまえに、八雲の日本帰化が認められ、ラフカディオ・ハーンから正式に小泉八雲へと改名しています。

一九〇二年（明治三十五年）ごろから、八雲はいよいよ『怪談』を書きはじめますが、翌一九〇三年（明治三十六年）には帝国大学を解雇されます。学生たちの留任運動などもあって、学長は一転八雲に大学にとどまるよう要請しますが、その条件はきわめて悪く、八雲は帝国大学を辞職します（八雲の後任として雇用されたのが夏目漱石でした）。翌年には、早稲田大学に文学科講師として雇われ、『怪談』がホートン・ミフリン社から出版されて評判になるなど、ようやく生活は安定します。大隈重信《おおくましげのぶ》、坪内逍遙《つぼうちしょうよう》、会津八一《あいづやいち》とも親交を深めます。

文学者としても、教育者としても、民俗学研究家としても脂の乗りきったこの時期に、八雲は心臓発作により、セツと四人のこどもたちを残して突然永遠の眠りにつきます。法名は「正覚院殿浄華八雲居士」。葬儀は仏式で行われましたが、おそらく日本において仏式で埋葬されたはじめての外国人だろうと言われています。

その柩《ひつぎ》には、さまざまな思い出の品が入れられましたが、八雲がアイルランド時代からずっと携えていた、あの古い革製の鞄も、鍵を掛けられたままそこに納められました。それが、八雲の遺言だったからです。

鞄のなかには、いったいなにが入っていたのでしょうか。

いえ……というより……。

八雲は、パトリック・ラフカディオ・ハーンは、なぜ日本に来たのでしょうか。

彼の、ギリシャにはじまり、アイルランド、ニューオリンズ、西インド諸島、そして極東の小島日本にいたる長い遍歴は、なんのためだったのでしょうか。

その答は、私だけが知っています。私……そう、この物語の語り手です。

◇

私が誰なのか、そろそろ明かしましょう。私は、八雲の母親ローザです。

私はギリシャで生まれ、八雲の父チャールズと結婚して八雲を授かりましたが、運命の荒波に翻弄され、心ならずも離ればなれに暮らすことになりました。チャールズに見捨てられ、私はギリシャに帰りましたが、その後の私の人生について書かれたものはほとんどがまちがいだらけなのです。おそらく調査なさったかたが途中でどなたかと混同されたのでしょう。

私は、ギリシャに戻って八雲の弟を出産したあと、再婚して、一八八二年に精神病院で死んだことになっていますが、それは別人です。私は再婚せず、一八六二年にギリシャで病没しました。遺体は塩漬けにされて、ダブリンのハーン邸に送られたのですが、チャールズは従軍中で不在でした。ハーン家が遺体の受け取りを拒否したため、私の身体は同じくダブリンの、サラ・ブレナン邸に回されました。大叔母のサラも他出中だったため、受け取ったのはまだ十二歳だった八雲でした（つまり、八雲が私の死を終生知らなかったというのはまちがいなのです）。

少年八雲は、母親の死体を目の当たりにしてショックを受けました。同時に、幼いころに別れ、それ以来ずっと思慕の念を抱きつづけていた母を「ふたたびこの世に蘇らせたい」という欲求が激しく高まったのです。

八雲がそんな考えを抱くにいたったのは、おそらく大叔母サラによる厳格なカトリック教育のせいでしょう。キリスト教はその根本的な教義として、イエス・キリストの復活、そして最後の審判のまえの全死者の復活があるからです。しかし、フランスの教会学校に入学して専門的に研究した結果、死者の蘇りについてキリスト教は現実的・具体的な方法を持っていない、と八雲は断定せざるをえず、失意のうちに帰国してダーラムの寄宿学校に入ったのです。もちろん私の遺体は、ずっと鞄に入れられたままでした。ほぼミイラ化しており、小さな箱に詰められていたのでそれが可能だったのです。

キリスト教に失望した彼が、つぎに研究の対象として選んだのはドルイド教でした。ドルイドは、アイルランドにおける古代秘教です。宗教として洗練されてしまったキリスト教にはない、原始的な秘法が残されているのではないか、と思ったのです。しかし、残念なことに、ドルイド教は「転生思想」であり、「死者の復活」という考え方はありませんでした。

失望した八雲は、思い切ってイギリスを離れ、鞄をたずさえて新天地アメリカに向かいました。そこならば、まだ知られていない秘儀が存在するかもしれない……そんな思いからでした。最初シンシナティで暮らしていた彼は、ニューオリンズに「ブードゥー教」という西インド諸島から伝わったアフリカの民間宗教があることを知り、さっそく同地に引っ越し、ブードゥー教について調査・研究をはじめました。ブードゥー教には「ゾンビ」という概念があります。司祭が、ゾンビイ・パウダーなどの秘薬を使って死体を蘇らせ、奴隷として使役するのです。

八雲の研究によると、フランスの植民地で発展したブードゥー教には、古代フランスに広まっていたドルイド教の影響が見られ、また、カトリックと習合したことにより、アイルランドの聖人である聖パトリックへの信仰が加わったことがわかりました。八雲は、自分のファーストネームの由来である聖パトリックが、ドルイド教そしてブードゥー教の両方にかかわっていることを知り、「死者の蘇生」という夢が実現するのではないか、という手応えを得ました。

八雲は、ブードゥー教をいっそう深く研究するため、西インド諸島に渡りました。ハイチのブードゥー教は、ニューオリンズよりもずっと根源的であることがわかりましたが、調べれば調べるほど、「ゾンビ」はヨーロッパにおける吸血鬼同様、ただの言い伝えにすぎないということもわかってきたのです。

ブードゥー教をあきらめた八雲のまえに、東洋の小国日本の情報がもたらされました。日本には、「生活続命法《しょうかつぞくみょうのほう》」という死者蘇生の方法がある、というのです。それは、陰陽道と呼ばれる宗教に伝わるひとつの秘儀であり、陰陽師という偉大な呪術者によって行われるということがわかりました。

八雲は、最後の望みを託して、日本へと渡りました。結果はかんばしいものではありませんでしたが、彼は日本で妻をめとり、四人の子を授かり、そして、多くの文学的成果を残して、日本で死にました。母を蘇らせるという目的こそ果たせませんでしたが、結果的に八雲は日本に来て本当に幸せだった、と私は思います。私もまた、八雲とともにこの国に来て、この国の土となることができたことを喜んでいます。

これでこの物語は一旦幕を閉じますが、彼が松江をはじめ日本の各地で解決した謎はまだまだたくさんあります。それらがあの『怪談』へと結実したのです。今回語ることができなかったそれらの事件は、いつか機会があればお話ししたいと思います。

エピローグ１

友人とのロープ遊びが原因で左目を失明した八雲の目を手術した眼科医ウィリアム・ワイルドは、オスカー・ワイルドの父親だった。八雲は松江時代にオスカー・ワイルドの著作である『ドリアン・グレイの肖像』を入手しているが、それは不老不死をテーマとした作品である。

エピローグ２

小泉八雲は明治期の文化人として、森鷗外《もりおうがい》、福沢諭吉《ふくざわゆきち》と並び称される存在であった。その三人は、ヤックン、モックン、フックンとして、後世「明治のシブがき隊」と呼ばれるようになった。

mとd

この原稿は、南恭一郎《みなみきょういちろう》氏（南氏は、アルセーヌ・ルパンの曾孫《ひまご》にあたる人物で、現在鳥取県に在住している）の屋敷の蔵から発見されたものである。革製の古いボストンバッグに入っており、恭一郎氏も「はじめて見た」という。保存状態はきわめて良好で、一部の虫食い部分を除き、ほぼ読解できる。

フランス語ではなく全編日本語でつづられたこの原稿の末尾には、モーリス・ルブラン（ルパンの行動の記録者）と恭一郎氏の祖父である南洋一郎《よういちろう》氏（日本におけるルパン譚の翻案者）の署名が並んで入っており、筆跡鑑定の結果、いずれも本物であると証明されている。この原稿の内容が真実であるかどうかは今後の研究を待たねばならないが、ふたりの署名が真筆であることが確認されたことで、その可能性は相当高まったといえる。

なお、「南洋一郎」は無数にあるアルセーヌ・ルパンの変名のひとつ、すなわち南洋一郎とルパンは同一人物であるという説、そこから派生した、アルセーヌ・ルパンは日本人である、という説が近年はほぼ定説となっている。日本文化が広くパリ市民に親しまれるきっかけとなった一九〇〇年のパリ万博よりまえに、ルパンは「柔道」をパリの青年たちに広めていることが根拠のひとつとなっているようだ。また、日本のマンガ『ルパン三世』の影響もあるだろう。

しかし、この原稿を読めば、そういった議論をはじめ、なぜルパン譚にドイルが創作した架空の人物であるはずのシャーロック・ホームズが登場するのか、といった疑問もすべて氷解するはずである。また、なぜこの原稿だけが未発表のままだったか、という根本的な疑問への回答ともなっている。私は医師として、原稿の最後に「アルセーヌ・ルパンとはなんだったのか」という分析を付け加えておいたので、あわせてご覧いただきたい。
もし、本原稿の内容が真実であると判明したあかつきには、（南恭一郎氏は公表に同意しておられるものの）世界中に存在するアルセーヌ・ルパンの縁戚者から発表を見合わせるよう圧力がかかるおそれがあるため、こうして小説誌という媒体への掲載という形をとらせていただいた。やや古くさい文体ではあるが、まずは先入観なくご一読願いたい。

精神科医師・探偵小説研究家
青星新太郎

若手作家である私（ルブラン）は、窓からエッフェル塔が見えるパリの下宿の一室で、新作の構想を練っていた。マロニエの花の香りとともに初夏のさわやかな風が吹き込み、ノートのページをぺらぺらとめくる。もちろんそこにはなにも書かれていない。空っぽの頭を抱えた私は、ストーリーを考えているふりをしながら、コーヒーをいれるべきか、それとも気分転換に散歩に行くべきか迷っていた。

（ルパンから連絡があればなあ……）

私は、そんな虫のいいことを考えていた。ルパンとは、長いあいだ会っていない。彼がパトリシアとともに大西洋横断客船ボナパルト号でアメリカに向かったという噂を風の便りに聞いたきり、今どこにいるのかも知らない。私はかつてルパンの伝記を冒険小説風に味付けして発表することによってそれなりの収入を得ていたが、もうネタ切れだ。ルパンが新しい活動をしてくれないかぎり、新作を書くわけにはいかない。ようやく新興の出版社に頼み込んで注文をもらったのだが、いくら考えてもアイデアが出てこないのだ。

「大衆は先生のルパンものを読みたがっているんですよ。ルパンものの新刊が欲しいんです」

「ルパンはノンフィクションだからね。嘘を書くわけにはいかないだろう」

「読者にはそんなことはわかりませんよ。先生が適当にルパンの活躍をでっちあげて……」

「そうはいかないよ。あとでルパンにばれたら絶交されてしまう。ほかの話ではだめかね」

「じゃあ、ルパンにかわる新ヒーローを考えてください。それなら考えてもいいですよ」

しかし、ルパンに匹敵するほど魅力のある主人公などおいそれと思いつくわけもない。

「たとえば、これなんか題材になりませんか」

編集者が私に示したのは、新聞の切り抜きだった。そこには「リビアで、信じられないほど精巧にできた少女の石像が発見された」という記事が掲載されていた。リビアのベンガジ近郊の山中で、少女の裸身像が見つかったのだが、その細やかな質感やいきいきした身体の線などは、まるで生きているかのごとくで、有名なギリシャ彫刻のミロのヴィーナスやディスコボロス、アフロディーテの胸像などにも匹敵するほどの出来だというのだ。しかも、その少女像は、近くの村に住む資産家某家の長女クリュティエとそっくりで、モデルとなったにちがいないクリュティエは現在、行方がわからなくなっているという。また、少女像が発見された付近では、ウサギやリスなどの小動物を模した、これまた精緻な彫刻が多数出土しているという。

「ルパンがこの少女に恋をしたけれど悲恋に終わり、その彫像を盗みだす、という物語はどうでしょう」

私は、あまりの陳腐さに苦笑したが、そういった陳腐なストーリーが求められているのがフランス小説の現状なのだ。

私は立ち上がり、台所でコーヒーをいれた。カップを持って机に戻ってくると、だれかが私の椅子に座っている。後ろ姿をひと目見て、すぐにわかった。

「ルパン……！」

椅子をくるりと回し、ルパンは私のほうを向いた。緑色がかったフロックコートに赤みを帯びたシルクハット、右目にモノクルをかけたおなじみのスタイルだ。眉毛も口ひげも黒々として、白髪は一本もない。背丈はそれほど高くはないが、瘦せ型なのに胸や肩の筋肉は隆々《りゅうりゅう》と盛り上がっている。

「どこから入ってきたんだ。席を外したのは三分ほどだし、台所から入り口の扉は見えているし……」

ルパンは笑いながら窓のほうを指さした。

「まさか……ここは三階だぞ」

すぐに嘘だとわかった。サーカス団の団員なら、よじのぼってくることもできようが、シルクハットをかぶったままではむずかしかろう。どのような手をつかって入りこんだのかわからないが、決して自分の手の内をあかさず、煙《けむ》にまくのがルパンの常だった。

ルパンは立ち上がると、椅子を私にゆずった。

「久しぶりだね。アメリカからはいつ戻ったんだ」

「昨日だ。アメリカもいいが、せわしない。食べ物やワインも合わなくてね、パリが恋しくなって帰ってきてしまったよ。やはりこちらは落ち着く。わがはいは根っからフランスの人間なんだね」

「たずねてくれてうれしいよ。今日はなんの用だね。アメリカでの冒険譚を話してくれるのかい」

　私は期待をこめてそう言った。ルパンのアメリカでの活躍がわかれば、原稿はすぐにでも書き上げられる。しかし、ルパンはかぶりを振り、

「向こうではおとなしくしていたよ。アルセーヌ・ルパンの令名もそれほど鳴り響いていないし、なんといってもあちらの警察はやり方が荒っぽい。こっちが苦心のすえにトリックを考案して、目を見張るほどスマートな犯罪を行っても、やつらはそんな神業《かみわざ》を愛《め》でるひまもなく、いきなりピストルをぶっ放す。変装してもしなくても一緒だ。怪しそうな連中を十把《じっぱ》一絡《ひとから》げに適当に逮捕して、あとで拷問にかけて白状させてしまう。フランスの粋《いき》な流儀は通用せんのだよ」

　私はがっかりして肩を落とした。

「どうした。わがはいの最新の冒険譚が聞きたかったのかね」

「正直言って、そうなんだ。じつはようやく仕事にありついたんだが、ネタがなくてね……」

「それはちょうどよかった。わがはいは今から久々に大仕事をするつもりだ。パリっ子が、いや、フランスの全国民が瞠目するような大仕事をね」

「それは怪盗ルパンとしての仕事かね」

　ルパンはさまざまな顔を持っている。もっとも有名なのは怪盗紳士としての顔だが、探偵としても優れており、一時は私立探偵ジム・バーネットという変名で探偵業も営んでいた。世界を股にかけての探検家・冒険家として南極到達、中央アジア、チベット踏破などの実績を持ち、

ルノルマンという名前で国家警察部長に就任して、数々の事件を解決、モロッコ南部からコンゴにいたる「モーリタニア帝国」をみずから建国し、その国王になったこともあり、また、ヴィクトール・オルタンの名前でパリ警視庁に勤務していたこともある。その他、奇術師、医学者、柔道師範、競輪選手……などの側面も持つ。まさに「超人」といってさしつかえない。

「そのとおりだ。わがはいの本領は世界的大盗賊にある。久々の古巣で、大きなものを盗もうと思う」

「もしかすると、リビアで発見されたという少女像ではないかね」

私は勢い込んでたずねた。うまくいけば、これで本が書ける。しかも、売れそうな雰囲気ではないか。

「少女像？　ベンガジの山中で見つかったというあれか。わがはいもリビアの砂漠地帯にしばらく住んでいたから、興味があったので新聞で読んだよ。写真は載っていなかったね。どうせ、ちょっと手先の器用な彫刻家が造った代物だろうが、わがはいが狙っているのはそんなものじゃない」

「いったいそれはなにかね」

「きみも知っているだろう。『サン・ラー王のスカラベ』だ」

私は目を瞠った。「サン・ラー王のスカラベ」といえば、知らぬものとていない秘宝だ。先年、イギリス・フランス・アメリカの合同発掘調査団が「ゼマのピラミッド」と呼ばれる大ピラミッドの地下から発見したもので、直径五センチほどの大きなサファイアをスカラベの形に彫刻してあり、下面に古代エジプトの王サン・ラー・タン二世の名前が彫り込まれている。そもそも古代エジプトにおいては、ラピスラズリではない本物のサファイア自体が珍しいし、それを加工する技術はなかっただろうと考えられていたが、「サン・ラー王のスカラベ」はまちがいなく本物のサファイアなのだ。また、サファイアの大きさ、彫刻の芸術性、歴史的価値などを総合すると、おそらく一億フラン以上の値打ちがあると考えられている。しかし、その所有権をイギリス、フランス、アメリカの三国がそれぞれ主張し、国際裁判にまで発展したが、その間に肝心の宝玉の所在がわからなくなってしまった。

その後、「サン・ラー王のスカラベ」はときおり裏社会のオークションでその名が浮上するものの、現在の所有者がだれであるかは不明のままである。それは当然のことで、所有者がだれであれ、正式なルートを通して入手したとは考えられず、売り主も仲介者も買い主も口をつぐんでいるからである。

「スカラベのありかがわかったとでもいうのか」

ルパンはうなずき、

「エジプトの埋蔵物保管場所から盗み出したのはベルギー人のこそ泥らしいが、それからあちこちを転々として、今は、アスカラポス城の城主、ジャン・ジュノアール伯爵が所有している。売ったのは、倒産した銀行の元頭取で、伯爵は借金のかたに安く買いたたき、三千万フランで手に入れたそうだ」

ジュノアール伯爵も、ルパンほどではないが、フランスの名物男のひとりだろう。セーヌ川上流のルーアンの古城を買い取り、そこを改造して住まいにしている。すでに六十歳を超えているはずだが、一度も結婚したことがなく、もちろん妻子もいない。わずかな数の召使いとともに暮らしているが、その生活は趣味三昧《ざんまい》で、先祖があくどい商売を重ねてもうけた金を湯水のように宝石や美術品、骨董類につぎこんでいる。アスカラポス城の展示室には、それらのうちでも価値の高いものばかりが麗々しく並べられており、主《あるじ》の伯爵は、毎夜、シャンパンを飲みながらそれらを眺めて、悦に入っているという。

「俗物だね」

私が言うと、ルパンは大きくうなずき、

「小作人や貧乏人からむしりとった血と涙で贅沢三昧をするというのは、許し難い。わがはいは、彼に天誅《てんちゅう》を与えることにした。つまり……スカラベを盗みだすのだ。これは、わがはいが私腹を肥やしたいからではない。なにごとも思い通りにいくと思ったらおおまちがいだということを、ジュノアールに思い知らせてやるためだ」

「すてきな考えだね。犯罪行為に賛同するつもりはないが、『サン・ラー王のスカラベ』なら、どうせ不正な闇ルートで手に入れたものだろうから、盗んでも罰《ばち》は当たるまい」

「じつはもう、とうの昔にジュノアール宛に犯行予告状も送ってあるのだ。五月中にスカラベをちょうだいする、と期限も区切っておいたが、伯爵がスカラベの存在を認めたくないがために、公表しないのだ。それではおもしろくない。わがはいが直々に予告のことを各紙に投稿しておいたから、おそらく明日か明後日《あさって》には、フランス中の新聞の一面にその記事が出るだろう」

「記事になったら、もうあとには引けないね」

「わがはいは派手なことが好きなのだ。今日が五月十日だから、あと二十日もある。わがはいの腕前なら、それだけ準備期間があればだいじょうぶだ」

「慢心は禁物だよ。ジュノアール伯爵は自分の収集品を守るために、城にさまざまな仕掛けをしているというじゃないか。うかつに忍び込んで、つかまったらどうするんだ」

「慢心は禁物だが、たしかな自信はなくしてはならない。わがはいは自分がどれぐらいの技術を持っているか、ちゃんと把握しているよ。――今日わざわざここを訪ねてきたのは、きみにまた、冒険に同行してもらい、その一部始終を記録してもらうためだ。わがはいにとっても久しぶりの冒険だ。どうだ、来てくれるかね」

「もちろんだとも」

私は即答した。たいへんありがたい申し出だった。

「じゃあ、今からさっそく……」

そう言いかけてルパンは窓から道路に目をやり、

「あ、いかん」

小さくそう叫ぶと、

「おなじみのガニマールくんだ。あいかわらず変装が下手くそだね。新聞売りに化けているが、服のサイズが合っていないよ。まわりにパリ警視庁の刑事が七、八人いるようだ。城に行くまえにここで捕まるわけにはいかないから、逃げるとしよう。ルーアンで落ち合おう。いいね」

「どこから逃げるつもりだね」

「魔法を使うのさ。――五秒ほど目をつむっていたまえ」

私は言われたとおりにした。一、二、三、四、五……きっかり五秒後に目をあけると、すでにルパンの姿は消えていた。私は窓にとりつき、上や下を見たが、屋根にも壁にも地面にも……どこにも彼は見あたらない。部屋のドアが開いたり閉まったりした様子もなかった。フロックコートにシルクハットという物々しいいでたちなので、遠目にも目立つはずだが、まさしく自身が言っていたとおり「魔法」のように消失してしまった。もちろん、気球や飛行機を使った形跡もない。あざやかすぎる退場の演出に、私はあきれるばかりだった。

これで、作品の題材には苦労しなくなった。私は肩の荷をおろしたような気持ちになり、ゆっくりとコーヒーをすすりながら、窓から「新聞売り」の様子を見下ろした。そういう目で見るせいか、たしかに服がだぶだぶだし、挙動もおかしい。顔を伏せているが、ちょいちょい私の部屋をさっと見上げては、また、顔を隠す。その周囲にたむろしている牛乳売りや花売り、街灯に寄りかかって煙草をくゆらせている紳士なども怪しい。私が内心笑いながら、彼らを観察していると、三十分ほどたったころ、急に新聞売りが牛乳売りに向かって叫んだ。

「おかしいぞ。逃げられたかもしれん」

「そんなはずは……入り口も窓もずっと見張っておりました」

「突入するぞ。続け！」

新聞売りを先頭に、あたりにいた七、八人がうちの下宿の入り口に向かって突進するのが見えた。やはりルパンの言ったとおりだ。

しばらくすると、階段をどたどたと駆けのぼる音がしたあと、扉が激しく叩かれた。

「警察だ。ここを開けろ」

「鍵はかけてませんよ。どうぞご自由に」

その言葉が終わらぬうちに、刑事たちがなだれこんできた。新聞売りが怒鳴った。

「ルパンはどこだ。隠し立てするとためにならんぞ」

「新聞売りに怒鳴られる覚えはありませんよ」

「わしだ。ガニマールだ。ルパンがここに来たはずだ」

「もう出ていきました」

「嘘をつけ。この家のまわりは厳重にかためてあった。蟻一匹這いだす隙もないほどにな」

「だったら家捜《やさが》しでもなんでもしてください。ただし、得心したら、あとでちゃんと片づけてくださいよ」

ガニマールは応えず、部下たちに「おい」と顎《あご》をしゃくった。屈強な刑事たちが、部屋の隅々まで調べあげたが、もとより狭い下宿だ。すぐに、だれも隠れていないと判明したようだ。

ガニマールは苦虫を嚙みつぶしたような顔で、

「どうやって逃げだした」

私は肩をすくめ、

「私にもわかりません。魔法を使ったらしいですよ」

そう言うしかなかった。

「ルパンがまたなにかしたんですか」

「したんじゃない。これからするのだ」

「なぜわかるのです」

「アスカラポス城のジュノアール伯爵のところに予告状が来たのだ。『サン・ラー王のスカラベ』を盗む、とのな」

「新聞には出ていませんでしたが」

「伯爵が、新聞には出したくないというのだ。しかも、警察の手も借りる必要はないから、わしにも『来なくてよい』と言ってきた。あの変人め……！」

ガニマールは、ジュノアール伯爵のことが嫌いのようだ。

「どうしてルパンの予告状のことがわかったんです」

「ルパンがわし宛に、同じ文章の手紙を送ってきたのだ。行動を起こすまえに、やつはきっとおまえのところに来るはずだ……そう思ってずっと張り込んでいたんだが……」

その狙いはズバリだったのだが。

「ルパンがこの下宿に入るのを見たんですか」

「いや……窓から、おまえがだれかと会話しているのが聞こえたのだ」

「たしかにルパンは来ました。ジュノアール伯爵に予告状を出したと言ってましたよ」

「それから？」

「それだけです。彼は、ルーアンに行って、スカラベを盗むでしょう。彼は有言実行の男です。だれにも邪魔はできませんよ。ジュノアール伯爵も、警察の手は借りないと言ってるんでしょう？　だったらほうっておけばいいじゃないですか」

「そうはいかん。警察にも面子《メンツ》がある。この際、所有者の伯爵はどうでもいいのだ。絶対にルパンに勝手なことはさせん」

　警察の面子ではなく、ガニマールの面子だろうと思ったが、口にはしなかった。

「もし、おまえがアスカラポス城に行くなら、かならず我々に連絡をしてからにするように。いいな」

「私は自由な市民です。旅行に行くのに、いちいち警察の許可を受ける必要はありませんよ」

「あるのだ！　犯罪者逮捕のために、市民が警察に全面協力するのは当然だ」

ガニマールは散々念を押したうえで、引きあげていった。

◇

　翌朝早く、まだ舗道が薄暗い時刻に、私はオペラ座にほど近い聖ラザール駅から特急列車に乗り込んだ。この時間ならガニマールたちに見つかることはあるまい……そう考えてのことだった。車両はがらがらだ。二等のコンパルチマンに座り、「エコー・ド・フランス」紙を広げる。そこで、意外な記事を見つけた。

アルセーヌ・ルパン、ジュノアール伯爵に盗みの予告

最近鳴りを潜めていた怪盗紳士アルセーヌ・ルパンが、アスカラポス城城主のジャン・ジュノアール伯爵に盗みの予告状を出していたことが判明した。これは、ルパン本人からの本紙への投稿によりわかったことである。それによると、ルパンはジュノアール氏が所持する古代エジプトの秘宝「サン・ラー王のスカラベ」をこの五月中に盗みだすと予告しているという。この秘宝は、かつてエジプトの遺跡から発見され、所在がわからなくなっていたもので、世界的な美術品であり、歴史的価値も絶大な人類の財産である。個人が蔵していているはずのない代物だが、ジュノアール伯爵は有名な美術品コレクターで、その秘蔵品のうちには正規ではないルートで密かに入手したものも多いという噂があり、可能性はないとはいえない。本紙が伯爵に電話で問い合わせたところ、本人は所持を否定した。しかし、ルパンほどの盗賊がでたらめなことを言うとも思えず、本紙はこの件についてぬかりなく取材を続行するつもりである。ルパンの永遠の好敵手であるパリ警察の腕利き刑事ガニマール氏が動きだしたという情報もあり、読者諸氏においてはぜひ続報をお待ちください。

(なるほど……)

私は新聞を畳んだ。ルパンの犯行予告は（本人が望んだことだが）公《おおやけ》になってしまった。こうなると五月中に盗みを成功させないと彼の失敗となる。逆にいうと、伯爵側は五月一杯ルパンの盗みを防げばよいのだ。こうしてわざと自分のハードルを高くして、それをクリアすることに喜びを感じる……そういった男なのだ、ルパンというやつは。これまではほぼしくじりなく、自分が公言したとおりにことを運んできた。

しかし、今回はこれまでとは勝手がちがう。ルパンももう若くはない。以前のように身体も敏捷《びんしょう》に動くまいし（私のアパルトマンから消えた手際はたいしたものだったが）、なにより相手が相手だ。昨夜、私が調べたところでは、ジャン・ジュノアール伯爵は美術品収集のためならば、不正な手段での入手はおろか、人殺しでも平気で犯すようなたいへん悪辣《あくらつ》かつ危険な人物のようだ。過去にも、ある美術品の持ち主が、伯爵から大金での譲渡を迫られたのを断った数日後、海岸で死体となって発見され、その美術品は行方不明になった……などという事例が数件あるらしいが、いずれも犯人は特定されていない。

（ルパン、だいじょうぶだろうか）

かつてない不安が私を押し包んだ。

ポワシー駅を出たあたりで、ひとりの男が私の横に座った。ガニマールだ。

「ルーアンに行くなら、前もって警察の許諾を受けてから、と言ったはずだがね」

「ならば、問題ありません。行き先はルーアンじゃなく、ルヴィエですからね」

ガニマールはなにも言わず、車内給仕から買ったコールドミートのサンドイッチを食べ、ビールを飲んだ。私は、緊張に耐えられなくなり、両手を挙げた。

「わかりました。本当のことを言いましょう。ルーアンに行くのです」

「そこでルパンと落ち合う予定なのかね」

「さあ……ルーアンで会おう、という約束はしましたが、いつどこで、という取り決めはしていませんから。でも、ルパンの伝記作家として、彼の行動をつねに追いかける必要があるのです」

「ルーアンの宿が決まったら、教えてもらおう。わしはルーアン警察の宿泊所にいる。もしルパンが連絡してきたら、かならずわしに一報するんだぞ。わしを出し抜こうと思っても無駄だ。狼のように食らいついて、放さないからな」

「わかってますってば」

私はうんざりしながら、早く列車がルーアンに着かないかとそればかり思っていた。老刑事のしつこさにほとほと参っていたのだ。

ようやく特急が駅に着き、私は解放された。といっても、この街のどこへ行っても警察の目が光っていることは承知していた。ここにとどまっているかぎり、真の自由はない。しかし、作品を書くためには我慢しなければならない。

街のどこからでも見える壮麗なノートルダム大聖堂は、何度見てもそのゴシック様式が醸《かも》しだす歴史的な空気に圧倒される。私は、木組みの建造物がまるで波のように連なる町並みを歩いた。くねくねと蛇行するセーヌ川に沿って、美しい石畳のうえを進む。マラキの古城が目に入った。悪魔男爵と異名をとった、カオルン男爵がかつて居住していた城だ。彼はルパンによってその財産のほとんどを盗まれ、十万フランで買い戻すという醜態を新聞によって報道され、世間から後ろ指を指されたあげく、いたたまれなくなってイタリアへ移住してしまった。今回の舞台となるであろうアスカラポス城は、マラキ城よりもやや上流に位置する。ルーアンの中心街からは大きく外れた、セーヌ川と山に挟まれた地区だ。まわりには深い森とシードルの醸造所がいくつか、あとはひたすら畑が広がっているという田舎である。

私は、ジャンヌ・ダルクの処刑場の近くにある「聖女荘」という小さな安宿に食事なしで連泊の申し込みをし、荷物を預けた。月末まで滞在するというと、全額前払いさせられた。経営者だという、ガマガエルに似た風貌の小男は、胡散臭《うさんくさ》そうに私をじろじろ見たあげく、

「なにしに来たんだね」

「観光だよ。大聖堂を見にきたんだ」

「パリからなら、日帰りもできるだろうに、連泊とはな」

「いい街だから、いろいろ見てまわりたくてね」

「そりゃけっこう。わしゃ、こんな街のどこがいいのかわからん。古くさくて、暗くて、刺激もない。つまらん場所だ」

「ジャン・ジュノアール伯爵のことをなにか知ってるかね」

「ああ、あのゲス野郎か。人間よりも宝石や美術品のほうが大事なんだそうだ。小作人が皆辞めちまったんで、農地は全部売り払ったらしいね」

「どうして小作人が辞めたんだね」

「ちょっとした不始末があると、伯爵はすぐに鞭で打ったり、焼けた鉄棒を押し当てたりする。宝物と同じぐらい、残虐なことが好きなんだ。皆、カオルン男爵のほうがずっとましだ、と言っとったよ」

「農地を売り払ったら収入がないだろうに」

「株で儲けてるのさ。あとは、美術品の裏取引で利ざやをたんまり稼いでる。一生食うには困らんそうだ」

「ルパンが、彼の宝物を狙ってるそうだよ」

「ルパンって、あの義賊をきどった怪盗かね。やめたほうがいい。伯爵の城にはいろいろ仕掛けがあって、盗賊は皆殺しになるそうだ。いくらルパンでもひとたまりもなかろう。命あっての物種だよ」

「もうルパンからの予告状が伯爵に送られたそうだ。新聞に出ていたよ」

「そうかね。わしゃ、新聞は読まんのだが……ゲス伯爵に泥棒か。ふん、どちらが死んでも、いい気味だわい」

ガマガエルに似た主は吐き捨てるように言うと、顔の吹き出物をがりがりと掻《か》いた。その仕草が下品で不愉快だったので私が顔をそむけると、

「あ、そうだ。あんたに手紙をことづかってるよ」

そう言って、一通の封筒を差し出した。

「近所のこどもが、モーリス・ルブランという宿泊客が来たら渡してくれといって、持ってきたんだ。あんた、うちに泊まることに決めていたのかね」

ちがう。私がここに泊まろうと思ったのはほんの偶然なのだ。封筒の裏には、アルセーヌという署名があった。急いで封を切り、中身を読む。

今日、城に行く。盗むつもりはない。下調べのためだ。
きみはガニマールと一緒にどうだね。

ルパンはなぜ、私がここに泊まると知っていたのだろうか。ルーアンにあるすべてのホテルや宿屋に手紙を預けているのか。そんなはずはない。おそらく、私の好み、ふところ具合などが彼には私以上にわかっているのだろう。そして、ここに泊まるだろうと見当をつけたのだろう。

(怖ろしい男だ……)

私は、今更ながらルパンの慧眼《けいがん》に感心しつつ、宿を出た。市街地を川沿いに西へ進む。しだいに道が細くなっていく。一時間ほど歩くとやがて町並みが途切れ、鬱蒼《うっそう》とした森が行く手をふさいだ。道はその森のなかに続いている。そして、その森の向こうから尖塔の先端が突き出ているのが見える。アスカラポス城の塔である。私が森へ踏み込むのをためらっていると、背後から声がかかった。

「何度言ったらわかるんだ。宿が決まったら、わしに報告しろと言っただろう」

振り返るまでもない。ガニマールだ。私は肩をすくめ、

「ちょっと散歩してるだけですよ。あとで報《しら》せにいくつもりだったんです」

「小説家というのは嘘ばかりだな。もうアスカラポス城が見えている。城へ行くつもりだったんだろう」

「行く、というか……まあ、外から見物しようかと思った程度です。あなたはなにをしてるんです」

「わしは今から城へ行き、ジュノアール伯爵に会うのだ」

「ほう……それなら、私も連れていってくださいよ」

ルパンの手紙に、「ガニマールと一緒にどうだね」とあったことを思い出し、私はそう言った。もちろん、ルパンが今日、城へ行く、ということはおくびにも出さない。

ガニマールは私を疑わしそうに見つめたあと、

「うむ……まあ、いいだろう。おまえを見張ることにもなって、一石二鳥だからな」

そして、先に立って歩き出した。

◇

夜のように暗い森を抜けたところに、それはそびえていた。セーヌ川岸の白い巨岩のうえに

根を生やしたように建っているのがアスカラポス城だ。中世から、歴代の城主が継ぎ足し継ぎ足しで作ったためか、左右非対称のごつごつした不気味な輪郭で、遠目には鱗《うろこ》に覆《おお》われた竜が四肢を踏みしめているようにも見えた。もとは、初代城主の名をとって「クリスタンヴァル城」と呼ばれていたが、現城主が今の名に改めたのだという。忍び返しを備えた険しい城壁は二重になっており、セーヌ川を自然の堀として利用した造りは、いわゆるシャトーではなく、軍事的な機能を備えた城砦《じょうさい》といってよい。川にかかる跳ね橋を渡ると、高い城の門が現れた。

分厚い扉は閉ざされており、門番らしき人影もない。

「あなたが訪問することを、伯爵はご存じなのですか」

「電報を打ってある」

門の横に、大きな鐘が下がっている。ガニマールは、緑青《ろくしょう》で爛《ただ》れたようなその鐘をハンマーで打ち鳴らした。しかし、しばらく待ったがだれも出てこない。ガニマールが不機嫌そうにカンカンカンカンカンカンカン……としつこく叩きつづけるので、私は頭が痛くなってきた。

やがて、内側の閂《かんぬき》を外す音がして、門が細めに開いた。なかから顔をのぞかせた男を見て、私はぎょっとした。身長が二メートルほどあり、顔もヒョウタンのように長い。手足も長く、とくに腕は地面に着きそうなほどだ。私は類人猿を連想したが、ガニマールもこの男には驚いたらしく、一瞬後ずさりしそうになった。

「パリ警察のガニマールだ」

ヒョウタン男は私を見もしなかったが、ガニマールはすかさず、

「この男はわしの部下だ」

男は、きょとんとした顔つきになったが、

「主人から聞いております。どうぞ中へ」

私たちは、敷地へと招き入れられた。男は、内門も少し開けただけで、我々が入ると神経質にすぐに閉めてしまった。

「あんたは伯爵の家僕かね」

「執事のゾーントンと申します」

ほとんど手入れがされていない広い庭を通過しているとき、ゾーントンは左右に忙しく目を走らせていた。なにかを警戒しているらしい。私が疑問を口にしようとしたとき、黒い影が目のまえを左から右へ横切った。瞬間、ガニマールが私をかばうように前へ出ると同時に、ポケットから取り出したピストルを構えた。老人とは思えぬ俊敏な動きだった。しかし、その影がなにかわかったとき、私の全身は震え、汗が脇の下をつたった。それは……一頭のヒョウだったのだ。ヒョウは我々を見ようともせず、斑点をまとった毛皮を見せつけるように悠々と歩き去った。

「あれは……」

私がようやくそれだけ言うと、執事は押し殺した声で、

「盗賊よけに主人が飼っている猛獣のうちの一頭です」

ということは、ほかにも猛獣がいるのか、と私が思った途端、木のうえから毛むくじゃらの

物体がガニマールに飛びかかった。ガニマールは抗おうとしたようだが、その灰色の物体はすぐさま彼から離れて、ふたたび樹上に戻った。それは、オスのマントヒヒだった。ヒヒは、ガニマールから奪ったピストルをおもちゃのようにもてあそんでいたが、器用に弾《たま》を抜き取ってから、ピストル本体をガニマールに向けて投げつけ、木から木へと飛び移っていった。ガニマールはピストルを拾うと、土を払い、憮然とした顔でポケットにしまい、

「ほかにはなにを飼ってるんだ」

ゾーントンは指を折りながら、

「ハイイログマ、オオカミ、オオアリクイ、ワニ、それと……」

あとはなぜか口を濁した。

庭を抜け、城の入り口をくぐるまでのあいだ、だれとも会わなかった。これだけの規模の城なのだから、門番や庭師、召使いなどが大勢いてもよいと思うのだが、ひとの気配がまったくしない。そのかわり、植え込みや茂み、木の上、泉水のなかなどから、なにかはわからぬ「生き物」の息づかいが伝わってくる。

城の一階は、食料品の貯蔵庫になっていて、ワインや小麦、肉、野菜などが整然と置かれていた。ゾーントンの案内で二階へ上がると、暖炉のある居間があり、そこに昼間からガウンを着た、体格のいい初老の男が腕組みをして立っていた。ジャン・ジュノアール伯爵だ。結婚もせず、美術品だけを伴侶《はんりょ》として過ごしてきた、という経歴から、私は勝手に、顔の青白い、不健康に太った人物を想像していたが、まるでちがっていた。腕も、胸板も、肩も、筋肉で盛り

上がり、顔は浅黒く、精悍《せいかん》に引き締まっていた。眉毛は太く、鼻は鷲鼻で、頬《ほお》に十文字の疵《きず》がある。唇は薄く、それが酷薄そうな印象をより際だたせていた。なにより驚いたのは、右手に鞭を持っていることで、とても客と対面する身なりではない。

「俺がジュノアールだ」

「はじめまして、パリ警察のガニマール警部です。こちらは部下の……」

ジュノアールはガニマールの挨拶を手で制すると、

「来なくてよいと言ったはずだが」

「ルパンの犯行予告があった以上、警察としては放っておけません」

「俺のものは俺が自分で守る。おまえたち警察の手は借りぬ」

「ルパンは神出鬼没の大盗賊です。いくら堅牢な城でも易々と侵入し、目当てのものを盗んでは風のように消え失せます。専門家である我々にお任せください」

ジュノアールは唇の端を歪めて皮肉な笑みを浮かべると、

「専門家だと？　これまで何十度となくルパンに鼻を明かされてきたおまえが専門家を名乗るなど片腹痛いわ。無能な警察にでしゃばられると、かえってややこしくなる。ひっこんどいてもらおうか」

さすがのガニマールもこれにはむっとしたとみえ、

「少なくともあなたよりはルパン対策について詳しいと思いますね。それに、鼻を明かされてきたといいますが、私はルパンを逮捕した経験もある」

「すぐに脱走されたじゃないか」

「それは、刑務所の責任です」

「とにかくいらぬ手出しはせんでもらいたい。話は終わりだ。帰ってもらおうか」

「あなたがご自分の財産をルパンに奪われようと、それはどうぞ勝手にしてください。ですが、この件についてはすでに新聞に公表され、世間が注目しているのです。ルパンを逮捕できなかったら、我々が笑いものになるのです」

「俺の知ったことではない。この城は、おまえも見たとおり、二重の壁で囲まれ、なかに入れたとしても放し飼いの猛獣がいる。ルパンだろうとだれだろうと侵入は不可能だ」

「失礼ながらルパンのことがわかっておられないようですな。彼は、盗むと言ったら、どんな場所からでも盗むのです」

「ふふん、それはどうかな」

伯爵の自信は薄気味悪いほどだった。

「ところで、『サン・ラー王のスカラベ』というのは、本当にあなたがお持ちなのですか」

伯爵は少しためらったが、

「そうだ、俺が持っている。俺のコレクションのなかでももっとも高価な品物だ」

「それは、イギリス、フランス、アメリカの三国で所有権が争われた、と聞いています。フランスの国庫に入れるお気持ちはありませんか」

「ないね。詳しくは言えんが、俺はきちんと筋を通して、あるルートから入手したんだ。あのスカラベは俺のものだ」

「歴史的価値を考えても、個人が蔵すべきではないと思いますが」

「もともとはエジプトのファラオのものだろう。それを発掘隊が奪いとったんだ。三国が権利を主張だと？　笑わせるな。とにかく今は俺のものだ。だれにも渡さん」

「もちろんルパンにも？」

「そうだ。新聞に報せなかったのも、好奇の目がスカラベに集まるのが嫌だったからだ。もっともルパンのやつが自分から報せてしまったがな」

「どちらに保管されているのですか。教えたくなければそれでもいいですが、警察として、保管状況を確認させていただき、安全かどうか確かめたいのです」

「スカラベは、絶対に安全な場所にある。見たいなら見せてやろう」

意外にも、伯爵は鷹揚《おうよう》にそう言った。

「絶対に安全というと、地下に大金庫でもあるのですか。それとも、まわりにからくり仕掛けをほどこした秘密の部屋でも？」

「そんなものはない。ほとんどの宝は、鋼鉄製の倉庫にしまってある。気に入ったものは展示室に飾ってあるが、ここも最新式の盗難防止装置をつけてある」

「ルパンはそんなものは……」

「まあ、聞きたまえ。しかし、スカラベはべつだ。あれは俺の命だ。もっと厳重な管理をしているのだよ」

伯爵はそう言っただけで、どこにも行こうとしなかった。私たちがいぶかしそうに見つめているのがわかったのか、彼は薄笑いを浮かべたまま、

「アルドンサ！」

そう叫んでから、指笛を吹いた。

ぴゅいいっ、という音が鳴るやいなや、茶褐色のなにかが、天井から猛烈な速さで飛来して、伯爵の肩にとまった。それは……一羽のミミズクだった。私がこれまでに見たもののなかでも格別に大きい。目玉はぎょろりとして、クチバシはナイフのように鋭い。左右にぴんと突き立った羽角《うかく》は鬼の角のようだった。そして……その左脚にはベルトがはめられ、その先にはスカラベの形をしたサファイアが取り付けられていた。

「俺の相棒、アルドンサだ」

伯爵はそう言うと、愛おしげにミミズクを見た。

「スカラベは彼女が守っている。だれにも盗めない」

「そんな馬鹿な」

私は思わず声を出していた。

「ミミズクなんて、ただの鳥じゃないですか。簡単に殺せるでしょう」

「はあ？　アルドンサがただの鳥だというのかね。――わかった。では試しに、彼女をこれで撃ってみたまえ」

伯爵は私ではなく、ガニマールにコルト社のリボルバー拳銃を手渡した。私も、射撃は刑事

のほうが慣れているだろうと思い、傍観することにした。

「さあ、アルドンサを撃ってみるがいい」

「ほんとうにいいのかね。その……死んでしまっても」

「かまわんよ。よく狙って撃ちたまえ」

　ガニマールは覚悟を決め、拳銃の銃口をミミズクに向けた。鳥は、大目玉でガニマールを注視したまま、動こうとしない。ガニマールが引き金をしぼった瞬間、ミミズクは伯爵の肩からふわりと舞い上がった。銃弾は壁に当たった。ガニマールはなおも二発目、三発目を放ったが、ミミズクは老刑事をあざわらうかのごとく左右にかわして、天井近くまで上昇したかと思うと、反転して、今度は目にもとまらぬスピードで床すれすれまで降り、超低空飛行でこちらに向かって飛んできた。私にも感じられるほどの凄まじい風圧だ。ガニマールは恐怖の表情で銃を連射するが、ミミズクはそれをかいくぐり、まったく速度をゆるめぬまま、ぐんぐん近づいてくる。そして、急上昇したかと思うと、ガニマールの首筋に、大人の拳ほどもある巨大な鉤爪《かぎづめ》をぶちこもうとした。その先端の尖り具合は、易々と肉に食い込み、気管を引きちぎり、骨を裂くだろうと思われた。

「アルドンサ、帰れ！」

　まさにぎりぎりのところで大ミミズクはふたたび反転し、伯爵の肩へと戻った。ガニマールは呆然《ぼうぜん》と立ちつくしている。私も、全身に冷や汗をかいていた。

「これで、アルドンサがただの鳥でないことがわかったろう」

伯爵は誇らしげに言った。

「なるほど……ミミズクの脚にスカラベを装着するとは考えましたな」

ガニマールが言うと、伯爵はミミズクの頭を撫でながら、

「ここがもっとも安全な保管場所なのだ。見たとおり、アルドンサは拳銃の弾よりも速く飛び、獲物に襲いかかる。防御しようと思っても無駄だ。俺の命令以外聞かぬからな。目の感度は人間の百倍以上だし、両眼が顔の正面に並んでいるので、獲物までの距離感のとらえ方が正確だ。耳は、右と左で微妙にずれていて、これもまた獲物が発する音を立体的に感知するうえで役立っているし、羽角のせいでわずかな音も聴きのがさない。夜目が利くので、暗がりでも飛行できるから、深夜の侵入者をも襲撃できる。また、風切り羽のまわりに綿毛が生えているので、飛ぶときにほとんど音がせず、獲物に突然襲いかかることができる。ミミズクは、人間などよりずっと優れたハンターなのだ」

「そのようですな」

ガニマールは顔をしかめた。

「アルドンサはとくべつに訓練をされたミミズクだ。鷹狩りに使うタカと同様、主人の指示に従うことや、ハンティングの特殊な技術などを叩き込まれたエキスパートなのだ。彼女は、ネズミやヘビはおろか、犬やキツネ、猿やイノシシなども屠《ほふ》ったことがある。たかのしれたこそ泥など、たちまち引き裂いてしまうさ」

伯爵が指をスナップさせると、ゾーントンが布袋に入れたなにかを捧げもってきた。伯爵は

それを受け取り、

「さあ、アルドンサ。ご褒美だ」

そう言いながら、袋の口を開けた。なかから飛び出したのは一匹の猫だった。猫は本能的に危険を察知したのか、猛烈な勢いで床を蹴って逃げようとした。居間から出たあたりで、伯爵が言った。

「行け！」

アルドンサはまっしぐらに飛び、つぎの瞬間、彼女の両脚の爪は、猫の横腹に深々と突き刺さっていた。猫は暴れ、もがいたが、巨大なミミズクのクチバシは、それらの抵抗をまったく無視して、腹部をえぐった。猫はすぐにおとなしくなった。私は吐き気を覚えたが、伯爵は目を細め、

「アルドンサは一日一度は猫を与えねば承知せんのだよ」

そして、我々に向き直ると、

「どうだね。警察の手など借りる必要がないことがこれでわかったろう。わが愛する『サン・ラー王のスカラベ』はわが愛するアルドンサが守護している。だれにも奪うことはできぬ」

ガニマールはため息をつき、

「そのようですな。納得がいきました」

「だから、ルパンの予告状が来ても、俺は安心しているというわけだ」

「では、失礼いたします。ただ……ご忠告しておきますが、ルパンはただものではありません。

なにか、尋常ではない方法を考えつくかもしれませんから、警戒はおさおさ怠りなきように」

「はっはっはっ……これ以上なにを警戒するというのだ。ルパンも神ではなかろうて」

「それはそうですが……」

「ゾーントン、ガニマール警部がお帰りだ。門のところまでお送りせよ」

ヒョウタン顔の男はうなずくと、我々の先に立って歩き出した。階段を下りて、一階の通路を歩いているとき、ゾーントンが安堵したように、

「あなたになにごともなくてよかった」

ガニマールが、

「どういう意味だね」

「このまえ来た美術商は、主人の癇《かん》に障ったらしく、アルドンサに襲われて大怪我をいたしました。こうしてご無事でこの城から帰っていただけるので、私もホッとしておるのでございます」

庭を通るとき、ヒヒやヒョウの姿が目についたが、あのミミズクを見たあとなので、怖ろしいという気持ちが微塵《みじん》も起こらなかった。それほどアルドンサの怖ろしさは際だっていたのだ。

「執事くん、あのミミズクは人間を殺したことがあるようだね」

ガニマールの問いに、ゾーントンは下を向いたまま、

「ときどき……金に目のくらんだ馬鹿な盗賊がやってまいります。そういうとき、主人は容赦しないのです。アルドンサに人間を襲わせることを愉《たの》しんでいるようにも思えます。アルドン

サは人間の肉の味を覚えてしまっています。ですから……怖いのです」

「………」

「盗賊の死骸は私が庭の隅に埋めるのです。伯爵にお仕えするのも並大抵の苦労ではありません」

「辞めてしまえばいいのに」

ゾーントンは激しくかぶりを振り、

「そんなことを言い出したら、主人の機嫌を損ね、私がアルドンサの餌食になってしまいます。伯爵には一生ついていくしかありません」

「あのミミズクにはなにか弱点はないのかな」

「そんなものはございません。ご覧になられたとおり、この世でいちばん強い悪魔の鳥です。雄牛でもライオンでも倒すでしょう」

「そうは言っても、弱点のない生物などいない。きみは長年、あの鳥の世話をしてきたのだろう。なにか知っているはずだ」

「もし知っていても、私が言うはずがありません。それに、主人はアルドンサの世話をけっして人任せにしません。餌も自分で吟味して与えるのです」

「ということはつまり、きみは生涯あの鳥の下僕というわけだ。かわいそうになあ」

ゾーントンはしばらくなにかを考えていたが、

「私が言ったとは、主人にはけっしておっしゃらぬように……」

「わかっている。なにか知っているのだね」

「ずいぶん以前に、机で書きものをしていた主人がなにげなくこう漏らしたことがございます。アルドンサは無敵だ。彼女を倒せるのはあれしかいない」

「あれ、とはなんだね」

「わかりません。ただ……主人が机から離れたあとで便箋《びんせん》を見ると、なにやら落書きがしてあったのです。それは……こう書かれていました。『mにはd』と」

「mにはd？　なんのことだろう」

「私にはわかりかねます。あ……このことは絶対に主人には……」

「わかっている」

ようやく門のところまで到着した。門を外しながら、ゾーントンは言った。

「もうこの城へいらっしゃらぬようお願いいたします」

しかし、ガニマールは、

「仕事だからね、また来ると思うよ」

ゾーントンは目を丸くして、

「命知らずなおかただ」

そうつぶやいた。

◇

　ガニマールとともに暗い森を通過し、反対側に出たとき、

「あの伯爵が、城の名前をアスカラポス城に改めた理由がやっとわかったよ」

　私は驚いて、ガニマールを見た。その声はさっきまでの低いしゃがれたものではなく、張りのある、やや高い声……ルパンのものだったからだ。

「ルパン……きみだったのか」

　ガニマール、いや、ルパンはつけ髭を取り、背筋をしゃんと伸ばした。それだけで、今の今までガニマール警部にしか思えなかったその人物が、アルセーヌ・ルパンへと変貌したのだ。いつもながら、信じられないほど巧みな変装だ。

「今日、城へ行く、と言っておいただろう」

「じゃあ本物のガニマールは？」

「まだ、警察の宿舎にいるだろうね。きみが宿屋をどこにしたか報告に来るのをじりじりして待っているだろう」

「どうして私が『聖女荘』に泊まるとわかっていたんだね」

「きみの嗜好は熟知している。わがはいは、きみ以上にきみのことを知っているのさ。主人公とその伝記作家は一心同体でなくてはならん。そうだろう？」

ルパンの変装技術は超一流だ。私は彼の伝記作家として、何十度となく彼に会っているが、そのたびに私のまえに現れるのは別の人物なのである。特殊なマスクをかぶったりするわけではなく、一種のパラフィンの皮下注射で顔を膨らませたり、薬品で皮膚の色を変えたり、湿疹やできものを作ったり、科学的に髭を生やしたり、髪の毛を伸ばしたり、声を変えたり、アトピリンを目に五滴ほど垂らしてどんよりさせたり……せいぜいその程度である。あとは、ちょっとしたメーキャップや服装を変えるだけなのだが、それなのにどうしてまったくの別人のように見えるのかというと、彼が「その人物になりきってしまう」からなのだ。しぐさや歩きかた、しゃべりかた、癖、表情、趣味、考えかた……などを対象となる人物そっくりにすることによって、つまり、外観よりも内面を合わせることで、その人物と一体化してしまうのだ。これは、優秀な俳優が、与えられた役の人物になりきってしまう方法と同様である。そうすることで、まるで体格や年齢、国籍、はては性別までも、まるで異なった人間になってしまう。変装というより、変身とでもいうべきか。

また、ルパンは何百種類もの声を出せるし、男女どちらの筆跡でも完璧に書ける。そして、話せない言語はないのではないか、と思われるほど、世界中の言葉に通じているし、俗語や方言も自由自在に操れる。

彼のすごいところは、変装したら、生まれつきその職業だったかのように、全身全霊をその人物に合致させてしまうことだ。たとえば、怪盗紳士としてふるまっているときは悪の権化であり、犯罪行為を屁とも思わない半道徳的な人間だが、探偵ジム・バーネットや特捜刑事ヴィクトール・オルタン、国家警察部長ルノルマンとしてふるまっているときは、悪を憎む正義の名探偵として心から国家に忠心を尽くしている。その他、私が覚えているだけでも、

- ●有名奇術師ディクソンの助手ロスタ
- ●聖ルイ病院の研究室で細菌学と皮膚病に関する大発見をしたロシア人
- ●パリで柔道を広めたスポーツ講師
- ●パリ大博覧会の自転車競技でグランプリと賞金を獲得した選手
- ●バザーの大火事のとき焼死しかけた人々を救った男
- ●スペインの闘牛士
- ●大喝采を浴びるテノール歌手
- ●競馬の胴元
- ●アルコール中毒の路上生活者、デジレ・ボードリュ
- ●代議士ギヨーム・ベルラ
- ●海洋画家オラース・ヴェルモン
- ●元フランス国家警察刑事で探偵グリモーダン
- ●建築家マクシーム・ベルモン
- ●私（ルブラン）の親友ジャン・ダスプリー
- ●新聞記者サルヴァトール
- ●旅行家エティエンヌ・ド・ヴォードレクス

●エギュイーユ城城主ルイ・ヴァルメラス
●ロシア貴族ポール・セルニーヌ大公
●スペインの大公爵でフランス外人部隊員ドン・ルイス・ペレンナ
●退役陸軍大尉ジャニオ
●保安部警部ドラングル
●ドルイド僧セジェナクス
●モーリタニア帝国初代皇帝アルセーヌ一世
●自動艇で世界一周をしたジャン・デンヌリ子爵
●ペリゴール地方の貴族ラウール・ダヴナック子爵
などになりすまして人々の目をあざむいてきたが、何度も同じ人物に変装するので、まるでその人物がルパンとはべつの人生を送っていて、それがたまに交錯するかのようだ。

「きみは、アスカラポスの伝説を知っているかね。知らない？　作家としては問題だぞ。アスカラポスは、ギリシャ神話に登場するペルセポネが約束を破ってザクロの実を食べたのを告げ口したために、デーメーテールの怒りを買い、不吉な鳥ミミズクに変身させられたのだ」

「物知りだな」

「わがはいはなんでも知っているよ。ギリシャ神話には素敵なエピソードがたくさんある。たとえば火を盗んだプロメテウスの話は盗賊の元祖として関心があるし、メドゥーサの首を武器として使うことで怪物を倒し、アンドロメダを救ったペルセウスの話、十二の試練を乗り越えた英雄ヘラクレスの話などはとくにお気に入りだね」

そう言ったあと、ルパンはしばらく無言になった。私は思いきって声をかけた。

「で……どうなんだ」

「なにがだね」

「その、スカラベを盗みだす算段はついたのか」

「それは……まだだ。ミミズクが守っているとは予想外だった。視力が人間の百倍、夜目も利くし、耳もよく、銃弾も通用しないとなれば、わがはいが準備していた計画はすべておじゃんだ。一から練り直さねばならん」

「吹き矢かなにかで眠らせてしまえば……」

「銃弾をよける鳥が吹き矢にやられると思うかね。餌に眠り薬を混ぜて与えても、あいつは相当頭がよさそうだ。そんな手には引っかからないだろう。もし、こちらの読みが外れたら、逃げる暇もなく、あの爪で引き裂かれてしまう。狭い城のなかで、空中を猛スピードで飛べる鳥と、よたよた走って逃げねばならん人間……勝負ははじめからついているも同然だ。――ああ、今回ばかりはしくじったかもしれん。自分の腕にうぬぼれて、五月末までに盗むなどと広言したのはまちがいだった。もっと相手のことを調べてから予告状を出すべきだった」

ルパンがこれほど弱音を吐くのはめずらしい、というか、はじめてではないだろうか。私は、かける言葉もなく、ただ彼の横を歩くしかなかった。

「あと二十日ほどしかない。そのあいだに、あの忌々《いまいま》しいミミズクの攻略法を考えねばならんが、もし、思いつかなかったら……」

「思いつかなかったら？」

「わがはいは引退する」

小声でそう言うと、あとはなにを話しかけても応えようとしなかった。ちらりとルパンの顔を見ると、眉間に皺を寄せ、苦渋《くじゅう》に満ちた表情でうつむいている。そろそろルーアンの市街地が見えてくる、というころ、

「アスカラポス城……アスカラポス……ギリシャ神話か……」

ルパンはぽつりとそう言った。私は、ルパンの落ち込みぶりを見ていられなくなって、話題を変えようとした。

「そういえばリビアでギリシャ彫刻と見まがうような少女像が発見された、という話があったね」

ルパンは、今になって私がそんな話を持ち出したのが理解できなかったようで、

「それがどうしたのだ」

冷淡にそう応えた。

「いや……どうということはないのだが、石像のモデルになった、ベンガジのクリュティエとかいう少女が行方不明になっているそうだ」

「――ベンガジのクリュティエだと？」

ルパンは右の眉毛をあげた。

「たしかそんな名前だったよ」

「まさかと思うが……」

「知り合いかね。——これを見たまえ」

私は背広の内ポケットにしまってあった新聞の切り抜きをルパンに示した。記事を読んだルパンの顔色が変わった。

「資産家の長女クリュティエ……まちがいない。彼女だ。だが、これはいったい……」

ルパンは食い入るように写真を見つめたあと、何度も記事の文章を読み返していたが、

「ルブラン、リビアに行こう」

「まさか、スカラベをあきらめて、少女像を盗みだすことに計画を変更するというんじゃないだろうね」

「わがはいがそんな人間だと思うかね」

顔をあげたルパンの表情はさっきとはうってかわって、なにごとかを思い詰めた凜々《りり》しいものに戻っていた。

◇

翌々日、私たちはベンガジにいた。フランスから船でギリシャに向かい、そこで一泊したあと、地中海を挟んだ対岸にあたるリビアへ渡ったのだ。ベンガジは、古代ギリシャ時代はヘス

ペリデスと呼ばれ、ギリシャの植民地キレナイカの中心都市として繁栄したが、二十年ほどまえリビアがイタリアによって占領されたため、現在はイタリア領となっている。サハラ砂漠が近くまで迫っているが、予想していたよりもずっと緑が多い土地柄だ。

街の中央にある高級な宿に泊まったが、値段は驚くほど安く、ふたりで一人前ほどの低価格だった。ルパンはかつてこのあたりに住んでいたことがあるらしく、土地勘があるようだった。私たちはさっそく周囲で聞き込みをしたが、例の少女像の発見は、地元ではたいへんなニュースになっていて、宿屋の女主人をはじめ、料理人や給仕、宿泊客までが口々にさまざまな情報を教えてくれた。

それらを総合すると、少女像が見つかったのはベンガジの東側にあるアフダル山地の中腹で、散歩させていた犬が獣道に入ったので、それを追いかけていた飼い主が、土中から突き出ていた腕を見つけ、死体だと思って警察に通報したのだ。警察が調べた結果、それは巧妙に造られた等身大の裸身彫刻であり、地元の資産家の長女でクリュティエという娘と酷似していることがわかった。クリュティエは十年以上まえに、山に山菜を採りにいくと言って出かけたまま失踪したという。しかも、石像が出土した周辺からは、ウサギやリスなどの実物大の石像も多数発見された。

「その少女像は今どこにある」

ルパンの問いに、宿泊客のひとりが答えた。

「あまりに見事なので、これは神の御業《みわざ》ではないか、ということになって、教会に飾られることになったんだよ。私も見にいったが、すばらしい出来映えだった。あんたもぜひ見物するといいよ」

ルパンは私を伴って、その教会へと出かけた。私はリビアの気候が身体にあわず、暑くて閉口したが、ルパンは気にならないようだった。というより、気温などどうでもいいと思えるほど、その少女像に執着しているのだ。目指す教会はすぐに見つかった。石像は展示されているわけではなく、蔵に保管されていた。教会長が我々に言った。

「とても人間業とは思えない技術で造られています。ただ……それが神の御業か、それとも悪魔の力によるものかがわからないので、展示をためらっています。それに、ギリシャ彫刻の伝統かもしれませんが、本来、羞恥《しゅうち》から隠すべき部分までも克明に刻まれています」

「拝見してもよろしいですか」

教会長は私たちを蔵へと誘《いざな》った。彼は、石像を覆っていた布を外した。私は自分の目を疑った。それはまさしく「人間」だった。生きた人間とのちがいは、ただそれが「肉」でできているか「石」でできているかの差だ。それほど、その石像は精巧に造られていた。指先の向き、胸や腹部の肉の歪み、臀部《でんぶ》のくぼみ、太ももの質感、ちょっとした皮膚の張り、唇の皺、筋肉、筋、血管、毛根……すべてが本物そっくりだった。腰の部分には、おそらく陰部を隠すためだろう、短い布をまとわせてあった。

「これほどとは思わなかった。すごいね、ルパン……」

そう言って、私が友人に顔を向けると、なんとルパンの目には涙がたまっていた。

「どうしたんだ……」

「これは……クリュティエだ。まちがいない。彼女だ……」

「きみはこの少女を知っているのか」

「十年ほどまえ、リビアに住んでいたとき、彼女と出会った。歳の差はあったが、我々はたちまち恋に落ちた。やがて私がこの土地を離れねばならない時が来た。いつかまた会える……そう信じていたが……」

「だれがこの石像を彫刻したと思うね」

「今からそれを調べにいくのだ」

ルパンは決然と教会を出ていった。私もあわててあとを追った。

◇

告白すると、そのあとのことを、じつは私はよく思い出せないのだ。

ベンガジのアフダル山地の山中で、私たちは五日ほど彷徨《ほうこう》した。宿には帰らず、ずっと野宿だった。砂漠地帯のこととて、雨には降られなかったが、身体には相当きつかった。ルパンはなにかを探しているようだったが、それがなんであるか私には教えてくれなかった。

「せめてヒントをくれないか」

半ば音《ね》を上げた私がそう言うと、

「ベンガジは、古代ギリシャ時代はヘスペリデスと呼ばれていた」

そう応えただけだった。

「早くフランスへ戻らないと、予告状の期限に間に合わなくなるぞ」

何度もそう忠告したのだが、ルパンはきかなかった。山道から外れて、林のなかに分け入り、山刀で枝を切り払いながら前進する。私たちの衣服は棘《とげ》のある灌木《かんぼく》によって破れ、身体は傷だらけになっていた。そして、とうとう彼は目指すものを発見した。それは、山道から遠く離れた森の奥にある洞窟のなかにあった。

洞窟の入り口付近には、ウサギやリス、イタチ、キツネといった小型哺乳類をはじめ、鳥やトカゲなどの石像もごろごろ転がっていた。ルパンはウサギの石像をつかみ、山刀で強く叩いた。腹部が割れた。ルパンはその割れ目を観察していたが、

「思ったとおりだ」

とつぶやき、洞窟の奥をすかし見た。

「どうやらここらしい」

ルパンは腰を屈め、内部に潜り込もうとした。彼は、私を振り返り、

「なかにあるものが、わがはいの想像どおりだとすると、たいへん危険だ。きみはここで待っていたまえ」

「いや、ここまで来たんだ。私も一緒に行くよ」

ルパンは真顔になり、

「きみは、クリュティエの石像をどう思う」

「すばらしい芸術家の作品だと思うよ」

「ちがう……。あれはクリュティエの肉体そのものなのだ」

「最高の芸術作品に魂が宿る、とか、そういう意味かね」

「そうじゃない。いかに写実主義の彫刻家でも、あそこまで真を写すことは不可能だ。クリュティエは、石になったのだ」

「――意味がわからん」

「ギリシャ神話に登場するメドゥーサを知っているかね」

「髪の毛がヘビになっている女の妖怪だろう。その目でにらまれたものは石になってしまうという……」

言いながら、私は「あっ」と思った。

「まさかきみは、ここにメドゥーサが棲《す》んでいて、クリュティエを石化させたとでもいうのかね」

「そのとおりだ。さっきのウサギは、内臓までも石になっていたよ。ただの彫刻なら、身体の内部まで本物そっくりに造る必要はない」

私はルパンの想像力に度肝を抜かれた。

「きみは、ルーアンですでにそれを予見していたのか」

「写真を見たときに、そんな気がした。だが、それが確信に変わったのは、ここへ来て、実際にクリュティエを見てからだ」

「私には信じられないよ。現代にそんな妖怪が存在するなんて……」

「メドゥーサは、ゴルゴン三姉妹の三女で、あとのふたりはステンノーとエウリュアレーだ。三人は『ヘスペリデスの園』の近くにある世界の果ての島に住んでいるという」

「ヘスペリデス……」

「『ヘスペリデスの園』の場所については諸説あるが、わがはいはここで石像が出土したと聞いて、自分の考えに自信を持ったのだ。きっとこの洞窟の奥に、メドゥーサがいる。わがはいは彼女を捕まえねばならない」

「やはり、ありえないよ、ルパン。メドゥーサはただの神話にすぎない。ペガサスやユニコーン、ケンタウロスなどと同じく、想像上の生物だよ」

「いや、ルブランくん……は……かならず……だと……だからきみは……でないと……」

なぜかルパンの言葉が途切れ途切れにしか聞こえない。

「……と思うよ……おそらく……そうすればわがはいは……」

そのあたりまではおぼろげに記憶があるのだが……。

ルパンが入手した「もの」があまりにショッキングだったのだろうか、私は衝撃のあまり、一時的な記憶喪失に陥ってしまったようだ。その証拠に、そんな夢うつつのような状態から私がはっとわれに返ったのは「聖女荘」のフロントだった。どうやってリビアからここに戻ってきたのか、ほとんど覚えていない。まったく半醒半睡だったのだ。

「あんた、いかがわしい稼業じゃなかろうね。うちは、真っ当な宿屋なんだ」

ガマガエルのような顔をした「聖女荘」の主が、不躾《ぶしつけ》な視線を私に注ぎながら吐き捨てるように言った。

「なんのことかね」

「連泊してるわりに姿を見かけん。幾日も続けてどこかへ出かけて、帰ってこない。妙なところへ出入りしてるんじゃないだろうね」

「妙なところ?」

「女郎屋や阿片窟《あへんくつ》、博打場、盗品の故買屋なんかに入り浸ってるなら、面倒はお断りだよ。出ていってもらおう」

「金は前金で渡してあるはずだ。どこに行こうと私の勝手だろう」

そう言って、私は地方新聞を取り上げ、一面を見た。そこにあった見出しに私の目は吸い寄せられた。

名探偵シャーロック・ホームズ氏来たる
ルーアンに、名探偵として世界的名声を博する英国のシャーロック・ホームズ氏が明々後日の午前中の列車で到着することがわかった。ホームズ氏は、怪盗紳士ことアルセーヌ・ルパンがジャン・ジュノアール伯爵所蔵の宝石「サン・ラー王のスカラベ」を今月中に盗みだすという犯行予告をしたことから、ルパン逮捕に協力するために来仏するという。ホームズ氏がルパンと対決するのは今回で四度目となる。

先日から同地に滞在しているパリ警察のガニマール警部によると、

「現在のところルパンの足取りはつかめていないが、我々は心配していない。ルパンはかならずこの手で逮捕する。英国人の探偵の力など必要ない。我々には、ルパンの変装を見破る新兵器があるのだ。ホームズ氏はおせっかいを焼かずに英国に戻り、自国の事件の解決をしておればよいのではないか」

とのことであった。

（ホームズが来るのか……）

あの大ミミズクに対抗する手段をルパンが獲得したかどうか、私には判断がつかなかった。それに、記事にあったガニマールの「新兵器」というのも気になった。ついにルパンはホームズの軍門にくだるのか。それとも長年の好敵手ガニマールに逮捕されてしまうのか。あの稀代《きたい》の大怪盗も年貢の納めどきなのか……。

（あと五日か……）

私は、壁に掛けられたカレンダーを見て、ため息をついた。

◇

リビアから戻ってからのルパンの消息はわからなかった。私自身が、はたしてルパンと一緒に帰国したのかどうかすら覚えていないのだ。ガニマールは、何度か「聖女荘」を訪ねてきて、ルパンの居場所を教えろと迫ったが、知らないと答えるしかなかった。本当に知らないのだ。

「ところでガニマールさん、新聞に載っていた『新兵器』というのはなんですか」

ガニマールは、よくぞきいてくれた、という顔をした。

「ポリグラフだ」

「ポリ……グラフ?」

「嘘発見器のことだ。知らんかね」

「聞いたことないですね」

「二十年ほどまえにアメリカで実用化された最新鋭の装置でね、パリ警察にも一台導入されたんだ。わしの進言でね」

「なんの役に立つんです」

「この機械にかかると、どんなに巧みに嘘をついてもすぐに見破っちまうんだ。だから、ルパンがいくら他人になりすましても、すぐにバレてしまう。どうだ、科学の勝利だろう。変装がうまい怪盗なんて、もう時代遅れなんだ。パリ万博を見ただろう。エレベーター、地下鉄、飛行機、電灯、自動電話、自動二輪、潜航艇、そして嘘発見器！　これからは科学、科学、科学だよ。ルパンが必死にメーキャップして変装しても、指紋を照合すれば、本人かどうか特定できてしまう」

「ルパンは、フランス警察に保管されている彼の指紋カードは全部でたらめだと言っていましたよ」

　私は冷ややかに言った。

「ふん！　ほざけ！　嘘発見器は鉄道ですでにルーアンの警察署に運び込んである」

「それに、ガニマールさん……ルパンの時代が終わるということは、あなたの時代も終わるということですよ。勘と努力と脅しで犯人を捕まえていたあなたたち古い刑事は、新時代の捜査法のまえにご用済みになるのではありませんか」

　ガニマールはぶすっとした顔つきで、

「ルブランくん。まずはきみから検査を受けてもらおう」

「私が、ですか？」

「そうだ。きみがルパンかもしれないからね」

「お断りです。なにもしていないのにどうしてそんな検査なんか……」

「犯罪を未然に防ぐために警察に協力するのは一般市民の義務だろう」

「じゃあ、明後日来るシャーロック・ホームズ氏も、検査の対象ですか」

「もちろんだ」

ガニマールは大まじめに言った。

◇

私は、ガニマールによって強引にルーアン警察署に連行された。はじめは抵抗したのだが、「検査を拒否するというのは、後ろ暗いところがあるからじゃないのかね」と言われて、あきらめた。狭くて暗い応接室に入れられ、白衣に着替えさせられたうえ、ソファに横たわって待つように指示された。ガニマールは出て行ったまま戻ってこない。嘘発見器というのがどんなものか知らないが、もし検査結果がまちがっていて、嘘つきだと認定されたらどうなるだろう。逮捕されて投獄されるのではないか。それだけでも心理的重圧を感じるのに、しばらくして戻ってきたガニマールが連れてきた初老の医師が、

「リラックスしてください。でないと、正しい結果が出ませんから」

陰気な声でそう言ったのを聞いただけで、動悸《どうき》が速くなるような気がした。アメリカ人だというその医師によって、私は呼吸、脈拍、血圧などを測定する器具を全身に取り付けられ、最後に手首と手のひらに皮膚電気を感知する電極をつけられた。それらから太いコードが伸び、部屋の隅に設置された大型の機械へと集約されている。私は、これらをパリから運んでくるのはさぞかしたいへんだったろうと思った。ガニマールの本気を感じたのだ。

「嘘発見器を発明したのは、アメリカのジョン・ラーソンという人物でしてね、人間は緊張す

ると皮膚が発汗し、その部分の電気抵抗が下がる。その変化を検知することによって、嘘をついているかどうかを判断するんです」

「汗をかくのは緊張したときだけじゃない。それだけで嘘をついていると決めつけるのは乱暴でしょう」

「ですから、呼吸、心拍数、血圧なども含め、複数の要素を計測するのです。だから、ポリグラフというのです」

医師は、私に何度もリラックスするように言ったが、そのたびに私の緊張度合いは増していくように思えた。医師は、メモを見ながら、ガニマールが用意したであろういくつかの個人的な質問をした。なかには、ルパンに関するかなりきわどい質問もあったが、私はできるだけ落ち着いて、真実のみを答えた。

「以上で質問は終わりです。おつかれさまでした」

三十分ほどして、医師がそう言ったとき、私は心底安堵した。

「で、どうなんだ」

ガニマールが性急にきいた。医師は、長大なカーボン記録紙をゆっくりと検証していたが、

「このかたは嘘をついてはいませんな」

「つまり、ルパンではない、ということか」

「モーリス・ルブランという人物、ご本人のようです」

ガニマールは舌打ちした。

◇

私は釈放された。ガニマールは、ルーアン警察の全署員と職員、それに彼がパリから連れてきた部下たちも嘘発見器にかけたらしいが、結果は全員シロだったそうだ。

「ルーアンの全住民と、よそからやってくる旅行者も全部調べないといけませんな」

私は、ガニマールに皮肉を投げつけると、「聖女荘」に戻り、ルパンからの指示を待ったが、彼からの接触はなかった。二日がたち、予告状の期限まであと二日となった日の朝、シャーロック・ホームズがルーアン駅に降り立った。市民は、世界的名探偵の登場に沸きに沸き、物見高い連中が駅前に群がった。私は、ホームズとは初対面であり、ルパンと彼が邂逅《かいこう》した物語を書いたときも、後日、ワトスンからその様子を聞いての執筆だった。人々が沿道に並び、握手を求めて手を差し出している光景を見て、私はホームズと並ぶ当代の天才であるルパンのことを思った。彼はこのように、公の場所での賞賛を浴びることはない。彼が棲むところは常に暗い、闇のなかであり、いくら胸のすくような活躍をしても、讃辞は陰でささやかれるだけだ。ホームズとルパン……まさに光と影である。ルパンがそんな扱いにあきたらなくなって、探偵ジム・バーネットや特捜刑事ヴィクトール・オルタン、国家警察部長ルノルマンなどになりすまして敏腕をふるいたくなる気持ちもわからぬではない……。

そんなことを思っていると、群衆を掻き分けるようにして現れたのはガニマールだった。彼は、ホームズの右腕をつかむと、なにやら声をかけている。ホームズは不快そうに応対しているが、なにを言っているのかは聞こえない。ガニマールは顔を真っ赤にして怒鳴り、ホームズもまた怒鳴り返している。どうやら、ホームズ本人かどうか確かめるために嘘発見器にかけるから警察に来い、いや行かない、と押し問答をしているらしい。群衆は、ガニマールに非難の声を浴びせているが、ついに警察側が押し切ったようで、ホームズは警官たちに取り囲まれ、連れて行かれてしまった。まるで容疑者のような扱いに、市民は暴動を起こしそうだったが、ルパン最大の好敵手を自認するガニマールとしては、ルパンを逮捕できるのはホームズだけ、という世間の認識自体が我慢ならないのだろう。

駅前に集まっていた人々は少しずつ解散していった。私もその場を離れようとしてポケットに何気なく手を入れたとき、なにかが指先に触れた。取り出してみると、それは一枚のメモだった。

今夜、アスカラポス城に参上する。
伯爵と警察にはすでに伝えてある。
きみも行くように。

私の手は震えた。ついに今夜、前代未聞の犯罪が決行されるのだ。私はメモをポケットに押し込むと、その場を離れた。

「聖女荘」に戻り、出前のチーズサンドイッチとビールで腹ごしらえしながら夜になるのを待ちかねていると、ガニマールがやってきた。

「おまえも知ってるだろう。今夜、ルパンが城に行く」

「そうらしいですね」

「じつは四六時中おまえの身辺を見張らせているのだが、ルパンが近づいた形跡はない。やつとはどうやって連絡を取り合っているんだ」

「駅前にホームズの到着を見にいったとき、ポケットにメモが入っていたのです。いつ入れられたのかはわかりません」

私はそう言いながら、さっきのメモを取り出して、ガニマールに見せた。ガニマールはそれにちらと目を走らせたが、なにも言わなかった。しかし……そのとき私はあることに気づいた。そして、あわててそのメモをポケットにねじこみ、

「ホームズを嘘発見器にかけたんですか」

「ああ。ルパンは過去にホームズにも化けているからな」

「で、どうだったんです」

ガニマールは顔をしかめ、

「本物だそうだ」

「あの機械はほんとうに信頼できるんですか」

「アメリカでは犯罪者の検挙におおいに貢献しているらしい。あの医者も、わざわざアメリカ

から呼び寄せたのだ。百パーセントとはいえないかもしれないが、かなりの高率で嘘をついているいるかどうか見破ることができるはずだが……」

ガニマールは、どうやらホームズがルパンであることを期待していたようだった。

彼が帰ったあと、なんとそのシャーロック・ホームズ本人が私をたずねて「聖女荘」にやってきた。彼はインバネス・コートに鹿撃ち帽というおなじみのスタイルで、大きな旅行鞄とステッキを持ち、パイプをくわえている。

「きみは、ルパンの友人で、ぼくとルパンの対決についての本を書いたひとだね」

「は、はい、作品中ではエルロック・ショルメという名前にしてありますが……」

「ぼくはそのルパンを逮捕するためにここに来たのだ。彼とは過去三回戦って、いずれもぼくの敗北に終わっている。今度こそ、やつを捕らえて、刑務所に送り込んでやるつもりだ」

「そうですか」

「ルパンはこれまで数限りない罪を重ねてきた。このあたりで贖罪《しょくざい》の機会を与えてやる必要がある。親友ならば、きみもぼくに協力すべきだ」

「彼はそんなことを望んでいないと思います」

「本当にそうかな?」

ホームズは意味ありげに笑うと、

「さあ、行くぞ」

「行くぞって、どこに?」

「もちろんアスカラポス城だ。どうせ我々は、途中でルパンと入れ替わられぬ用心に、ガニマールの部下にどこかから見張られているはずだ。ならば一緒に行くほうがいい」

夕暮れが闇に変わり、闇がその濃さを増すころ、私とホームズはアスカラポス城に着いた。門のまえには、ガニマールが立っていた。

「どうしたんです」

ホームズが声をかけると、ガニマールは苛立ちを隠そうともせず、

「伯爵が意固地にも、わしとホームズがそろってからでないと入城を許さんというのだ。だから、あんたが来るのをずっと待っていた」

「警官たちは？」

「もちろんできるかぎり動員をかけている。だが、伯爵は警官を城内に入れるな、というので、城のまわりに配置してある。もちろん、水も漏らさぬ警戒ぶりだ」

鐘を鳴らすと、例のヒョウタン顔のゾーントンが門を開けてくれた。

「まだ、なにごともないかね」

ガニマールがきくと、ゾーントンはうなずいて門をかけた。

「さあ、お二方、こちらへどうぞ。暗いので気をつけてくださいよ」

彼の先導で、広い庭を進む。暗がりのなか、猛獣たちの吠え声が高く、低く響く。ワニが水に入る、ざざざざ……という音。猿が木から木へと移るときに揺れる梢の音。地響きにも似た四足獣の足音。ホームズははじめてなので、なにかが接近する気配がするたびに、ステッキを

引き寄せて身構えている。

城に入り、二階へ上がると、居間のソファにジャン・ジュノアール伯爵が座っていた。ホームズが腰を折って挨拶すると、

「あんたが有名な探偵か。——本物だろうな」

ホームズはガニマールをちらりと見て、

「この警部さんが保証してくださるはずです。そうですな、ガニマールくん」

「嘘発見器によると……たしかにご本人です」

「そうかね。じつはこないだ、ルパンがこともあろうにこのガニマールくんに化けて侵入したものだから、ちょっと気になってきいてみたのだよ。はっはっはっはっはっはっ」

ガニマールは顔を真っ赤にしてうつむいた。伯爵はホームズに、

「ま、今夜はなにもせずにそこで見ておられるがいい。ようやくあのこそ泥との決着が着く。予告状が来てから今日まで、待ちくたびれたよ」

「油断は禁物です。ルパンは怖ろしいやつですぞ」

「俺にとってはただの盗人だ」

「聞いたところでは、伯爵はすばらしい番人を雇っておられるとか」

「アルドンサのことかね。そのとおりだ。世界一の手強い番人だよ」

伯爵が指笛を吹くと、間髪を容れず、隣の部屋から大ミミズクが滑空してきた。途端、部屋の空気が緊張をはらんだ。それぐらい恐怖心をあおる生物なのだ。最強の猛禽《もうきん》類は、一度ホー

ムズとガニマールの頭上をわざと旋回してから、伯爵の肩へととまった。伯爵が頭を撫でると、ミミズクは上下からまぶたを閉じ、心地よさそうにじっとしていた。その脚にはもちろん「サン・ラー王のスカラベ」が結びつけられていた。

「彼女がいるかぎり、こそ泥にはスカラベに指一本触れることはできまい」

「そのようですな」

ホームズも同意した。皆、食事は終えていたので、ビスケットと冷たい飲み物がふるまわれた。それらをつまみながら、我々は壁掛け時計の針をにらむようにして過ごしていたが、真夜中を過ぎるころ、伯爵は大きな欠伸《あくび》をして、

「俺は寝室に引き取らせてもらうよ。なあに、アルドンサは夜通し起きている。スカラベを盗むには、どうしてもアルドンサと対峙《たいじ》せざるをえない。だから我々はなにも心配することはない。もし、ルパンが捕まったら教えてくれたまえ。もっとも、捕まるといっても、生きた状態とは限らんだろうがな」

そう言うと、居間を出て行った。ホームズも、

「ぼくも仮眠しよう。ガニマールくんはどうするかね」

「わしは起きている。当然だろう。刑事の務めだ」

そうは言うものの、かなり眠そうである。

「そうかね。では、好きにしたまえ。よほど眠たくなったら、ぼくを起こしてくれ。交替してさしあげるから」

「気遣いは不要だ」

ホームズも大きく伸びをして、居間から出て行った。

◇

何時ぐらいだろうか。

おそらく午前三時近くだろう。

城のなかの明かりはほとんどが消されており、居間だけがぼんやりと明るかった。

私は眠っていた……いや、眠っていたのだろうと思う。なにか夢を見ていた。なんの夢かは覚えていない思い出せないわからない。ただ……悪夢だったことはまちがいない。そうだ……そうだ……女だ。美しい顔の少女……クリュティエだ。裸のクリュティエがそこに立って、私を抱きしめている。私は彼女に口づけしようとして……悲鳴をあげたのだ。そうだ悲鳴だ恐怖の悲鳴だ悲鳴だ。クリュティエの髪の毛は一本一本が太いヘビだった。何百何千何万というヘビがクリュティエの小さな頭部で蠢《うごめ》き、悶え、のたくり、鱗と鱗をじゃりじゃりとこすりあわせ、毒牙《どくが》を剝《む》く。そのすべてがクリュティエの頭皮から生えていた。メドゥーサだ。怖ろしいヘビ女だ。クリュティエは、いつのまにか石になっていた。私は泣き叫んだ。クリュティエ、クリュティエクリュティエクリュティエ。彼女の胸の上……小さく形のよい乳房と乳房のあいだに、一匹の虫がいた。それは、エジプトのタマオシコガネ……スカラベだ。古代エジプト人は、この甲虫《こうちゅう》が逆立ちして後ろ脚で糞玉を押す姿を、太陽の運行の象徴と考えたという。スカラベの周囲には、象形文字、いわゆるヒエログリフが無数に書かれているが、そのなかで「m」と「d」の文字だけが光に照らされたように浮かびあがっている。これは夢なんだ、と私にもわかっていた。夢は、古代ギリシャやヘブライでは占いに使われ、また、古代中国では、人間は夢のなかで複数の人生を生きると考えられていた。ということは、私がルブランではなく、ルパンやホームズとして生きている人生もあるかもしれない。狭い部屋で原稿の束と格闘するだけの一生よりも、怪盗紳士として美術館や王宮から財宝を盗みだし、新聞で喝采を浴びる一生のほうがどれだけ痛快かわからない。また、シャーロック・ホームズとしてスコットランド・ヤードの刑事たちがお手上げの事件を快刀乱麻のごとく解決して、世界中をあっと言わせる一生のほうがどれだけ充実しているかわからない。いつしか私はルパンとなって、アスカラポス城の暗い通路をネズミのようなすばしこさで横切っていた。すでに、庭の猛獣たちは毒入りの餌でお陀仏になっているはずだ。伯爵やガニマールも、睡眠薬を入れた飲み物のせいで熟睡していると思われる。ただ……あの大ミミズクには、そういった手口は通用しない。やつの頭の良さは人間以上なのだ。小手先のごまかしはすぐに見破ってしまうだろう。そのために、この鞄の底に潜めた「もの」を苦労して入手したのだ。mにはd、mにはd、mにはd……。

居間に着いた。案の定、あれだけ「起きている」と言い張っていたガニマールも、椅子のうえでだらしなく口をあけて眠っている。ほかに人影はない。私は居間を抜け、影から影へと伝うようにして、隣室の止まり木にいる大ミミズク、アルドンサに迫った。おかしい……どうして私はこんなルパンまがいのことをしようとしているのか。夢の続きを見ているのか。いや……そうではない。アルドンサは、たちまち私の接近を覚《さと》り、目を開けた。なにものをも寄せつけぬその眼力に一瞬たじたじとなったが、私はそのままミミズクに向かって走った。手を伸ばす。指先がスカラベに触れるか触れないか、というとき、ミミズクは巨大な羽を左右に広げ、ぶわっと飛びたった。瞬間、ミミズクの姿が三倍ほどに膨らんだように感じられた。天井すれすれまで舞い上がったアルドンサは、ギャアッ、と鋭い叫びをあげながら、猛烈な勢いで私目がけて急降下してきた。クチバシが鈍く光り、私はかろうじて身体を前傾させてかわしたが、肩と背中に痛みが走った。ミミズクは風音を立てて再度上昇した。私はピストルを取りだし、数発撃ったが、アルドンサには当たらない。大ミミズクは空中でくるりと反転し、スピードをどんどん速めつつ、鋭い鉤爪をこちらに向けた。このままではあの爪が私の顔面を突き破るだろう。思い切り上体を反らして凄まじい攻撃をやり過ごした……つもりだったが、アルドンサの爪は私の服を紙のように引き裂いた。肋骨《ろっこつ》に激痛を感じる。折れたかもしれないが、確かめている暇はない。ミミズクは何度も何度もしつこく脚で私の眼球をえぐろうとする。私は床を転がりながら、体勢を立て直し、ミミズク目がけてナイフを数本投げつけた。ミミズクは体をひねったが、羽毛が数枚ちぎれて飛んだ。ミミズクは大きく羽ばたいて宙でホバリングし、私はその隙に居間へと逃げのびた。アルドンサは滝が落下するごとく床すれすれまで垂直に降下し、そこから地を這うように追ってくる。しかも私との距離をぐいぐい縮めてくるではないか。居間には、物音を聞きつけて起き出してきたらしいジュノアール伯爵とゾーントン、そして、目を覚ましたガニマールがいた。伯爵の顔に浮かぶ酷薄そうな笑みを見て、私のなかの炎が燃え上がった。

私は、体力にものを言わせて、床から壁へと跳躍した。そして、半回転してアルドンサと正面から向かい合うと、旅行鞄を開けた。

「早く逃げろ！　八つ裂きにされちまうぞ」

ガニマールが叫んだが、私は逃げなかった。鞄のなかから、太い縄のようなものがまろび出た。それはすばやい動作でくねくねと床を走り、ミミズクに向かって進んでいった。それは……三メートルはあろうかという巨大なヘビ……コブラだった。じゃりじゃりと鱗の音を立てる化け物じみた怪蛇に、アルドンサは一瞬静止してためらいを示した。

「なにをしている、アルドンサ。ヘビはおまえの大好物ではないか。食ってしまえ！」

伯爵の叫びに、アルドンサは攻撃目標を私からそのヘビへと変更した。そう……ミミズクやフクロウはヘビを捕食するのだ。大ミミズクと大蛇の戦いがはじまった。コブラは頸部を左右に広げ、シュウウ……シュウウ……という噴気音を発しながら、もたげた鎌首を前後に揺すって威嚇《いかく》する。アルドンサは天井まで舞い上がると、大口を開け牙を剝いているコブラ目がけて一直線に飛びかかった。コブラはじっとして動かない。

「やった！」

伯爵が勝ち誇った声をあげたとき、コブラの毒牙から、水流のようなものが噴射され、アルドンサの顔面を直撃した。大ミミズクは悲鳴じみた鳴き声を立てると、きりっ、きりっと空中で二、三度回転したあと、急にどすっと墜落した。床に激突したミミズクの身体は、木っ端微《み》塵《じん》に四散した。ミミズクは、石になっていたのだ。私は、バラバラになった猛禽類の身体から、脚の部分を探した。あった……！　私は「サン・ラー王のスカラベ」を抜き取り、ポケットにしまった。

「アルドンサ……アルドンサ！」

悲痛な叫びとともに伯爵はミミズクの死骸に駆け寄ろうとした。

「危ない！」

コブラが伯爵に襲いかかろうとしたので、ゾーントンがそれをかばおうと身を投げ出した。

「うぎゃああっ」

コブラはゾーントンの足首を激しく嚙んだ。ゾーントンは硬直し、我々の見ているまえで全身の皮膚が灰色に変色していった。しまいには顔面がこわばって、

「だ……んな……さま……」

そう言い終わったとき、身体が横に傾き、床に倒れこんだ。頭部と両腕が、もろい石膏像のように折れて転がった。私はピストルで、コブラの頭部を撃ち砕いた。

「アルドンサ……アルドンサ、おおお、俺のアルドンサ……！」

石になった死骸の小片を搔き集めて、伯爵は泣き叫んでいる。だが、ゾーントンには一言も声をかけなかった。もうこの城には用はない。立ち去ろうとした私に、ガニマールが言った。

「ホームズ……ルパン。貴様、またしてもホームズに化けていたのか」

ホームズ？　私はルブランではなかったのか。私は自分自身の姿を見た。インバネス・コートに鹿撃ち帽……たしかにホームズのスタイルだ。どこで勘違いしたのだろうか……。

「ルパン、このヘビはいったいなんだ」

「リビアのベンガジにあるアフダル山でわがはいが発見した新種のドクハキコブラだよ。ある種のコブラの毒には、生物を一瞬にして石化する作用があるのだ。わがはいは、最初にあのミミズクを見たとき、まともなやりかたでは勝てないと覚った。ピストルの弾《たま》もかわすほどの速度で宙を飛ぶ生物の動きをとめることは不可能だ。しかし、そうしないと宝石は手に入らない」

「そのとおりだ」

「そこでわがはいの脳裏をよぎったのは、メドゥーサの顔面を見せることによって怪物ケートスを石化させ、倒したというギリシャ神話の英雄ペルセウスのエピソードだ。アルドンサにメドゥーサの首を見せれば、さしもの怪鳥も石になってしまう。わがはいが求めるサファイアは、もともと石なのだからなんの影響もないはずだ」

「この世には妖怪メドゥーサなどいないぞ」

「常人ならそこで思考がとまる。しかし、それに代わるなにかがあるのではないか、もともとメドゥーサのエピソードにはなにか根拠があるのではないか……そして、もしかすると生物を石化させるようなコブラが存在し、その恐怖心が頭髪がすべてヘビである妖女のイメージを作りあげたのではないか……と考えたのがわがはいのえらいところだよ」

私は、く、く、と笑い、

「白状すると、ゾーントンが教えてくれた、伯爵の『mにはd』という言葉がヒントになったのだがね。古代エジプトのヒエログリフにおけるミミズクは、エジプト学の表記では『m』となり、コブラは『d』となる。ミミズクにはコブラ……伯爵は、アルドンサの弱点を知っていたのだ。わがはいがかつて愛した娘クリュティエの石化した像の記事も、その考えを補強してくれた。クリュティエの石像が見つかったのが、メドゥーサ伝説のあるベンガジ＝ヘスペリデスだったことから確信を持ち、わがはいはリビアへ飛んだ。そこで捕獲したのが、このドクハキコブラだったのだ」

ガニマールは感心したように唸ったあと、

「最後にもうひとつききたい。本物のホームズはどこだ」

「さあて……わがはいには答えられんね。イギリスの田舎で蜜蜂でも育てているだろうよ」

「ならば、ルーアンに来たホームズははじめから貴様だったのか」

「そのとおりだ。ホームズがフランスに来るという新聞記事を出したのもわがはいだよ」

「じゃあ……どうして嘘発見器は貴様の変装だと見破れなかったのだ」

「ふふふ……それはわがはいが教えてほしい。わがはいにもわからんのだ。なぜなら……わがはいはシャーロック・ホームズでもあるからだ」

「どういうことだ」

「わがはいは、怪盗アルセーヌ・ルパンでもあるし、小説家モーリス・ルブランでもある。探偵ジム・バーネットでもあるし、スペイン貴族ドン・ルイス・ペレンナでもある。モーリタニア王国の皇帝アルセーヌ一世でもあるし、パリ警視庁の刑事ヴィクトール・オルタンでもある。ルノルマン国家警察部長でもあるし、名探偵シャーロック・ホームズでもあるというわけだ」

「それは全部、貴様の偽名だろう」

「そうとはいえんのだ。説明してもわかってもらえないと思うが、わがはいはルパンであるときはルパンとしての人生を生きているし、ジム・バーネットであるときはジム・バーネットとしての人生を生きている。変装しているというより、まったくべつの人格になってしまうのだ。わがはいのなかには、ルパンをはじめ、探偵、貴族、冒険家、路上生活者、スポーツマン、皇帝、画家、医師、奇術師、旅行家……おそらく五十を超える数の人格が詰まっている。それぞれの人格が、いつ発動するかは自分でもわからないが、その人間になっているときは、探偵なら探偵として、盗賊なら盗賊として考え、行動する。たとえば、スペイン貴族の人格が現れているときは、スペイン語はペラペラだが、普段はそうではない。建築家の人格になっているときは、楽々と設計図面を書けるが、それ以外のときには困難だ。テノール歌手の人格が浮かび上がっているときは大観衆を総立ちにさせるほどの歌声だが、いつもは音痴に等しい男だ。探偵であるときは悪を憎んでいるが、盗賊であるときは正義を憎んでいる」

「信じられないね……」

「ときには、ふたつ以上の人格が同時に発動して、たがいに会話することすらある。ルブランというのは比較的よく出現するので、ほかの人格とからむことが多いのさ。実際には、ひとつの肉体上でふたつの人格が対話しているのだ」

「…………」

「そんな多くの人格のなかにシャーロック・ホームズの人格も存在する。さっきはそれが発動していたまでだ」

「じゃあ、まさか、おまえはこれまで三度ほどホームズと対決しているが、あれは……」

「もちろんわがはいがひとりでやっているのだ。他人が見たら、腹話術をしているか、頭がおかしい人物のように見えるだろう。本物のホームズと会ったことは一度もないよ。いや……そもそも本物のシャーロック・ホームズなど存在しているのだろうか」

「なにをわけのわからんことを言ってるのだ。ルパン……貴様はアルセーヌ・ルパンだ。それ以外の人間ではない。さあ、『サン・ラー王のスカラベ』を返して、おとなしく逮捕されるのだ」

「嫌だね」

ガニマールが突進してきた。わがはいはピストルで彼の左の太ももを撃った。命にかかわるような怪我ではないから、怪盗紳士のふるまいとしては許される範囲だろう。脚を押さえてうずくまったガニマールに、

「さらばだ」

そう言い捨てると、わがはいは城の階段を駆け下りた。

「うまくいったな。これで明日の新聞の見出しは決まりだ」

わがはいがそう言うと、

「私もさっそくプロットを練るよ。すぐに書き始めないと、締め切りに間に合わない」

私もそう言った。

「では、パリに戻ろう」

「一緒にね」

わがはいと私は同時に言うと、城の庭に出た。猛獣たちは、毒餌で死んでいるはずだし、城を取り巻いている警官たちも、ホームズがルパンだとは知らないから、我々の障害となるものはなにもない。わがはいと私は手をたずさえて、庭を突っ切った。そろそろ夜が明けかけていた……。

〈附記〉

ここまでお読みになった読者は、従来「変装の名人」と呼ばれていた怪盗ルパンの真実がどういうものであったかおわかりになったと思う。彼は、多重人格者だったのだ。ルパンが、怪盗と探偵という相反するふたつの人格を同時に持っていたとすれば、そのあたりの謎はすべて解ける。また、ルパン＝モーリス・ルブラン＝南洋一郎だったとすると、日本におけるルパン譚の紹介のされかたの特殊性も納得がいく。ルパン＝シャーロック・ホームズだとすると、ドイルが許可していないにもかかわらず、ルパン対ホームズという対決が三度も行われたという事情も理解できる。もしかすると『緋色《ひいろ》の研究』にはじまる、ワトスン博士が記録したホームズの冒険譚も、すべてルパンがやったことかもしれない。ホームズはたびたび失踪しているからだ。

この原稿の冒頭、下宿の一室で原稿を書いていたルブランのところにルパンが突然出現し、また、消え失せるという場面があるが、ルブラン＝ルパンであって、すべてはルブランの心のなかで行われた会話だとすると、謎が解ける。ガニマールが駆けつけたとき、ルパンがいなかったのは、もともとルブランしかいなかったからだ。

その後、ルパンがルブランの宿泊先を事前に知っていたり、ルパンのメモが突然出現するのも、自分でやっていることだからあたりまえである。最初にアスカラポス城に行ったのは、ガニマールに変装したルパン（＝ルブラン）ひとりだけだし、リビアに行ったのもひとりだ。いずれもひとりの人間が頭のなかでふたりぶんの会話をしているだけなのだ（口に出して会話している可能性もある）。洞窟での体験のショックからか、ルブランは少し混乱をきたしたようだ。ホームズのルーアン駅到着を見に行った、という部分も、ホームズに変装したルパンが、ルブランという実際にはそこにはいない第三者が群衆のなかから自分を見ている、という妄想を作りあげて、そのルブラン視点でホームズである自分を客観視したような、逆転したいびつな記述をしているのだろうと考えられる。

嘘発見器にかかったときは、ホームズも、ルブランも、それぞれの人格が発現していたため、当人が自分をそうだと信じ込んでいるわけだから、緊張状態は発生しなかった。つまり、嘘発見器では見破れないのだ。

また、この原稿が書かれたのは、ルパンがほとんどの冒険を終えた時期と考えられ、作品でいうと『アルセーヌ・ルパンの数十億フラン（ルパン最後の事件）』よりあとで、先日発見された『ルパン、最後の恋』より若干早い時代の記録であろう。そのころ、モーリス・ルブランは六十歳前後であって、この原稿にあるような「若手作家」ではなく、押しも押されぬ大作家であり、仕事がなく、出版社に泣きつくようなことは考えられない。ルパンのなかのひとつの人格としてのルブランは、歳をとらないのだろう。

また、噂話の域を出ないが、ルブランの晩年について興味深い情報がある。第二次大戦の影

響で、フランス南部のホテル住まいをしていた彼は、没する数週間まえ、地元警察に、

「私の周囲にアルセーヌ・ルパンが夜な夜な出没する」

と届け出をしたらしい。ルブランは、ルパンを怖れて、眠るときにベッドサイドに武器を隠しておくなどして、精神状態が普通ではないと言われていたともいう。この行動は、もしかするとルパン＝ルブランという説を裏付ける証拠のひとつと考えられないだろうか。彼は、自分のなかに住むルパン、あるいはルパンのなかに住む自分の再出現に怯えていたのかもしれない。

　以上が、精神科医である私による分析であるが、それがアルセーヌ・ルパンをめぐる謎の真相であるかどうかは、読者諸氏個々の判断にお任せしたい。

あとがき

「『スマトラの大ネズミ』事件」

もともとホームズにさほど詳しくない私だが、シャーロック・ホームズのパスティーシュを書くのがこんなにたいへんだとは思わなかった。執筆中はつねに聖典ぜんぶと各種ホームズ事典をかたわらに置き、一行書いては調べ、また一行書いては調べ……という状態でまったく進まない。なにしろホームズになにか一言しゃべらせようと思っても、聖典のどこかにそれに反したセリフや行動が載っていたらその一言は書けないわけだ。しかも時代背景がヴィクトリア朝なので、外国を舞台にした時代劇を書くようなものだ。なんということをはじめてしまったのかと途中で後悔したが時すでに遅し。結局通常の三倍ぐらいの時間をかけて書き上げたのだが、発表当時はあまり評判にもならずかなり落胆した。あと、イギリスの王室の歴史的な部分は嘘が混じっていますがご容赦を。

「忠臣蔵の密室」

ディクスン・カーに捧げるアンソロジーを出すからなにか書けといわれて書いた作品。忠臣蔵というのは、老若男女日本人ならだれもが「そこそこ」知っているはずのネタだが、我々の頭にある忠臣蔵は、史実、歌舞伎、講談、浪曲、映画、テレビドラマ、小説……などから得た知識がごちゃ混ぜになっている。本作品も、そのあたりの混沌とした情報のカオスを楽しんでいただければと思う。この小説を書いたときに集めまくった資料のおかげで、このあと『チュウは忠臣蔵のチュウ』『元禄百妖箱』という二冊の長編を書き、旭堂南湖《きょくどうなんこ》さんに新作忠臣蔵講談三作を提供することができた。そういうきっかけになった作品です。

「名探偵ヒトラー」

ヒトラーの発言を書き留めた『ヒトラーのテーブル・トーク』という本を読んでいるとき、彼があの『バスカヴィル家の犬』についてコメントしていることを知った。時代的にはおかしくないのだが、独裁者ヒトラーと正義漢シャーロック・ホームズがなかなかつながらない。そのあたりの違和感を書きたかった。ヒトラーについて調べれば調べるほど、ほんまにろくでもない、史上最低最悪のおっさんだったと再認識したが、その最低最悪ぶりはそのままに描いた。じつは、ヒトラーが探偵する、という設定だけはずっとあったのだが、担当編集者に「もう締め切りですよ」と突然言われて、あわてて見切り発車で書いたので、私自身にもまさかこんなストーリーになるとは思わなかった……という自分でも驚いている作品です。

「八雲が来た理由《わけ》」

小泉八雲を主人公にした連作を書くという話があって、そのために松江まで取材に行ったのは、「銀河帝国の弘法も筆の誤り」で星雲賞をもらったときだから、今から、えーと……とにかくかなりまえだ。八雲ゆかりの史跡を巡り、記念館に行って八雲愛用のダンベルなどを見た記憶があるが、その後、連作の仕事は、私がぐずぐずしているうちに立ち消えになってしまい（よくあることですが）、その後は、書きたいなあ書きたいなあと言いつつ資料だけが増えていく……という状況が続いた。ほんとは連作形式で書きたかったのだが、同趣向の作品がなんやかんやと出てきたこともあって、一発物の中編にした。やっと資料（本棚ひとつ分ぐらいありますねん）が役に立った。よかったよかった。なお、本作中の出雲《いずも》弁のリライトは、友人でサックス奏者の樋野展子《ひのてんこ》さんにお願いしました。

「mとd」
ルパンのパスティーシュだが、本家ルブランのものの、というより、日本で人口に膾炙《かいしゃ》している南洋一郎さん版ルパンのパスティーシュという体裁になっている。「ミステリーズ！」に載ったときは『ルパン最後の事件（アルセーヌ・ルパンの数十億）』が最終作だったのに、こうして本になる直前にタイミング悪く（？）『ルパン最後の恋』という本当の最終作が発見・翻訳されてしまったために、私はえらい目にあったが、まあ世の中そんなもんである。もちろん、ここに（名前のみ）登場する南洋一郎さんは現実のあの人物ではなく、架空の存在であることは言うまでもありません。

というわけで、世界の偉人・架空の有名人を主人公にした探偵小説の連作をようやく一冊にまとめることができた。こういうものの常として、本連作は、実在の人物・団体・歴史とは一切関係なく、すべて著者の創作であることをお断りしておきます。

また、作品ごとに使用した資料が多岐にわたっており、そのすべてを列挙することができないため、今回は割愛させていただくことをお許し願いたい。それら資料の著者・出版社には多大な感謝をしております。ありがとうございました。

解説

北原尚彦

ＳＦに、ホラーに、ミステリに、落語に、ジャズに、駄洒落にと、縦横無尽に活躍する田中啓文。しかもどれも、一筋縄ではいかない。場合によってはそれらの要素が混ざり合っていたりする。――本書は、そんな作者による連作ミステリ短篇集である。連作と言っても、探偵が共通しているわけではない（最初の探偵は三作目では架空の存在だし、最後の作品では……）。下手をすると、世界観が全く異なる（と言うか、毎回変わる）。ではどう連作なのかというと、「テーマ」が共通しているのである。それは「著名人が探偵役を務める」ということ。

共通するテーマだが、より厳密には二種類に大別される。まずは「架空の著名人」が探偵役を務めるもの。「「スマトラの大ネズミ」事件」と「ｍとｄ」がそれに当たり、シャーロック・ホームズとアルセーヌ・ルパンが登場する。つまりこれらは〝パスティーシュ〟の一種となる。その実例をこと細かに挙げているとそれだけで解説が終わってしまうので各人一例ずつにすると、ジューン・トムスン『シャーロック・ホームズの秘密ファイル』や、ボワロー＝ナルスジャック『アルセーヌ・ルパンの第二の顔』などである。

様々な探偵をパスティーシュにした連作集、ということではトーマ・ナルスジャック『贋作展覧会』が有名だろう。これはエラリー・クイーン、ファイロ・ヴァンス、メグレ警視、ネロ・ウルフらがそれぞれ主役を務める短篇集だ（原著は二十一篇なのに邦訳は七篇とたった三分の一なので、東京創元社さんで完全版出して欲し……いや、それは別な話だ）。

そしてもう一方が「実在の著名人」が登場するもの。「忠臣蔵の密室」「名探偵ヒトラー」「八雲が来た理由《わけ》」がそれに相当する。もちろん、ミステリなのでただ登場するだけでなく、探偵役を務めるのだ。同様の設定の短篇集としては、シオドー・マシスン『名探偵群像』が代表的だ。アレクサンダー大王、レオナルド・ダ・ヴィンチ、リヴィングストン、フローレンス・ナイチンゲールらが事件を解決する、という代物。更には、実在の著名人を探偵役にした長篇、もしくはひとりの著名人を扱った連作短篇集となると、大量に存在する。

以上の二パターンを足したのが、本書ということになる。パスティーシュは厳密には、原作者の筆致を真似て書くものだが、そこは田中啓文だけあって、独自のテイストが混ぜ込まれている。つまり、（『贋作展覧会』＋『名探偵群像』）×田中啓文テイスト＝『シャーロック・ホームズたちの冒険』なのである。

「単行本版あとがき」にもあるが、このシリーズの各篇の執筆に当たって、作者は綿密な調査を行っている。シャーロック・ホームズの原作は全部で九冊しかないからまだいいが（それでも苦労したとボヤいておられる）、アルセーヌ・ルパンの場合はさぞかし大変だったことだろう。何せ、あちらは二十冊以上。しかも近年一冊増えた（『ルパン最後の恋』）。

また、実在の著名人の方は、残っている記録や伝記の類と、極力齟齬《そご》を来さないようにしなければならないわけで（判明している事実に反する行動を取らせては興ざめだ）、さながらパズルを解くように書かねばならなかったことだろう。そういった苦労の末に書かれただけあって、あたかも「もしかしたらそんなこともあったかもしれない」という作品に仕上がっている。

それでは、各篇について触れていこう。

【「スマトラの大ネズミ」事件】

そもそも「スマトラの大ネズミ」とは、コナン・ドイルの「サセックスの吸血鬼」（『シャーロック・ホームズの事件簿』所収）にて、シャーロック・ホームズによって言及はされるものの詳しくは語られない、つまりいわゆる「語られざる事件」のひとつである（マティルダ・ブリッグズ号という船と関係があることだけは述べられている）。「語られざる事件」は、パスティーシュの素材とされることが非常に多い。そのため、ネタかぶりはよくあること。この事件に関しても、ジューン・トムスン「スマトラの大鼠」（『シャーロック・ホームズのクロニクル』所収）、テッド・リカーディ「スマトラの大ネズミ」（『シャーロック・ホームズ　東洋の冒険』所収）、ジョン・T・レスクワ「スマトラの大ネズミ」（『ミステリマガジン』一九九九年十月号掲載）など、邦訳されているものだけで幾つもある。未訳のものだと、長篇でさえ複数存在する。新谷かおるのコミック『クリスティ・ハイテンション』七巻でも、この事件を扱っている。なので、本作は決して「パクリ」とか「真似」とかではないのである。

しかし作者は、ラストで明かされる「シャーロック・ホームズに関する真相」については非常に気にしており、発表前にわたしは「こんなの、前例ありますかね？」と問い合わせを頂いた。考えた末、わたしは「北原尚彦というシャーロッキアンが、アマチュア時代に書いているけれども、媒体は同人誌だし、ショートショートだし、気にしなくてよいです」と返答した。なので、読者諸兄も全くお気になさらず。

本作の初出は『ゴースト・ハンターズ』というホラー・アンソロジー。わたしが『日本版シャーロック・ホームズの災難』という、日本人作家によるホームズ・パロディ／パスティーシュのアンソロジーを編んだ際にも本作の収録を検討したが、短篇というより中篇のボリュームがあるため、ページ数の関係で残念ながら断念した。そのため、田中氏にお会いした際にはお詫び申し上げた覚えがある。だがその後、ミステリー文学資料館編のアンソロジー『シャーロック・ホームズに愛をこめて』にめでたく再録されることとなり、大いに安堵した。同書にはわたしのショートショートも再録され、やはり田中氏にお会いした際にはお詫び申し上げた覚えがある。何故かというとこの際の印税がページ数単位ではなく作品単位だったため、わたしは十分の一の枚数で田中氏と同額の印税を（以下略）。


【忠臣蔵の密室】

鶴屋《つるや》南北《なんぼく》『東海道四谷怪談』は『忠臣蔵』の裏で展開されていた怪談、という設定の外伝的作品だが、本作は『忠臣蔵』の裏で展開されていた密室ミステリ、というとんでもない設定の作品。

日本の家屋は、密室殺人には向いていない。西洋の建物と違い、確固たる密室になりにくいからだ。だが作者が四十七士の討ち入りの日が雪だったことに着目し、忠臣蔵を〝雪密室〟ミステリに仕立て上げたのは、見事な発想である。

しかも、探偵役を務めるりく（大石内蔵助《おおいしくらのすけ》の妻）は、現場へ行くことができない。与えられた情報だけから真相を読み解くのであり、つまりこれはアームチェア・ディテクティヴ物でもあるのだ。

しかし本作を、ジョン・ディクスン・カーのトリビュート・アンソロジーに書くとは。この原稿を受け取った時、アンソロジー編者はさぞかし困惑したことであろう。そしてラストの駄洒落。物凄い真相が明らかになり、ある種感動的ですらあるのに、この駄洒落。――田中啓文という作家は「駄洒落という名の病」に取り憑かれ、もう決して治らない人なので、諦めて頂きたい。

きっと本書のここまでの作品の並びも「大ネズミ」→（チュウ）→「忠臣蔵」という駄洒落に違いない。そうに決まっている（その後は思いつきませんでした、すみません）。


【名探偵ヒトラー】

ヒトラーがシャーロッキアンで探偵として事件を解決する、という大胆な設定。しかもワトスン役を（相棒としても、記録係としても）務めるのは、ナチスの大物マルティン・ボルマン。ヒトラーがボルマンに向かって「初歩だよ、ワトスンくん」と言ったり、「踊る人形」や〝ベイカー街イレギュラーズ〟に言及したりするのだ。それゆえ本作はホームズ・パスティーシュではないけれども「シャーロッキアン小説」のひとつだとは言えそうだ。

ヒトラーが捜査するのは、大胆にも彼の部屋で発生した盗難事件。しかも盗まれたのは、かの〝ロンギヌスの槍〟だ。この名前は、『新世紀エヴァンゲリオン』のおかげでかなり知れ渡っているものと思う（名前が同じだけでその実体は全く別物だが。……って、同じだったら色々タイヘンだ）。

東京創元社を訪問した際に仄聞《そくぶん》したところによると、本書の単行本版、企画段階での仮題は「収録作のひとつをタイトルにする」パターンに則り『名探偵ヒトラー（仮）』だったのだという。それはそれで、話題になった気がする。ティムール・ヴェルメシュ『帰ってきたヒトラー』が大売れし、映画も大ヒットしたぐらいなのだから。もちろん、シャーロッキアン的にはタイトルに〝シャーロック・ホームズ〟と入っている方が嬉しいのだけれど。

【八雲が来た理由】

ラフカディオ・ハーン（ヘルン）こと、小泉八雲《こいずみやくも》が主人公にして探偵。島根時代が舞台となり、相棒はハーンと親交があった教育者、西田千太郎《にしだせんたろう》。複数の事件が語られるが、いずれも怪奇的な要素が含まれており、あたかも「心霊探偵」物の趣である（真相は論理的に解明されるのだが)。よってウィリアム・ホープ・ホジスン『幽霊狩人カーナッキの事件簿』がお好きなような方には特にオススメである。

発生する事件が『怪談』各篇とリンクしているところも、八雲ファンにはポイントが高いはず。——ある一定以上の世代ならば『怪談』、特に「耳なし芳一」と「むじな」を読んだことのない方は滅多にいるまいが、もし若い世代で「どんな話かも知らない」という方がいらしたら、この機会にお読みになってみることをオススメする。本作をより一層楽しめること請け合いである。

ワトスン役の西田に関連して、黒岩涙香《くろいわるいこう》『無惨』に言及があるのには、翻案探偵小説好きもニヤリとするだろう。そしてラストの「エピソード1」においては、意外な人物と小泉八雲のつながりが明らかになる。しかし「エピソード2」の駄洒落は……いかがなものだろうか。

【mとd】

アルセーヌ・ルパンのパスティーシュだが、お馴染みガニマール警部のみならずシャーロック・ホームズも登場するのが嬉しい。ちなみに原作ではシャーロック・ホームズではなくハーロック・ショームズ(フランス語発音だとエルロック・ショルメスもしくはショルメ)なのだが、日本では慣習としてシャーロック・ホームズ表記することが多い。ポプラ社の南洋一郎《みなみよういちろう》版も同様。よって、それに則っている本作も、〝シャーロック・ホームズ〟なのは当然なのである。

南洋一郎版は、ボワロー＝ナルスジャックによるパスティーシュもごく当たり前のように続巻として刊行されていたし、長篇『ピラミッドの秘密』や短篇「女賊とルパン」のように、もともと原作にない作品（つまり翻訳ではなく創作）も混ざりこんでいた。つまり、それだけパスティーシュのなじみやすい素地があったのだ。

最近、本作と同じく南洋一郎版に則《のっと》った、書き下ろしのルパン・パスティーシュ・アンソロジー『みんなの怪盗ルパン』が刊行された。中でもSF作家小林泰三《こばやしやすみ》の「最初の角逐」は、「mとd」と読み比べてみると面白いだろう。

――「「スマトラの大ネズミ」事件」の作品解説だけ他に比して長くなってしまったが、これでもかなり圧縮した方なのでご理解頂きたい。

この「著名人探偵シリーズ」、続けようと思えばまだまだ続けられるはず。実際、新作が用意されつつあるとも聞く。というわけで、みんなで田中啓文先生への応援の手紙や感想を東京創元社に送ろう。そうすれば、きっと……。

本作品はフィクションであり、歴史上の人物や実在の人物が実名で登場している場合もその発言・行動などはすべて作者による創作であり、実際のその人物とは一切関係ありません。

本書は二〇一三年、小社より刊行された作品の文庫版です。

著者紹介　1962年大阪府生まれ。神戸大学卒。93年「落下する緑」を鮎川哲也編〈本格推理〉に投稿して入選。長編『凶の剣士』(後に『背徳のレクイエム』に改題)が第2回ファンタジーロマン大賞に佳作入選。2002年「銀河帝国の弘法も筆の誤り」が第33回星雲賞日本短編部門を受賞。09年「渋い夢」が第62回日本推理作家協会賞短編部門を受賞。

検印
廃止

シャーロック・ホームズたちの冒険

2016年10月21日　初版

著者　田《た》中《なか》啓《ひろ》文《ふみ》

発行所　(株)東京創元社
代表者　長谷川晋一

162-0814/東京都新宿区新小川町1-5
電話　03·3268·8231-営業部
03·3268·8204-編集部
URL　http://www.tsogen.co.jp
振替　00160—9—1565
暁印刷・本間製本

乱丁・落丁本は，ご面倒ですが小社までご送付ください。送料小社負担にてお取替えいたします。

ISBN978-4-488-47504-8　C0193

伝説の魔犬の謎と奇怪な殺人

THE HOUND OF THE BASKERVILLES◆Sir Arthur Conan Doyle

バスカヴィル家の犬

新訳決定版

アーサー・コナン・ドイル
深町眞理子 訳　創元推理文庫

◆

名家バスカヴィル家の当主が怪死を遂げた。
激しくゆがんだ表情を浮かべた、
その死体の近くには巨大な犬の足跡が。
そして土地の者は、全身から光を放つ
巨大な生き物を目撃していた。
それらの事実が示唆するのは、
忌まわしい〈バスカヴィル家の犬〉であった。
バスカヴィル家を継ぐことになった男の
身を案じた医師の依頼で、
ホームズとワトスンは捜査にあたるが――。
寂莫とした荒れ地《ムーア》を舞台に展開する、
恐怖と怪異に満ちた事件の行方は？
シリーズ屈指の傑作長編！

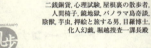